读客® 知识小说文库

读小说，学知识

长篇文化悬疑小说

魔术江湖

让一个百年戏法世家传人，带你见识魔术背后的文化传承和江湖内幕

口吞宝剑、大变活人、缩骨功、三仙归洞、仙人栽豆、脱困术、扇戏……

唐四方 著

上海文艺出版社

图书在版编目（CIP）数据

魔术江湖 / 唐四方著 . -- 上海：上海文艺出版社，
2019.1
（读客知识小说文库）
ISBN 978-7-5321-6870-5

Ⅰ.①魔… Ⅱ.①唐… Ⅲ.①长篇小说—中国—当代
Ⅳ.① I247.5

中国版本图书馆 CIP 数据核字 (2018) 第 206760 号

责任编辑：毛静彦
特邀编辑：刘兆兰
封面设计：蒋咪咪

魔术江湖
唐四方　著
上海文艺出版社出版、发行
地址：上海绍兴路7号
电子信箱：cslcm@publicl.sta.net.cn
网址：www.slcm.com
新华书店经销　三河市龙大印装有限公司印刷
开本 680毫米×990毫米　1/16　19印张　字数 253千字
2019年1月第1版　2019年1月第1次印刷
ISBN 978-7-5321-6870-5/I.5481
定价：48.00元

如有印刷、装订质量问题，
请致电010-87681002（免费更换，邮寄到付）

目录

楔　子
单义堂覆灭

1940年，秋。

菜市口，自清朝灭亡以后就冷清了的斩首场所，今日却热闹非常。

日军宪兵队在这里围了一个大圈，留出中间一块空地，空地上跪着一群伤痕累累的男人，尽管跪着，他们的目光中也充满了不屈和傲然。

四周拥挤的围观者，看着跪着的那些人，议论纷纷。

"天哪，单义堂满门都要被抄斩，他们干吗了？"

"他们不是跟宪兵队关系挺不错吗，不是经常去做堂会吗？"

"哼，这就是汉奸的下场，给鬼子做堂会，死了叫活该。"

"就是，谁让他们没骨气，要去做汉奸，要跟鬼子混在一起，这帮汉奸就该死，呸！"

……

北平的秋总是比别的地方来得更早一些，秋风如薄刀，锋锐的寒意浸透肌肤，让人感到一阵阵刺骨的疼痛。

一辆卡车停在近前，车上被押下一人——单义堂帮主何义天，江湖人称义薄云天。不过，自从他给鬼子做堂会之后，这个名号他也就不再享有了，因为不配。

何义天身材并不高大，一双虎目却充满桀骜之色。他满面血污，囚服破烂，被鬼子粗鲁地推到最前方，却依旧昂然而立。日本兵数次压他跪下，可数次不成。他破败的身体里面，仿佛蕴藏着无穷的不屈力量。

有个日本兵举起枪托想打碎何义天的膝盖，被宪兵队长抬手制止。

何义天目视前方，越过日本兵看向那些围观的群众。这些人中曾有不少骂过何义天汉奸，也曾有不少幸灾乐祸着单义堂的遭遇，然而此刻，他们竟无一人敢与何义天对视。

何义天环视一圈，面露不屑，而后转过身望着单义堂数百兄弟。他一个一个看过去，问道："怕吗？"众人不答，但目光坚定。

何义天嘴角露笑，傲然地看着所有人，高声呼喝："谁说婊子无情，戏子无义？我单义堂数百兄弟，今日死得其所！哈哈哈……"他尽情地笑着，如疯如魔，"哈哈……死得其所，快哉！壮哉……"

众人皆被何义天的气势所慑，围观群众更是心中大震。单义堂的数百兄弟皆被何义天感染，所有人都大声狂笑起来，豪气干云。

金堂大爷赵三卦大笑出声，放声吼道："今日我魂归黄泉，但我以三卦断你鬼子国日后必将自取灭亡！"

彩堂大爷冯千变亦大笑道："古有杀孩不死、砍头不亡，亦有杜七圣秘法，分尸也能重活。小鬼子，老子迟早复活来找你们算账！"

金、皮、彩、挂、评、团、调、柳，八堂大爷皆大骂鬼子，面对刀枪威胁亦浑然不惧，一个个桀骜至极。

单义堂白纸扇方成远目光平静地望着前方，脸上露出点点笑意。

围观的群众心中大惊：这样的人，怎么会是贪慕虚荣的汉奸？

见犯人毫无惧意，宪兵队长顿时大怒，下令立刻枪毙。

"砰砰砰……"枪声响成一片。

血腥味被秋风裹挟着刮进每个人的胸腔，所有人都大惊失色。人群中一个半大小子死死捂住自己嘴巴，眼泪滚滚而下。

今日，京城单义堂被灭满门。

第一章

结识快手卢

城南老月

1993年，江县城南的老居民区。

"赶紧开！"

"对二！对二！"

老房子底下的人堆里时不时爆发出几声呼喊，蹲着抿牌的，站着围观的，聚成一堆。这帮大老爷们正在抽着烟玩牌，房子底下烟雾袅袅。

这时，人群外走来了两个半大的小子，一胖一瘦，胖的憨厚，瘦的清秀。俩人都是城关中学初二（2）班的学生，瘦子叫罗四两，胖子外号叫大胖。

这瘦子的发型古怪得很，前面是寻常的板寸，唯独脑后那一小撮长得厉害，都快到腰间了，还扎成了一根细细的辫子。

俩人正朝着人堆走去，罗四两走在前，大胖跟在后面走一步停一步的。等走近了人堆，大胖一见那些人光着膀子抽烟玩牌的阵势，当时就吓坏了，头马上低了下去。

大胖怯生生地扯了扯罗四两的袖子，嗫嚅道："四两哥，要不……

要不算了吧！万一被老师知道了，我们……"

罗四两皱着眉头："你不说我不说，谁会知道？别犹豫了，你还想不想要钱了？"

听了这话，大胖咬着牙握紧了拳，倒是镇定多了。

罗四两看起来比大胖从容多了，但他也没着急上前。

他把脑后的小辫子抓在手里捻着，静静地看着那群围观的人。他辫子末梢的绑绳上穿着一块残缺的铁片，铁片上有一个英文字母"F"。铁片很旧了，或许是因为经常把玩摩挲，竟有一种沉稳的润泽感。

稍稍看了一会儿，又看了一眼赌博的那几人，罗四两心中已经有了数，领着大胖便挤了进去。

人群中设赌局的是个中年人，脸上有一条长长的刀疤，从左脸颊一直延伸到右眼下眼皮，这一块要钱的人都叫他刀疤。

见这两个半大小子也来凑热闹，刀疤当即骂开了："去去去，小孩子过来看什么，回家吃饭去。"

罗四两一听这话，皱着眉头反问道："要钱也分大人小孩？"

刀疤一抬眼，看见罗四两那长长的长命辫子，露出了疑惑的神情。再瞧见罗四两身上昂贵的牛仔服，他眉毛不禁一挑，清了清喉咙，一本正经道："这不是你们小孩子玩的东西。"

"但我有钱，我想玩两把。"罗四两在口袋里一掏，足足有五六十块，好些大人口袋里面都没这些钱呢！

有人低声骂道："这破孩子，保不齐是从家里偷钱出来的。"

刀疤接过话头："我们开张做买卖，按理说只要有钱都能来玩，可你一个小孩子实在不适合要钱。但是不让你玩呢，我又不像个生意人了！这样，就让你玩两把，输赢都是你自己的事儿，回去别跟大人哭就好。"

众人听着他这一番假模假式的漂亮话，心中却清楚得很：干他们这一行的，谁不贪钱？

罗四两微微颔首，什么话都没说。他的话不多，看起来没有多少属于少年的活泼，反而有着不属于这个年纪的成熟。

刀疤点头，把地上的牌收拾了一下："想玩什么啊？扑克会吗？"

罗四两淡淡回道："不太会，所以我怕被骗了，万一有鬼呢。"

说罢，罗四两抬眼看了看刀疤，然后扭头看向身后看热闹的那群人中的几位。

一、二、三……被罗四两目光扫到的那几人，神情都不由得稍稍一僵。

见到此景，刀疤的眉头也不由得皱了起来："那你想玩什么？"

罗四两说道："我看前段时间，你们这儿有玩黄豆的，就是猜剩几颗黄豆，我想玩这个。"

"猜黄豆是吧？行，正好大家也能一起玩。"刀疤把扑克收起来，用一支粉笔在地上画了四个圈，里面分别写着0、1、2、3几个数字。

猜黄豆的规矩很简单：庄家抓一把黄豆过来，给众人过下眼，用盖子一盖，待众人下注，然后用一个小棍来数黄豆，每次拨过去四颗，看看最后能剩几颗。他们这些玩钱的人押最后的颗数，押对的人获得双倍赔偿，错了的人钱就没了。

罗四两在刀疤面前蹲了下来，大胖也凑了过来。刀疤抓了一把黄豆，往坑洼不平的地上一放，黄豆也没到处乱滚，都在那一块。

罗四两立刻用眼盯着黄豆，眸子微动。

刀疤用手指了指黄豆，说道："大家上眼，黄豆没有问题吧？好了，盖了啊。"

从黄豆落在地上到盖上不过三四秒时间而已，刀疤也不敢让时间太长，万一被人数清楚那就完了。

"下注吧。"刀疤又催了一声。

"四两哥。"大胖紧张地抓着罗四两的衣服，又小心翼翼地看了眼刀疤脸上的狰狞刀疤，心里吓得不行。

罗四两却没理会大胖，他用手捻着自己的长辫子，然后抓出三十块钱放在了"3"号圈内，他赌最后还剩三颗黄豆。

刀疤瞧了罗四两一眼，又催其他人："都赶紧下注吧，快点儿！"

众人纷纷下注。

这时候，马路沿边的民居里面走出来一个六十多岁、头发花白的干瘦老人和一个大腹便便、满脸油腻的中年男人。

干瘦老人露出猥琐的笑容，对中年男人道："你放心吧，用我这药一准儿好使，咱不使虚的。"

油腻的中年男人脸上堆满了笑容，对干瘦老人说道："你可收了我五十块钱，要是不好用，我可得找你来。"

干瘦老人说道："您放心，我就住这儿。明天还是这地儿，不好使您过来揍我，行不？"

油腻的中年男人笑了："那行，那我走了。"

说完，中年男人拍拍屁股走了。干瘦老人看着他的背影，脸上笑容依旧，然后转身，背着手往耍钱的这条小巷子走过来。

"好了，好了，买定离手，开了啊。"

刀疤掀开了盖子，用一根竹筷子拨黄豆，每次四颗。众人都紧张地盯着刀疤手边的那堆黄豆，大胖更是紧张得都不能呼吸了，用手紧紧抓着罗四两的衣服，汗都下来了。

罗四两也在看着那堆黄豆，他的神色却没有丝毫紧张，一副胸有成竹的样子。随着刀疤右手的竹筷子慢慢拨弄，那一堆黄豆越来越少，大家的心也都提到了嗓子眼。

"啊，真是三颗。"那一堆黄豆拨得只剩十来颗的时候，在场的终于有人看出来了，纷纷发出惊呼。

"这孩子居然赌赢了！"

"嚯，一下子挣三十块，我得给人家开工做一个多星期呢。"

刀疤的脸色也瞬间阴沉下来了。他输了，一下子就输了不止三十块，今天算是白忙活了。罗四两脸上终于漾出一点笑意。大胖的脸上更是露出了不敢置信的神情。

"啊！我赢了。"人群中也有人大声惊呼，他跟罗四两一样押了三颗，但是他投的只有两块钱，对方也就赔他两块钱而已，赢得不多。这年头，大家挣得都不多，要钱也不过是一块两块地来，更多的是一毛五毛。

"给钱吧。"罗四两对刀疤说道。

刀疤强笑着收起了面前的钱，把罗四两押的三十块还给他，又从皮包里面数出三十块给他。

罗四两神色不变，完全无视自己刚刚获得一笔巨款，淡淡道："来吧，继续。"

刀疤沉着脸点点头，又抓出一把黄豆放在地上，说道："来，瞧一眼，黄豆没有问题啊。来，盖上了。"又是老一套规矩。

在众人的目光下，罗四两数了五十块钱押在"2"号圈里。看到又是这种大额数目，众人不自觉嘴角抽抽，这小孩子真是拿钱不当钱啊。

"我也押'2'，五块，"刚刚赢钱的那位出手了，他得意道，"嘿嘿，这小孩现在的风头很劲，我得跟风啊。"众人一听，也纷纷随赌，但是随得不多，都是五毛一块两块的。

这里的动静也吸引了走到这条小巷子的干瘦老头儿的注意。他知道这地方有老月在设局，他也知道老月这行都是几人一起作假的。平时他也没在意，今天打眼一看，居然发现有两个孩子在耍钱，他来兴致了。

"嘿，干吗呢？"干瘦老头儿问边上一人。

边上那人也认识他："哟，老卢啊，我们玩钱呢，你要不也玩玩？这里有个长辫小子很厉害，刚刚一局就赢了三十块，我们现在都跟他的风呢。"

"哦？"那干瘦老者叫作卢光耀，他好奇地看向场中的少年，第一眼就看到了罗四两那及腰的长命辫子。

刀疤今天也是够背的，刚刚一局就把今天赚的钱都输了，现在这孩子又押了五十，还有那么多人一起押钱，再输可就受不了了，但是要赢了那就翻了大本了。刀疤的右眼忍不住轻轻抖动了几下，当年那刀伤到了他右眼的神经，现在心里只要一有坏水儿，他的右眼皮就会跳动。

"好，买定离手啊，我要开了。"刀疤嘴里催促着，右手却不着痕迹地往上一局留下的黄豆堆那边摸去，右手一按，再抬起来的时候小拇指已经微微曲了起来。他做得隐蔽，又连连催促大家下注，所以众人都没有发现他的动作。

站在人群中那干瘦老头儿卢光耀，却不动声色地眯起了眼睛，脸上露出古怪的笑容。

此刻，罗四两猛然抬头盯着刀疤。刀疤被罗四两的反应弄得心中微惊，但做了多年老月的他，还不至于被一个眼神吓到露怯。

罗四两用手摩挲着束发绳子上的小铁片，神色有些凝重。他看了刀疤的右手一眼，眸子微微一动，心中已经有了主意，大声道："各位，大家现在都押的两颗，我们要赢就是一起赢，要输就是一起输。所以大家可要盯着点，别让一些不相干的黄豆掉进来。"

一听这话，刀疤脸都抽搐了，右手也忍不住颤了一下，盯着罗四两冷声道："你这话是什么意思？"

罗四两却一点都不怕刀疤，直视着刀疤的眼睛："就随便提醒一声，大家玩得痛快就好。"

刀疤心中郁闷，本来打算做鬼的他，也不由得放弃了这个诱人的想法。他可没办法在这么多双眼睛下做鬼。

人群中的卢光耀好奇地看着罗四两，目露思索。

刀疤没好气道："行了，买定离手吧。开了啊。"边说边拿根竹筷子数着。

经过罗四两的提醒，大家伙儿的眼睛都瞪得亮亮的，生怕刀疤做鬼。刀疤微微瞥了罗四两一眼，眼中带着晦暗的狠厉。

一下两下……大家都紧张不已，只有罗四两气定神闲，脸上挂着自信的笑容。

卢光耀看着罗四两的神情，心中的疑惑又添了几分。

"呀，真是两颗啊。"又有人看出来了。

"赢了赢了，这小孩神了啊。"

短短两局，罗四两就赚了八十块。刀疤的脸都黑了，但也没辙，只能赔钱。他盯着罗四两，强笑着问道："小孩，还玩吗？"

罗四两看看手中的钱，又看看大胖，道："再玩最后一盘。"

"好。"刀疤面容有些僵硬，咬着牙抓了一把黄豆放在地上，喊道，"好了，盖了啊。"这回仅仅放了一两秒钟，大家都没看仔细。

所有人的注意力都在罗四两身上，想看看这个风头正劲的小孩子打算怎么押。罗四两神色依旧轻松，数出一百五十块钱押在了"0"上："这次一个不剩。"众人纷纷跟他一起押。

"好，好。"刀疤冷冷地笑着，脸上的刀疤显得狰狞可怕。

卢光耀又看了罗四两一眼，眉头紧皱。他目光停留在罗四两手上，看见他正在把玩的那枚小铁片，等他看清上面的英文字母之后，他眉角狠狠跳了一下。

"开了。"刀疤掀开盖子，用竹筷子数着。众人紧张至极。

"啊，又赢了。"众人惊呼。

"神了神了，赌神啊。"

刀疤的脸快黑成煤炭了，他找完钱，又问罗四两："不玩了吧？"

罗四两把钱收好，摇头："不玩了。"

旁边群众却不乐意了："别嘛，小赌神，再玩会儿吧。"

"是啊，再玩两把。"

罗四两却再度摇头："不玩了，适可而止吧！再见。"说完，罗四两拉着大胖就走。

刀疤也没拦他，赶紧对众人说："他不玩了就随他吧，我们继续。来，小赌神蹲过的风水位置还空着呢，想要的可得赶紧了。"

众人纷纷抢位，这边的赌局又开始了。围观的人里面有三个抽烟的年轻人，却不想再看热闹了，他们抽着烟离开了。

罗四两却认得，这三个人跟刀疤是一伙儿的。他不敢玩扑克的原因，也是因为这三个人。罗四两和大胖快步往外走，三个年轻人装作漫不经心地在后面跟着。

卢光耀也跟了上去。

"你干吗？这是我赢来的钱，你还想要啊？五毛？一毛都不行。"
还没出巷子口呢，罗四两就对大胖突然大声嚷嚷。他嘴上这么喊着，手
上的动作却是另一番模样。

罗四两二人是背对着那三个年轻人的，趁他们没看见，罗四两飞快
地把钱抓出来塞给大胖，然后用眼神示意大胖快跑。

大胖神色有些迟疑，忽然，罗四两一脚踹在他屁股上，骂道："你
一分钱也别想要，有多远滚多远。"大胖脸都红了，直到罗四两怒瞪他
一眼，他才终于狠下心来，出了巷子口拼命往左边跑。

罗四两还在后面骂骂咧咧："哭哭哭，就知道哭，哭个屁啊。"说
完，他往巷子口右边一转，撒腿就跑。

那三个抽着烟的年轻人终于慢慢悠悠走到了巷子口，可是左边一看
没人，右边一看也没人。

"操！"三人扔了烟头，赶紧追了出去。

金钱飞渡

罗四两熟门熟路地拐过几个弯，来到一个小过道里面，见有个个头
比他略小的小孩，便喝道："你，过来。"

那孩子被吓一跳："啊？"

罗四两冷静问道："你家住哪儿？"

那孩子有点被吓到了，指了指旁边这栋楼："这儿，三楼。"

罗四两脱了自己的牛仔服，让这孩子穿上，然后说："我给你五块
钱，你去广场东头的报刊亭，跟里面的老头儿说我晚点回去，我今晚在
小姨家吃饭。你穿我的衣服去，不然他不会信你的，快去快回。你去报

信，我在这儿等你，只要你能在半个小时之内回来，我就再给你五块。记住别把我衣服弄丢了，我可知道你家住哪儿，快去。"

罗四两把五块钱塞到这小子衣服里，又催道："快去，跑着去！"

金钱的力量是伟大的，这小子什么时候见到过这么多钱啊，眼睛顿时就红了，拿着钱一个劲儿地往前冲，跑得比狗还快。

罗四两回望了一眼，赶紧朝着另一条小巷子钻了进去。

"砰！"这小孩跑出去没多远就撞上了一个人，正是那干瘦老头儿卢光耀。卢光耀看着他皱起眉，呵道："你！干吗穿我孙子的衣服？"

"啊？"这小孩傻眼了。

卢光耀怒眼一瞪，骂道："是不是你偷的？"

这小孩被吓一跳，赶紧解释道："不是不是，是一个留长辫子的人给我的，他让去广场东头报刊亭报信，我……我……"他也是倒霉，才多大一会儿啊，就被吓两回了。

卢光耀打断道："我知道，他就是让你跟我报信，你不用去了，我过来寻他了。"

小孩低下头，神情低落。报不了信，他的收入直接损失一半啊。

"行了，把衣服脱了还给我，这是我们家的衣服。"卢光耀催道。

这小孩不情不愿地把衣服脱下来，卢光耀接过，挥手骂道："赶紧走吧，再不走，我把我孙子给你的五块钱都拿走，快走。"

小孩又被吓一跳，赶紧跑了。

卢光耀看了看手上的牛仔服，干瘦黝黑的脸上露出笑容，又有些无奈地摇了摇头。

"那小子去哪儿了？"

"上这边找找！"

声音越来越近，卢光耀两眼看着巷子口，双手却如穿花蝴蝶一般连连变动，眨眼之间，那件牛仔服就被他叠得整整齐齐，右手拿着往身后一揣。这时，三个小年轻刚好赶到。

卢光耀右手上的衣服已然不见，左手上也空空无物。他揉着肩膀，皱着眉头，做出痛苦状："哎哟，哎哟，谁家倒霉孩子啊，赶着投胎啊，撞我这一下，痛死我了。"

那三个小年轻赶紧过来问道："老头儿，有没有见到一个穿牛仔衣服，脑袋后面有一根细长辫子的小子，差不多十三四岁的样子？"

卢光耀没好气道："看到了啊，还撞我一下，痛死我了。"

"他往哪儿去了？"

卢光耀往旁边一指："就往那边跑了，这小子跑得可快了，一溜烟儿就不见人了，这一会儿估计跑出去好远了。我要是追到他，非找他家大人要医药费不可。"

这三个年轻人可没工夫听卢光耀唠叨，确定了方向，马上就追出去了。等人跑远了，卢光耀才露出一抹坏笑，背着手晃悠到一条小弄。

这小弄没什么人，地上堆着好多杂物，有沙子、砖头，还有一个竹编的箩筐。这种箩筐一般农村用得比较多，里面可以装玉米粒、麦子、大谷之类的。箩筐高六七十厘米，直径差不多也是六七十厘米。

卢光耀看着箩筐笑了，用脚踢了踢："嘿，爷们儿，下次换个旧一点的！这个这么新，谁会放在这沙子砖瓦旁边啊，弄脏了怎么办？"

竹箩筐里面没有动静。

"哟，还死不出来是吧？"卢光耀笑了，用手提了箩筐起来，里面果然有个人，正是罗四两。

罗四两已经十三岁了，身高也有一米四多点，比箩筐可高多了。他现在正以一个奇异的姿势蜷在里面，歪头缩腿，都快把自己缩成一个球了。这样一来，他反倒能非常完美地躲在箩筐里面。

卢光耀看着罗四两的姿势，又看了看他异常扭曲的关节，眸子一动。罗四两侧头缓缓看来，心中也打起了鼓。

"你是谁？"罗四两很快就发现这老头儿不是跟刀疤一伙儿的。

卢光耀笑了："别废话了，赶紧起来吧。"

罗四两挺直了扭成一团的身体，站了起来，抖了抖手脚，又皱眉问：“你到底是谁？”

卢光耀打趣道：“还有心思问我，哎，我说你小子聪明是挺聪明的。但是你还漏算一招，万一那帮人追上那小孩，把你衣服拿走怎么办？你那衣服价格可比你赢的钱要多啊。”

罗四两一愣，眸子也动了一下，但没有说话。

卢光耀指了指罗四两的头发：“还有啊，你这模样也太显眼了一点吧！江县就这么大，留这种长辫子的半大小子应该不多吧，把你打听出来应该不难吧？”

罗四两面色稍稍一滞。

卢光耀又问：“还是说你是故意留给他们这样一个印象，事后再偷偷去剪了，让他们怎么都找不到你？”

罗四两摇头：“我不会剪的。”说着，他皱着眉头看了看巷子口，脸上忧郁之色又重了几分，“我衣服怎么办？”

卢光耀右手往后面一伸，再拿出来的时候，手上已经多了一件牛仔服：“喏，我帮你拿回来了。”

罗四两微微讶异，然后伸手去抓：“谢谢。”

卢光耀手一翻，罗四两便抓了一个空。卢光耀把衣服抓在手里，看着罗四两笑道：“想要啊？行，先告诉我，你叫什么？”

罗四两道：“我叫王小虎，给我吧。”

卢光耀没好气道：“说实话。”

罗四两皱了皱眉，看着卢光耀的眼睛，真诚道：“我叫赵刚。”

卢光耀看着他，警告道：“你再不说实话，我就拉你去见刀疤。”

罗四两神情一滞，干笑两声，摆了摆手，无奈道：“好吧好吧，我说实话，我叫……我叫王源。”

“咚。”卢光耀一个爆栗就敲在了罗四两头上。

“哎呀！”罗四两吃痛。

卢光耀看着他，沧桑的眸子里面有着看透人心的奇异魔力。他呵斥道：“我玩这套的时候，你爸还在你爷爷裤裆里呢，快，说实话！”

罗四两揉了揉脑袋，面色沉了几分："我叫罗四两，行了吧，把衣服还给我。"

"姓罗？"卢光耀一滞，又瞧了瞧罗四两束发绳上的那枚铁片。

罗四两被他盯得很不舒服。他把辫子甩到身后，伸出手来，又催促道："名字我也告诉你了，衣服赶紧还我。"

卢光耀收回目光，心中的疑惑少了许多，便说道："想要衣服是吧？不急，你猜对一道题，我就给你。"

罗四两不悦："你刚才不是说只要告诉你名字就行了吗？"

卢光耀反问道："我说'只要'了吗，我说的是你'先告诉我你的名字'，有'先'自然就有'后'，这就是'后'。"

听到这番诡辩，罗四两一脸愕然。

卢光耀把衣服换到左手，左手卷起右手的袖子，露出了干瘦黝黑的手肘。右手在衣服里面掏了一下，拿出一枚一块钱的硬币来。他把硬币交到左手，右手伸开五指翻了几下，让罗四两看清他右手并未藏东西，再把硬币交到右手。

卢光耀右手抓着硬币握成拳，再度张开时，硬币已然消失不见。他盯着罗四两的眼睛，肃然道："告诉我，硬币去哪儿了？"

现在已是傍晚，夕阳西下。金黄色的阳光铺满了这座小县城，也给城南这个破旧的老居民区增添上了几分别样的韵味。

夕阳照进了这个小巷子，也照在了卢光耀的脊背上。罗四两看不清楚卢光耀脸上那微笑着的带着期待的模样，但仍旧可以感觉到对方灼灼的眼神。

罗四两死死盯着卢光耀那黝黑有力的右手，头上已经渗出了一层细密的汗珠。他说不清楚这是被卢光耀那灼灼眼神给压迫的，还是因为自己内心很紧张。

"怎么样，看清楚了吗？"卢光耀出声问道。

罗四两眉头皱得很紧，又死死盯了一会儿，最终还是无奈摇头。

"看不出来吗？"卢光耀有些失望。

罗四两摇头："看不出来。"

卢光耀稍稍抿嘴，眉头也有些微皱。

罗四两抬起头来，疑惑地看着卢光耀："你到底是谁，为什么我会看不出来你把硬币藏哪儿了？"

一听这话，有些失落的卢光耀眸子一亮，似乎抓住了什么。他又抬起右手放在罗四两面前，握拳，张开，硬币赫然出现在他的掌心。

罗四两一惊，他竟然又没看出来，他怎么可能又没看出来？

卢光耀盯着罗四两那幽深的眸子，缓缓说道："我再做一遍，这次我慢一点。"罗四两点点头，盯着卢光耀的右手一动不动，如临大敌。

卢光耀慢慢握紧右手，指尖都因为挤压而泛出了白色。"看好了！"卢光耀忽然出声，而后张手，硬币再次不见。这一次，罗四两却大松了一口气，他擦擦脑门上的汗水，看着卢光耀说道："钱就藏在你手背面。"

卢光耀翻过手来，那枚硬币正好夹在他的中指和无名指之间。他拿手心给罗四两看的时候，硬币藏在手背面，正好藏在了罗四两的视线盲区。硬币只有很小的一部分夹在他的手指中，大部分都悬在外面，但他还是夹得很稳，也没有让罗四两看出半点破绽来。

卢光耀笑了。他已经印证了自己心中的猜测，这个小孩不一般哪！

卢光耀把左手上的牛仔服往身后一揣，不过一两秒钟时间，再拿出来时手上已经没有东西了。罗四两眼珠又瞪大了，他还是没看清卢光耀是怎么藏衣服的。

"看好了！"卢光耀又撸起左手袖子，此时他左右手的袖子都卷了上去，露出了干瘦黝黑的手肘。卢光耀将双手放在罗四两面前，十指张开，那枚一元硬币静静地躺在卢光耀的右手上。

双手握拳，右手张开，硬币不见。

左手张开，硬币出现在左手之上。

双手再握拳，左手张开，硬币不见。

右手张开，硬币出现在右手之上。

……

卢光耀左右手相隔不过一尺，可就在这一尺的空间里面，仿佛有一种神奇的力量，在卢光耀的左右手之间架了一条无人可见的空间隧道。这枚一元硬币就在这神秘的空间隧道里肆意穿梭，以人类无法察觉的方式变换着自己的位置。

一次，两次，三次……罗四两看得满头大汗，心中更是震惊无比。他震惊的不是硬币在对方双手之间的变换，而是自己居然一点都看不出这位老人的手法。

这怎么可能？

硬币从卢光耀的左手跑到右手，又从右手跑到左手，就这样往复三次之后，卢光耀双手抓拳，再摊开时，硬币赫然不见。卢光耀举起双手，张开十指，在罗四两面前翻了几下，他手上已经没有任何东西。

罗四两长出了一口气，震惊地看着卢光耀："你到底是谁？"

"呵呵呵……"卢光耀笑得很开心，"想知道啊，明天来王老五家的小旅馆找我。"说完，卢光耀转身就走了。

罗四两朝着卢光耀的背影喊道："那一块钱到底去哪儿了？"

"在你裤子口袋里面。"卢光耀头也没回。

罗四两忙掏裤子口袋，果然发现了一枚一块钱的硬币。他记得很清楚，他今天根本就没有带硬币。"嘶——"罗四两抓着硬币，倒吸一口凉气，看着卢光耀干瘦的背影心惊不已。

卢光耀却甚是开心，老脸上漾着的笑容都把皱纹挤成一朵菊花了。

"我正在城楼观山景，耳听得城外乱纷纷，旌旗招展空翻影，却原来是司马发来的兵……"卢光耀嘴里哼着小曲，背着手晃晃悠悠地走着。可没走出去多远，他脚步猛地一顿，嘴里的小曲也戛然而止。

"糟糕。"

他面色一变，忙朝着原路返回，可等他跑回到原地，罗四两早已经不见了身影。

戏法罗家

城东，东街巷。这条巷子的房子，都是20世纪80年代政府造的福利房，江县的第一批商品房也在这儿。

罗四两他们家就住在这里，独门独户的三层楼，房子倒也不大，每层也就八十平方米。但这样的房子，可不是什么人都住得起的。江县的东街巷，住的大部分都是县里的干部。

罗四两回到家，拿出钥匙开门走了进去，把书包放在客厅的沙发上。他喊道："爷爷，我回来了。"

厨房里面传出来苍老的声音："洗洗手准备吃晚饭。"

"哦。"罗四两应了一声，转身去冰箱里面拿了一瓶健力宝，打开喝了起来。罗四两喝着饮料站在厨房门口，厨房餐桌上已经摆了满满一桌菜，炖鸡、红烧鱼、小炒肉、白灼虾，还有几个蔬菜。

罗四两问道："你怎么烧这么多菜？"

"你小姨说要来看你，我就多做了几个菜，结果他们局里有事把你小姨和小姨夫都叫走了。一会儿你多吃点，吃不完放冰箱吧。"

罗四两问道："出什么事了？"

罗四两的爷爷罗文昌一边解着身上的围裙，一边说道："还不是小孩失踪案，这都好几个了，今天又出事了。这段时间外面不太平，你小心一点，晚上就别出门了。"

罗文昌长着一张四方大脸，浓眉大眼，嘴正唇厚。放在央视正剧里面，这就是一张妥妥的正派主角的脸。罗文昌今年都快七十了，但人还是非常精神，红光满面的，腿脚比一般的年轻人还要灵活。

"吃饭吧。"罗文昌催促了一声。

罗四两把健力宝放在桌子上，然后去拿碗筷。罗文昌看了罗四两一眼，问道："你衣服呢？"

罗四两答道："落教室里面了，忘带了。"

"嗯。"罗文昌微微颔首，没有多说什么。

碗筷拿过来，爷儿俩就开始吃饭了。罗四两饭量不大，他先喝了碗鸡汤，然后就一点一点扒饭了。饭桌上很安静，爷儿俩也没什么话聊。

过了稍许，还是罗文昌先开的口："你今天怎么回来得这么晚？"

罗四两淡淡答道："跟同学出去玩了一会儿，在广场那边逛了一下，然后才回来的。"

罗文昌点了点头，又没说什么了。饭桌上再次陷入安静，隐约还有一丝尴尬的气氛。罗文昌在想什么，罗四两不知道，但他脑子里面回荡的全是之前在小巷子里面，那个老人左右手变钱的场景。他怎么都忘不了那一幕。

"爷爷。"罗四两叫了一声。

"嗯？"罗文昌抬头看过来。

罗四两放下碗筷，从自己裤兜里面拿出之前那枚硬币，说道："你能用手把它变没吗？"

罗文昌眉毛一挑，顿时便来精神了，刻板的脸上也露出了罕见的笑意，忙道："可以，当然可以。"

罗四两把钱交给了罗文昌。罗文昌把面前的碗筷挪开，给自己留出一点空间。他卷起袖子露出手腕，伸出双手给罗四两交代一下："看好了啊，手上没有东西啊。"

罗文昌把一元硬币放在右手上，把空着的左手放在桌子下面，看着罗四两道："看好了，爷爷给你表演个硬币过木。我右手一拍，手上这枚一元硬币就能穿过咱家餐桌，到我这左手上去。瞧仔细了！"

"啪。"罗文昌的右手砸到了桌子上，罗四两甚至能听出硬币砸在桌子上的声音，这是铁撞木的声音。

"你看，右手的钱没了。"罗文昌朝罗四两摊开右手，硬币已经不见了。他左手拿出，左手上安安静静躺着一枚硬币。

"怎么样？"罗文昌期待地看着罗四两。

罗四两敷衍一笑，从罗文昌左手上把钱拿了回来。

罗文昌问道："你怎么不出声啊？"

"先吃饭吧。"

罗文昌被噎得够呛。

想了一想，罗四两又问道："爷爷，把一块钱放在手上，左右手相隔一尺有余，双手一张一合间，硬币就在这两只手上来回跑，这种手法算是什么水平？"

"这叫金钱飞渡，是大变金钱术中的一种。难度的话，要看具体怎么操作了。不过总的来说，这个不容易，是手彩里面极为出彩的一种。"顿了一顿，罗文昌回忆道，"金钱飞渡当年可是老傅的绝活儿啊，他这一手使得很好。"

罗四两闻言一愣："老傅？"难道那老头儿就是老傅？

罗文昌答道："对，就是西南傅家的傅天正。"

罗四两又问道："那他长什么样啊？"

罗文昌答道："我房间里面有他的照片，你等下可以去看一下。老傅可是我们这行里面的高才生啊。我们这帮人大多都是幼年失学，但老傅是正儿八经的大学生，当年他们这几个大学生还组织过四大魔王的演出呢！"

罗四两迟疑了一下，有些难以置信地问道："大学生？四大魔王？"他很难想象那个尖嘴猴腮的猥琐老头儿，居然是个大学生。

罗文昌的目光中满是追忆的神色："有好多年了，那是抗战时候的事情。老傅、阮振南、马守义、刘化影，这四个大学生在西南大后方表演宣传抗战的戏法，同时也利用演出为抗战募捐，当时打出的广告就是'四大魔王'。老傅你没见过，他儿子少傅你是见过的。"

"少傅？"罗四两更加疑惑了，怎么还跑出来一个儿子了？

"就大前年来过咱家，还送你一个国外的随身听，你忘了？"

原来那个老头儿不是老傅。罗四两终于明白过来，恍然道："哦，就是你让我叫傅叔叔的、没什么头发的那个……"

还不等罗四两说完，罗文昌已经拍桌子了，他怒视着罗四两，出口训斥道："什么话这叫？没大没小！"

罗四两嘴一抿，低下了头。他爷爷就是这样，古板正直，严肃讲礼。罗文昌也皱了皱眉，他倒是没太责怪自己孙子，他知道孩子心肠不坏，就是还不怎么懂事，容易出言不逊。

稍稍一顿，罗文昌用稍微柔和一点的声音问道："今天怎么突然开始问这些啦，是不是想学戏法了？"

罗四两神色一僵，握着筷子的手也停了下来，脸上悄然浮现出凄凉、憎恨和厌恶的神情。他僵硬地微微摇头，也不抬头，不让罗文昌看到他的脸。

罗文昌张了张嘴，可见到自己孙子这副模样，他却怎么都开不了口。饭桌上再度陷入了沉寂。

少倾，罗四两放下碗筷："爷爷，我吃完了。"

"哦。"罗文昌声音低沉地应了一声。

罗四两出了厨房，就直接上了楼。罗文昌也没有了吃饭的心思，他深深叹了一口气，面容上多了许多愁思。花白的头发，脸上的皱纹，无不在昭示这是一位老人，一位垂垂老矣的老人。

他看了眼桌子上的杯盘狼藉，也没有收拾的心思。他也出了厨房，一步步走到院子里面。

院子里面种了很多花，现在也有不少已经开了，散发着淡淡幽香。花丛不远处有一张竹椅，还有一张藤编躺椅；紧挨着藤编躺椅的，是一个可以坐人的石磴，石磴上放着一把蒲扇。

夜凉如水，月光洒在这孤寂无人的墙角，影影绰绰，恍若当初。可如今却不是当初，这绰绰阴影也只是椅子和石磴罢了，没有半点生气。

罗文昌走过去，躺在藤编躺椅上，拿过石磴上的蒲扇，放在腿上。

他躺着，抬头看天。满天星斗，月色皎洁。现在已是春日，夜晚不寒，却也微凉。皎洁的月光洒在他的脸上，映照出他充满惆怅的老脸。

二楼房间内，罗四两倒在床上，用手紧紧抓着自己的束发绳。他满面的泪水，身子止不住地颤抖。

黑暗和静谧总能勾起人心里最负面的情绪，罗四两和罗文昌这爷孙俩都在黑暗和静谧之中，都处在负面情绪之中。罗文昌只是惆怅悲凉，罗四两却是近乎崩溃。

过了良久，罗四两才稍微止住了泪水。他打开房间里面的灯，灯光刺得他眼睛疼，但他的负面情绪也被这刺目的灯光遏制住了。

罗四两起身走向卫生间。他重重地喘着粗气，双眼布满了血丝，泪水还挂在眼角。

"哗啦啦……"冰凉的水打在脸上，刺激得罗四两脑子一振，情绪失控的他也终于平复下来了。

他关了水龙头，回到了卧室，拿出一盘磁带放进随身听里面。这随身听就是少傅送给他的。

他放的是相声录音，家里没有歌曲磁带，他也从来不会一个人听歌。不是不喜欢，而是不敢。因为歌曲总能牵着他的思绪飘荡，让他想起很多他想忘都忘不了的回忆和痛苦。

他只能听相声，听这帮相声演员在那里说学逗唱，互相逗闷子。这些相声他早就能背了，可他还在听，他也没有什么新鲜玩意儿可以听。

随身听里面放的是一段老相声：侯宝林的《夜行记》。耳朵边有人的声音，房间就不会显得那么安静了。

他很怕安静和孤独，却只有大胖一个朋友，以及一台音质不错的随身听。他总是这样矛盾，明明渴望友情，渴望热闹，却总是把自己封闭起来，总是做着让自己痛苦、难过的事情。

罗四两的情绪已经平复下来了。他不敢躺着，他迫使自己不再去想那些往事，想想现在，想想有意思的事情。不自觉地，他又想起小巷子里那个老人变的"金钱飞渡"。

他很清晰地记得老人手上每一个动作、每一种变化，比任何一台高清摄像机记录得都要清楚，但他仍旧没有发现那个老头儿是怎么过门儿的。他的门子到底在哪儿？

罗四两知道，所有戏法都是假的。戏法的变换都有门子，指的是戏法的核心。知道门子是什么，就知道戏法是怎么变的。可惜，罗四两根本看不出来那个老头儿的门子。从傍晚到现在，他已经回想数十遍了，可他还是没有丝毫头绪。

如果对方用的是抹子活儿，运用巧妙的机关设置，那他看不出来也是正常的，毕竟人家的门子在机关里面啊，他眼睛又不能穿透道具机关。可对方用的是手彩，他还是第一次瞧不出人家的手彩，他很好奇竟然有人能瞒得过他的眼睛。

罗四两刚刚让自己爷爷把硬币变没了，爷爷给他变了个金钱过木，这也是手彩的一种。这个戏法的门子不在桌子，而在手上。

罗四两看得出来，他爷爷手上拿着的是两枚硬币，而不是一枚。他原先的那枚被爷爷藏在左手了，至于右手上的那枚，是爷爷自己的。

他爷爷左手拿着硬币放在桌子下面，右手拿着硬币一拍，右手往外一翻，硬币顺势就藏到右手指缝里去了，刚好是罗四两的视觉盲区。同时，拿出左手，告诉罗四两硬币已经穿过桌子到左手去了，趁着罗四两看左手的时候，他右手又缩了回去，把硬币藏好了。

金钱过木的变法有很多种，其实大部分的戏法都有很多种变法，原理是类似的，只是门子不同罢了。

另外一种金钱过木是直接把右手的硬币偷偷交到左手，拍桌子的时候右手里面是没有钱的。

而罗文昌变的戏法，右手是一直有硬币的，这难度可比前一种大多了，不是有实力的高手是不敢这么玩的。

尽管罗文昌实力超绝，罗四两还是一眼就看出了他爷爷手彩的门子，但他却看不出来那个老头儿的门子。

难道那个老头儿比自己爷爷还厉害吗？

怎么可能？自己爷爷可是戏法界的传奇人物啊！

那个老头儿到底是谁？

气吞英雄胆

翌日，罗四两起了个大早，吃过早饭就出门了。他要去找那个让他充满了好奇的老人。

今天是大晴天，太阳很快就出来了，驱散了罗四两心中的阴霾。他的脸上又露出了笑容，已经不再是昨晚那副濒临崩溃的模样了。

江县这座小县城不大，罗四两也在这边住了好几年，早就熟门熟路了。他直接去城南老居民区那块，不过他是绕着路找到马路边上王老五开的小旅馆的。

因为他在这边还惹着事儿呢！昨天那群老月还在找他，他得避开那个小巷子。出门时他还不忘戴上一顶帽子，把辫子藏到帽子里面，稍微乔装打扮了一下。

这年头，也没什么正经的旅馆，像江县这样的小县城，正经一点的也就是县里的招待所了。

王老五的小旅馆其实就是他们家自己的房子。他家房子靠着马路，所以干脆就整理出两个房间来做旅馆，拿出去给别人住，不过生意也一般。

罗四两进了旅店，问了一声之后，王老五给他指了个路。罗四两走了过去，敲了门。

"谁啊？"里面有声音传出来。

"是我，罗四两。"

门开了，正是昨天那个干瘦老头儿。

"快进来。"不等罗四两说话，卢光耀就直接把罗四两拽了进来。

房间布置得也很简单，就是一张老式的床、一张桌子和一个衣柜。

"我……"罗四两张嘴欲说话。

卢光耀赶紧把牛仔服塞到罗四两怀里，匆忙说道："喏，什么话都不要说，拿着衣服跟我走。"

"啊？"罗四两微微一愣。

卢光耀拿上早就收拾好的包袱，拽上罗四两的手就往外走："什么都别说，什么都别问，赶紧走，等下再告诉你为什么。"

罗四两皱着眉头，神色疑惑。

俩人刚出房门，卢光耀就停下了脚步。只见旅馆大门口站了两个人，王老五正在跟他们说些什么。

俩人中那个大腹便便的胖子，抬眼一瞧，立马就看见卢光耀了，冲着王老五怒道："你不是说他不在吗，那这是谁？"

王老五无语了，很无奈地看了卢光耀一眼。

卢光耀脸都绿了，这倒霉催的，就没见过这么倒霉的。他拉着罗四两这么急急忙忙出门就是为了躲这胖子。

昨天卢光耀让罗四两来这里找他，但是他没走出去多远，就突然想到他要离开旅馆躲这胖子。可等他回头去找，罗四两早就走了。今天他还特意嘱咐王老五，除了一个十三四岁的小孩之外，不要告诉任何人他住在店里面，王老五也照做了。

可惜，他刚拉着罗四两出门就遇见这胖子了。真是千算万算也不如天算啊！

这胖子是谁呢？就是昨天傍晚在门口跟卢光耀分别的那位。

昨天，这胖子在卢光耀这儿花了五十块钱买东西，卢光耀说东西没用的话，让他上门来揍自己，自己就待在店里等着他。结果人家真来了。

卢光耀看着大门口那俩人，眼珠子都瞪大了。

罗四两有点不明所以，但是他听见卢光耀在低声说了一句话："要死，点儿醒了攒儿了。"

"哟，这是准备上哪儿啊？"门口那大胖子神色不善地看向这边。

卢光耀却面不改色，轻松地笑了："原来是郭老板啊！我本来是要去我小外孙家里吃饭的。他家里做了包子，请我过去吃。所以我跟老板说没人了，我要走了，赶巧了这不是！"

这番话一出来，罗四两诧异地看着卢光耀。

那被唤作郭老板的中年油腻胖子却半点不信，一声冷笑："嘀！这么巧啊，你在这江县有亲戚还住旅店啊？"

卢光耀一摆手："嘿，还不是他们家没空房子嘛，再说我也不愿意叨扰他们。"

郭老板打断道："少废话，我今天过来就是要个交代的。不给我一个满意的答复，今儿谁都别想走。"

卢光耀摊了摊手，无奈道："那行，进来谈吧。"

对面俩人走了过来，罗四两瞧了个真切。郭老板是个胖子，嘴角上还有个瘊子，一脸凶相，手上还在盘着两个铁球。这放在电视剧里面就是妥妥的坏人相啊，都不用化装。

罗四两又扭头看了一眼卢光耀。得，这位尖嘴猴腮，谎话张嘴就来，也不像是什么好人。

至于跟着郭老板过来的那个中年人，按照电视剧的套路来说，他应该就是郭老板的狗腿子了。

几人到了房间里面。

"来，坐。"卢光耀气定神闲地招呼俩人。

罗四两纳闷了，对方不是来找碴儿的吗，这老头儿怎么这么淡定啊？

郭老板手上盘着铁球，没好气道："我坐个屁，昨晚你怎么说的，啊？药要是没用，让我来这儿揍你。行，今儿我来了，文生，动手！"

郭老板旁边那狗腿子当场就开始卷袖子了。

罗四两心中一惊。

卢光耀忙喊道："等会儿，等会儿，要打我可以，但是在打人之前，咱们得说明白了，你为什么打我？"

郭老板瞪大了眼睛，整个脸都扭曲了起来："还为什么？我为你妈，你他妈的说我用了这药，那小美人就能听我摆布。我摆布你大爷！你瞧瞧这里，三个大耳光，还是在大庭广众之下，到现在都没消肿。"

郭老板指着自己的右脸，气得发抖："那么多人，我脸都丢到姥姥家了，你说，这事怎么办？"

听了这话，罗四两一脸震惊地看着卢光耀。这老头儿果然不是什么好鸟，居然卖这种药。再说你卖就卖吧，居然还卖假的。

卢光耀疑惑道："不应该啊，怎么可能？"

郭老板怒道："怎么不可能，要不然我脸上的巴掌是被鬼扇了啊？"

卢光耀问道："你是怎么用的啊？"

郭老板怒声道："还能怎么用，就你教的那样，用手指拈了一点，撒在她的后脖颈上啊。"

罗四两目瞪口呆。他没吃过猪肉也见过猪跑吧！电视剧里下春药都是吃下去的，这位倒好，居然是外用的。

郭老板身边的狗腿子也翻了个大白眼，他也觉得无话可说了。

卢光耀顿时便逮到理了，理直气壮地喷道："你这是胡闹！"

郭老板反倒是被卢光耀突然爆发的气势吓一跳。

卢光耀用恨铁不成钢的语气，指着他说道："你……你真是……哎呀！我怎么跟你说的？用指甲盖挑一点，撒上去就好了，指甲盖！你是听不懂指甲盖吗？"

郭老板被喷愣了，气势也弱了下去，呆呆道："用手指不一样吗？"

"废话！"卢光耀突然就气势磅礴了，骂道，"一样个屁，你手指上有什么东西？"

郭老板盘着铁球的手也停了下来，低头看手，愣道："没什么呀？"

"汗水呀，汗水！"卢光耀激动地叫着，"你手上有汗水，就算现在没有，手上总沾了汗渍了吧。我为什么要你用指甲盖，就是因为汗渍会影响药效的！你……你……你干吗不听我的啊？"

郭老板都傻了。

罗四两再度扭头看卢光耀。这老头儿也太厉害了吧，不说郭老板了，要不是知道卢光耀前面就想跑，他都快信了这番鬼话。

郭老板好半天才反应过来，他一拍大腿，悔恨道："哎呀……"

卢光耀摇摇头，无奈叹道："算了，也怪我没跟你强调清楚。这样吧，我再给你一点药，这次就赔本少收你一点吧，二十好了。"

郭老板身边那狗腿子是真看不下去了，忙说道："老板，春药我只听过口服的，可从来没有外用的啊？"

卢光耀眉头一皱，盯着狗腿子。

郭老板微微一愣，说道："他说这是他们家祖传的。他们祖上是采花大盗，这就是专门外用的。"

狗腿子无语道："那也不至于撒在脖子上吧，脖子跟那事儿有半点关系吗？再说真管用，您至于挨揍吗？你不会真信他的鬼话吧？"

闻言，郭老板面色不善地看着卢光耀："好哇，你还想骗我是吧？"

卢光耀面色一正："哎，有话说话！咱们都是讲理的人，你要是说我的药不管用，咱们现在就可以去外面试验一下，就去外面街上。"

狗腿子提醒道："老板，他要跑。"

郭老板脸黑下来。

卢光耀道："那你这样就有点不讲理了啊。"

郭老板摸了摸自己挨打的脸，脸色越来越阴沉，手上盘着的铁球也越来越快。

"不讲理？我今天就不讲理一回了。我也不管你的药是真是假，我也不想把给你的钱讨回来。我挨揍是真的，丢脸也是真的，我总得撒气吧？

"你的药，我用了没效果。我不知道是你的原因还是我的原因，我也不想知道。你说了，药没用，让我来揍你。我今天就揍你了，给你的五十块钱就当医药费了！"

卢光耀面色一沉，喝问道："郭老板，当真一点余地都没有了吗？"

"有个屁。"郭老板恶狠狠道。

罗四两也心中一紧，有些慌乱。他毕竟才十三岁，还只是个孩子。

他这会儿都打算打电话给他小姨夫了。他小姨夫是警察。

对面俩人越逼越紧，卢光耀把罗四两护在身后，看着郭老板绝望地吼道："郭老板，你这是不给我活路啊，你这是逼我去死啊！"

郭老板冷笑两声，手上盘铁球的速度也更快了："死？好啊，那你就去死啊！"

卢光耀脾气也上来了："好，那我就死给你看！"

说罢，卢光耀伸手一抓，郭老板手上的铁球就被他抓了一个在手上。他拿了铁球放进嘴里，用牙咬住，手一松，头一仰，咕咚一声就吞下去了！

罗四两一惊。

郭老板跟狗腿子更是跟见了鬼似的，这人脾气也太大了点吧？

中国有许多人喜欢在手上盘揉点东西，有些是揉核桃，有些是揉保健球，还有的是揉石头。揉这些玩意儿，能锻炼手掌和手指，同时还能按摩手上的穴位，有养生的效果。

郭老板揉的是实心铁球，却不是为了养生。他这两年赚了些钱，但总觉得自己出身小县城，是个土包子，所以也弄了对铁球来揉一揉，显得自己有范儿。他长得不高，手掌也不大，所以揉的一直都是直径四点五厘米的铁球。但这是铁球啊，还是实心的，一个球也差不多七八两、小一斤重了。现在居然有人把这样一个铁球吞肚子里面了。

天哪！这人脾气不要这么大啊！郭老板都快疯了，他只想揍卢光耀一顿出出气，没想弄出人命啊。

郭老板脸都白了，整个身子都在瑟瑟发抖。他可是眼睁睁看着卢光耀把铁球吞进去的啊！现在对方倒在地上，大张着嘴，嘴里空空无物，头上的冷汗一阵阵往外冒，眼珠子和脖子上的青筋都暴出来了。

这是要死吧？

"怎么办？怎么办？不关我的事啊！"郭老板被吓得手足无措。还是他身边的狗腿子冷静一点，忙道："本来就不关我们的事，是他自己吞铁球的。"

郭老板忙不迭道:"对对对……"

狗腿子也被吓到了,擦擦头上的汗:"老板,我们快走吧!他自己找死,不关我们的事。"

"好。"郭老板赶紧用力点头。然后他又看了一眼罗四两,问狗腿子:"那这孩子怎么办?"

狗腿子忙道:"这孩子就是我们的证人。小孩,你刚才看见是这个老头儿自己吞铁球的吧?"见罗四两点头,狗腿子又道:"好,那就由你把这老头儿送医院吧。"

"对对,"郭老板赶紧从裤兜里面拿出一把钱,粗略看一下也有三四百了,直接扔在罗四两面前,慌忙道,"小孩,你送这老头儿去医院,你可看清楚,他跟我们没关系。"

"走走走!"说罢,郭老板赶紧催着狗腿子走了。

等他们出了门,罗四两才低头看向卢光耀,此时的卢光耀模样甚是吓人。罗四两撇嘴,道:"喂,他们走了,你快把铁球吐出来吧。"

见卢光耀没吱声,罗四两心中一惊,忙蹲下身抓住他喊道:"喂,你没事吧?"

卢光耀突然退去了脸上的痛苦模样,眼睛重新变得灵动起来。他一把推开罗四两,从地上站起来,双手握拳放在腰间,脚扎马步,脸上的通红血色越来越深,右脚一跺地面,全身气力往上涌。

只见卢光耀脑袋猛地一甩,一个光滑的铁球从他嘴里倏地飞出,一个高高的抛物线过后,砸中了桌上的茶壶——

可预料中茶壶破碎的声音却没有传来,那个黑色铁球居然在茶壶上撞了一下又弹走了。这一下,连罗四两也愣住了。

"呼……"卢光耀长长地出了一口气,脸上血色渐渐恢复正常。

罗四两好奇地走过去,捡起地上那个黑色铁球,一捏,他面容就很古怪了。他扭头看卢光耀,眼神都不一样了:"黑面馍馍?"

卢光耀面不改色道:"嘿嘿,干粮干粮。"

罗四两没好气地把黑面馍馍一扔："我还以为你真的吞滚子了，上脾气来了一个气吞英雄胆，结果你就吞了一个黑面馍馍？你前面还要死要活的，都吓到我了！再说你干吗吐出来，嚼巴嚼巴咽了多好？"

卢光耀却振振有词地反驳道："我不做那副样子能把郭胖子吓走吗？再说了，我吐出来怎么了，我可吃过早饭了，老年人要注意身体，不能吃太多。"罗四两差点没一口气噎死。

卢光耀把藏在手上的那个铁球拿出来，他是在吞的一瞬间换掉的。卢光耀的手法多高明啊，连罗四两都看不穿，更别说是郭老板了。

他撇撇嘴，对罗四两道："小子，你可别以为我吞不了滚子，想当年我能一下吞俩。我是嫌郭胖子手脏才不吞的，国家不是号召我们要讲卫生嘛。"

罗四两简直叹为观止，沉默了好一会儿才憋出一句话："呵呵，我替国家谢谢你。"

"甭客气。"卢光耀大手一挥，得意一笑。

虽说刚刚卢光耀吞的不是铁球，但他这手功夫却是戏法行里剑丹豆环四大基本功之一的丹。

所谓剑丹豆环，剑指的是口吞宝剑，丹指的是口吞铁球，豆指的是仙人栽豆，环指的是六连环。这四大基本功中，吞宝剑和吞铁球，都是硬吞，没有半点虚假的地方；后两种是戏法，讲究门子和技巧。

旧社会的戏法艺人基本上都要学会吞宝剑和吞铁球。但是新中国成立之后，这两个基本功就没人学也没人表演了。因为危险性太大了，死在这两门功夫上的艺人可不在少数啊。

现在能表演这两门绝活的艺人还是有一些的，罗四两的爷爷罗文昌就是其中一个。

吞宝剑，行话叫"抿青子"。河北的李献义就非常擅长此道，他不仅能同时口吞六把直的宝剑，还能吞弯曲的宝剑。吞宝剑一般是不能吞弯曲的，因为这样太危险了，但是他就能做到。

吞铁球，行话叫"暗滚子"，也叫口吞金丹。当然它还有一个更霸气的名字，叫作气吞英雄胆。

吞铁球考验的不仅是技术，更重要的是胆色，不是什么人都敢吞的。把七八两重的铁球从口中咽下，在喉咙处卡住，还不能往下掉了，掉下去就有生命危险，而且最后还得再把铁球吐出来，这不容易啊！

刚才卢光耀吐出来的时候，甩了一下头，这叫狮子甩头，也叫甩头一子镇乾坤。有些高手跳起来的时候会甩头，用全身的力量把铁球扔出去，远处会有人拿一个瓷盘来接，让铁球把瓷盘砸碎，好告诉你这是真玩意儿！北京天桥艺人丁育春就非常擅长此道。

卢光耀的脸色和气息也渐渐恢复正常了，前面那副要死要活的样子都是装的，不然吓不走来找碴儿的郭老板。

"嘿嘿！"卢光耀笑着，一看见地上的钱眼睛都发光了，"呀，好多钱啊，果然是有艺走遍天下。你别跟我抢，这是我卖艺所得。"

罗四两翻了个白眼，这位爷还卖艺了。等卢光耀把钱和东西收拾好了，罗四两问道："哎，你前面说'点儿醒了攒儿了'是什么意思？"

卢光耀手不住地往自己怀里塞钱，瞧也没瞧罗四两："哦，就是买家清醒过来了。"

"就是发现自己上当受骗了呗？"

卢光耀挥挥手："哎，别说那么多了，先走吧。"俩人很快就收拾好东西，离开了小旅馆。

出门后，罗四两问道："去哪儿？"

卢光耀想了想，说道："走，先带你去找一个人。"

五花八门

吴州江县的基本格局是这样的。

城东前些年还是比较荒凉的，但现在是县里主力经营的一块开发区。县里的领导班子都在城东，罗四两的家也在那一块儿。

城南一块是老居民区，有些年头了，有个比较大的国营纺织厂，但现在经营不善，生意快做不下去了。

城西有个小商品市场，说起来是商品市场，其实都是地摊。这些地摊有本地人摆的，也有外地人摆的，瓜果蔬菜，衣服裤袜，桌椅板凳，各种偏方药酒，应有尽有。

城北靠近山区，属于郊区，跟农村没有太大差别。

这会儿，卢光耀要带罗四两去的地方就是鱼龙混杂的城西。

正因为有这么多做买卖的地摊聚集在一起，城西反而成了江县最热闹的地方，大家有事没事都喜欢到这里逛逛。

一路上，罗四两的心中有无数好奇。他一直在问卢光耀是怎么骗郭老板的，给他的药又是什么东西，可是卢光耀却一直在跟他打哈哈。

卢光耀是多么厉害的一个老江湖啊！人家找碴儿上门，他都差点给人家忽悠走了，骗一个小孩子还不手到擒来？就在罗四两被卢光耀兜得找不到圈子的时候，俩人终于来到了城西。

城西靠近邻县，交通更便利一点。这边的地摊区早年间是一块荒地，什么都没有，最初摆摊的人都是靠着路边摆的，后来摆摊的越来越多，来这边逛街的人也越来越多，县里就把这块荒地修整了一下。说是修整，其实就是做成水泥地罢了，但是看起来整洁舒爽多了。

地摊区旁边就是城西的居民区，靠得很近。

地摊区很热闹，各种吃喝各种买卖，应有尽有。罗四两都瞧花眼了，看见这样热闹的场景，他心中阴霾消散不少。可没一会儿，他又皱起了眉头，他不喜欢热闹。

罗四两问卢光耀："我们去找谁啊？"

卢光耀神神秘秘道："来了你就知道了。"

罗四两只能点头。

卢光耀带着罗四两左转右走，来到了居民区和地摊区接壤的那一块。在居民区的巷子口，罗四两瞧见了一个人。

那人年纪五六十岁的样子，穿着一身青色大褂，体态修长，面净无须，头发梳得一丝不乱，脸上永远噙着一丝神秘的微笑。乍一眼看去，着实一副仙风道骨的模样。

那人面前有一张小桌，桌上有纸笔，桌上还铺着一张绒布，上面绣着几个大字——京城方铁口。看来是个算命的，罗四两心中暗自揣度。

"老骗子。"卢光耀一见那人，张嘴就喊了起来。

那人扭头看来，脸色当时就黑下来了："卢老鬼。"

罗四两这才知道，原来领着自己来城西的这老头儿姓卢。

"你来干吗？"方铁口没好气地问道。

卢光耀嬉皮笑脸地走过去："这不是想你了嘛！哥哥赚了钱了，中午请你吃饭。"

"不去！就你这个老抠，谁敢吃你的东西，一准没好事。上次就是吃你一碗馄饨，害得我给你付了旅店一个星期的钱。不去不去，打死也不去！"方铁口很谨慎。

罗四两听得目瞪口呆，敢情这老头儿连自己人也坑啊？

卢光耀一点没觉得不好意思，还是笑嘻嘻道："上次不是哥哥囊中羞涩嘛，这次赚了点钱，这不是来给你赔罪了嘛！对了，你住哪儿？接下来的房钱都我给了。"

方铁口扭头看过来，上下瞧了卢光耀一眼，嗤笑一声："嗬！我还当你良心发现了，看来是点儿要醒了攒儿了，逼得你没地方待了吧？"

卢光耀知道瞒不过方铁口。他虽然是一个老江湖，但论识人和辨别人心这一套，他是拍马也追不上方铁口的。

方铁口没好气地冷笑两声，说道："行了，走吧，吃饭去吧！这戴帽子的小孩又是谁啊？"他边说边指了指罗四两。

"我……"

罗四两刚张嘴，就被卢光耀打断了："嘿，这就是罗家那孩子。"

方铁口看了罗四两一眼，目光微闪，心中却在琢磨：罗家的孩子？罗家！他猛地转头，吃惊地看着卢光耀："你怎么跟立子行的人牵扯上关系了？"

卢光耀微微摇头，没有回答。

这一幕看得罗四两心中疑惑，可惜没人搭理他。

方铁口开始收拾东西，准备一起去吃饭，就在这时，巷子口走过来一个身材发胖的男人。这人约莫三十来岁，神情悲愤，头发也乱糟糟的，衬衫纽扣也被人扯了一颗下来，脸上还有几道指甲刮出来的血痕，好像是刚跟人打完架。

这人罗四两也认识，是江县里面跑长途车拉货的司机，从80年代起就开始拉货了，长年在外面跑，家里条件也挺不错的。他姓张，大家都叫他张司机。

"你是算命的？"张司机走到方铁口摊位前，粗声粗气地问道。

这一出声，罗四两被吓了一跳。张司机的样子太吓人了，眼神很凶恶，看起来一言不合就要打人。

方铁口看了一眼对方，不慌不忙地收拾着桌上的东西，脸上带着微笑，淡淡说道："京城方铁口，看相算命，每日只看三相。今日已满，请明日再来吧。"

卢光耀抬头看天，这老骗子……

可张司机显然没打算就这样善罢甘休。他瞪着方铁口的眼睛，恶狠狠道："送上门的生意你不做，是不是看不起我？"

方铁口把纸笔收拾好，放进一个小包里面。他微微摇头："相待有缘人，不算无缘债。你我今日无缘，自然是算不了。不说你，就算是别人来了，我也不会算的。"

方铁口的模样甚好，很有一副仙风道骨的模样，再加上刚才说的这番话，就连罗四两都被他唬得一愣一愣的。

张司机却依然咄咄逼人："方铁口是吧？神算是吧？我今天就要拆穿你这江湖骗子的面目。你能算是吧，那你能不能算到我这一拳？"说罢，张司机甩手一拳就朝着方铁口面门打去。

罗四两顿时一惊，就连卢光耀也眉头一皱。

方铁口却是半点不慌，脸上笑容甚至还带上了几分释然之色。只见他稍一侧步就躲开了张司机的拳头，而后双手一前一后钩住对方的胳膊，脚一踢，手一拉，就把张司机掼到地上去了。

方铁口把张司机的手折在其背后，吐了一口气，说道："我今日出门前就觉有乌云绕顶，怕是有不顺之事，原来就应在你身上啊。"

这话一出，罗四两目瞪口呆：原来这个算命先生这么厉害啊？

卢光耀则是大翻白眼。

"放开我！放开我！"张司机在地上拼命挣扎。

方铁口也没为难他，就松开了他。张司机赶紧爬了起来，一边吃痛地揉着自己肩膀，一边惊疑不定地看着方铁口，也没敢再动手了。

方铁口微微笑着，继续收拾自己的东西。他也不抬头看张司机，边收拾边说道："今日的相已经看完，不可再看，这是规矩，但送你几句箴言还是可以的。"

"你……"张司机微微一愕。

方铁口不慌不忙地把东西放进包里，这才抬头看着张司机，说道："五岳相隆，事业宫熠熠生辉，主青年富贵。妻宫有动，主婚姻不睦，红杏外出。"

听得这话，张司机心中猛地一惊。

方铁口也看到了他的脸色，继续说："小伙子，送你两句箴言：当断不断，反受其乱；只待前行路，莫求无良缘。"

张司机身子已经开始颤抖了，他再也不敢小视面前的方铁口，颤着声音道："大师，求大师帮我！"

方铁口却微微摇头："一日只看三相，今日已罢，不可再破例。你速速离去吧。"

张司机脸有些发红，他刚刚还想揍方铁口出气，可是人家转身就帮他指路，他快羞愧死了。

他是开长途的司机，这些年走南闯北见了不少人，也见过不少看相的，但大多都是江湖骗子。像这种一句话都没问就看出他所有事情的高人，他可是闻所未闻、见所未见啊！

这是真正的活神仙啊！

"大师，刚才是我鲁莽无礼了。我……我……不管如何，求大师收下我的相礼……就当我赔罪了。"想到刚刚差点揍了活神仙，张司机面红耳赤，恭恭敬敬地抓出裤兜里面所有的钱。

方铁口瞧他一眼，只取了一张五元的，然后说："不算相礼，就当是你打人的赔偿吧。"

张司机闻言更加羞愧，而罗四两在一旁看得都快傻了。

饭馆里，罗四两显得有些拘束。毕竟对面坐着一个活神仙啊！他小心翼翼地用左手夹菜吃饭，大气都不敢出。

卢光耀看了看他，也没有多说什么。

桌子上炒了三四个菜，卢光耀和方铁口一边就着小菜喝着白酒，一边你一言我一语地聊了起来。

卢光耀问道："你现在住哪儿呢？我晚上搬过去跟你一起啊。"

方铁口吃着菜答道："就县里的招待所。"

卢光耀讶异道："哟，住得还真不赖，跑到老柴的地盘去了啊。"

罗四两听得一愣：老柴是什么？

方铁口道："对啊，所以你就去不了了！这两日老柴都过来查好几次了，说是在查案，但也不说是什么。我这两天听见有不少孩子失踪了，恐怕是有伙儿老渣过来了。"

罗四两又是一愣：老渣又是什么？

卢光耀神色凝重，微微颔首，他也听说这事儿了。

"不说这个了。"方铁口夹了一块肉，问道，"你那边怎么回事，怎么弄得点儿都要醒攒儿了？"

卢光耀一挥手："别提了！我今天早上被点儿堵在店里，都差点出不来了，费了半天劲才平了点儿。"

方铁口笑了，惊讶道："嚯，可难得见到你这么倒霉啊。"

卢光耀没好气地指着罗四两说道："还不都是这臭小子坏事啊。"

罗四两蒙了：关我什么事？

卢光耀又摇摇头："算了算了，不提了。"

罗四两反倒纳闷了："你们刚刚说的老柴、老渣都是什么意思？"

这话一出，俩人都有些诧异。卢光耀看着罗四两问道："你爷爷没跟你说过这些？"

罗四两反问道："你知道我爷爷是谁？"

卢光耀道："你姓罗，住在江县，又懂戏法，我怎么可能不知道你爷爷是谁。"

罗四两点了点头，他们家族在戏法界的名头可不是盖的，别人知道也很正常。

卢光耀稍一思索，对罗四两道："你们罗家曾经也是跑江湖的，没想到你们家那个一根筋的老顽固居然连这事儿都不跟你说了？"

一根筋？老顽固？罗四两苦笑一声，又问道："什么江湖？武侠小说里的那个吗？"

卢光耀摇头："那是假的，是小说家写的，咱们这个是真的。"

罗四两又问："那什么是真的江湖？"

卢光耀给他解释："江湖有五花也有八门。所谓五花，偷东西的小绺叫老荣；人贩子叫老渣；警察叫老柴；设赌局骗钱的叫老月，你昨日在城南遇到的刀疤那伙人就是老月，只是他们不懂江湖事，也没有江湖人带他们，所以要的都是低等手段。五花中最后一个就是跑江湖做生意之人，称为老合，我们都是老合。此五老谓之五花。

"八门指的是江湖八个行当，金皮彩挂评团调柳。金，金点行，就是看相算命，也就是方老骗子这一行。他们全是一群江湖骗子，使的也多是腥活儿……"

方铁口没好气喷道："去！"

罗四两一脸惊愕：骗子？不可能吧？

卢光耀随即一笑，也不甚在意，继续说："皮，皮点行，就是跑江湖卖药的。就城西摆摊子那一块，就有不少卖药卖偏方的，虎骨酒、狗皮膏药、眼药各式各样都有，这行也是腥多尖少。"

罗四两问道："什么是腥，什么是尖？"

卢光耀道："腥就是假，尖则是真，这是春点里面的话。至于什么是春点，稍后跟你说。"

罗四两点头。

卢光耀接着道："彩，彩门，你我都是彩门。彩门就是戏法一门，用现在的话说就是杂技一门。彩门中变戏法的称为彩立子，也称立子行，你们罗家就是立子行中人。卖戏法的称为挑厨拱，我就是厨拱行的。还有变戏法带赞武功的，是签子行，也就是现在的杂技演员。"

罗四两道："这个我知道，我爷爷说卖戏法的都是骗子。"

卢光耀脸一黑，一旁的方铁口差点没笑出声。卢光耀怒道："少听那些有的没的！你以为你们立子行都是好人啊？渣滓多了去了。"

方铁口瞧了瞧他，没说什么，罗四两则是一怔。

卢光耀顿了顿，又喝了口酒，才继续说："彩门之后是挂子行，挂子行就是江湖上打把式卖艺的，也有给人看家护院的。评，就是说评书的。团，团春，相声门，说相声的。调，这一行全是卖假货坑人的。柳，唱大鼓的。

"江湖八门中的彩、评、团、柳都基本归了国家了，他们都成人民艺术家了，包括你爷爷。除了这八门之外，还有穷家门和骗家门。现在的江湖行当也都十不存一了，所谓江湖，早已残缺不全了。便是外面那些摆摊摆地的，也没有几个人懂生意口，会说春点话了。"

罗四两惊讶得瞪大了眼睛，他好像接触到了一个一直在身边，却从未触碰到的神奇世界。

"那……春点又是什么？"罗四两又问。

卢光耀道："江湖人做生意自然都有自己的秘密，这是不能让外人知道的，不然生意就做不下去了。所以经过这么多年的发展，老前辈们创造出一套只有江湖人才懂的独立语言，叫春点，也叫江湖春点。我们现实中的所有话，都能用春点翻译出来。

"宁舍一锭金，不给一句春。这是绝对不允许传给外人的，也不能随意当着空子的面调侃儿。空子和调侃儿就是春点里面的话，空子指的是不懂江湖事情的普通人，调侃儿的意思就是说江湖春点。"

罗四两明白了，看了看身边的方铁口，又问卢光耀："您刚刚说方先生是骗子，可他给张司机算命算得很准啊。"

"准个屁！"卢光耀怒道。

方铁口嘴角抽抽，脸上仙风道骨的模样也保持不住了。

罗四两不甘心地争辩道："怎么就不准了？他知道张司机青年富贵，还知道他婚姻不睦，妻子红杏出墙，这怎么能是骗人呢？"

卢光耀道："你看看张司机身上穿的衣服，还有他手上戴的大金戒指，就知道这个人有钱没钱了；再说他年纪也不大，也就三十岁出头，主青年富贵没问题吧？"

方铁口看卢光耀一眼。他们这一支把点儿的方法跟卢光耀是不一样的，卢光耀是看人衣着断人穷富，但他们这一支是最忌讳这一点的。只是他也没多说什么，他也不想把自己的方法暴露出去。

罗四两点点头，又问："那妻子红杏出墙呢，这该不是从衣服上看出来的吧？"

卢光耀嘿嘿一笑："还真是。你看他纽扣都被人扯掉了，脸上还有指甲抓出来的血痕，明显是刚跟女人打过架啊。再看他的样子，一脸气愤、悲凉，这就不是跟普通女人打架，肯定跟家里有关系。怕是什么事情伤着他心了，他又怒火烧不出来，所以就来找方骗子的麻烦了。"

罗四两还是有些不敢相信："那……那……那也不能判断就一定是他妻子红杏出墙啊，也有可能是跟姐姐妹妹打架啊。"

卢光耀颇为欣赏地看了罗四两一眼："你说得没错，我把点儿只能把出这些来，剩下的恐怕得盘盘他的话，才能盘出来了。"

"把点儿？"罗四两一愣。

卢光耀道："这也是江湖春点，把就是用眼睛看点儿。我们生意人把买家都叫作点儿，把点儿就是看看这个买家的情况。我只能看出来这些，方骗子比我强多了。他把把簧，抓抓现簧，应付这个小情况不算什么。哦，对了，他们的把簧跟我们把点儿是一个意思。现簧指的是看出对方心里在想什么。

"这里面具体的秘诀，是他们金点行不外传的秘籍。簧口一共有十三道，称为金点十三簧，现在也没几个人学全了，方骗子是其中之一。另外，方骗子还是方观承的直系后人，是方观承的《玄关》八百秘的唯一传人……"

方铁口忍了半天，见卢光耀越说越不像话，终于忍不住喝道："你住嘴，什么事情都往外说！什么后人不后人的，你怎么不说你是快手卢的后人？"

快手卢？罗四两暗自琢磨这个名号。

卢光耀最不愿意别人在他面前提起快手卢的名号，脸色顿时变得不好看了，闷闷地喝了一口酒。他看了身边的罗四两一眼，见这孩子一脸疑惑，又问："你爷爷没跟你说过快手卢？"

罗四两摇头。卢光耀和方铁口互看一眼，眸子里面都有惊讶之色，卢光耀则更多了一些不一样的东西。他摇了摇头，苦笑一声，对罗四两说道："现在你该了解一点江湖了吧？"

方铁口在一旁悠悠道："你一次说这么多，这孩子能记住吗？"

卢光耀却自信道："他肯定可以的，这孩子有一眼记事、过目不忘的能耐。"

罗四两闻言，跟见了鬼似的，惊愕道："你怎么知道的？"

过目不忘

罗四两今年十三岁，是一名普普通通的初二学生，但是他心里一直隐藏着一个秘密，已经藏了六年之久了。

这个秘密就是，他有病。

罗四两得了一种非常罕见的病，一种过目不忘的病，一种怎样都忘不了过去的病，一种会忍不住回想那些悲痛沮丧的经历的病。他没有跟任何人说过，就连跟他日夜相处的爷爷罗文昌也不知道。可眼前这个仅仅见过两面，相处时间不过数个小时的老人居然一眼看穿了所有。

罗四两怎能不惊啊？他都坐不住了，慌忙站了起来。这一刻，他觉得自己仿佛被扒光了站在这个老头儿面前，一切都被对方看穿了。

方铁口也不吃饭了，他也诧异地看着罗四两。

跑江湖跑江湖，江湖是要跑的，跑的地方越多，就越有见识、越有阅历，也越受江湖老合的尊重，所以老合们都管那些跑过很多地方的老合叫腿儿。

方铁口也是个腿儿，他几乎跑遍了全中国，见过的人数都数不清。他也见识过不少天才，其中记忆力很好的也有不少，但是像卢光耀说的一眼记事、过目不忘，他是从来没见过的。

一眼就能记住？我在一张纸上写满密密麻麻的字，在你眼前晃一下，你就都能记住了？怎么可能，你以为你是照相机啊？

方铁口心中有所怀疑，他不认为罗四两有如此神奇的记忆能力，恐怕是卢老鬼言过其实了。

看着罗四两震惊的眼神，卢光耀却呵呵地笑了："很惊讶吗？"

罗四两缓缓点头，神色凝重且震惊。

卢光耀却摆了摆手："行了，坐吧，别那么惊讶了，你这事儿根本瞒不了有心人。你还记得你昨天去老月那儿耍钱的事情吗？"

罗四两眸子陡然睁大，他明白自己破绽出在哪里了。

"明白了？"卢光耀笑着看罗四两。

罗四两面色有些难看，却不像之前那么惊恐了。他之所以选择去刀疤那儿赌黄豆，纯粹是仗着这一眼记事、过目不忘的能力。

罗四两在那边晃过好多次了，知道刀疤他们所有的赌博流程。他知道刀疤在猜黄豆的时候，会先抓一把黄豆出来给大家检查一下，虽说只有三四秒时间，但是对罗四两来说足够了。

罗四两能瞬间记住那些黄豆的摆放形态，也能瞬间数出它们的数目，知道数目就能轻松计算出结果来了，所以罗四两每次都能赌赢。

正是因为超绝的记忆力和分析力，罗四两才能一眼看透那么多手彩戏法。

人眼的像素比任何一台高清摄像机都高，人脑的计算能力也比任何一台高级计算机都准确高效，而罗四两的记忆力和分辨力又超出常人太多，所以，手彩戏法能瞒得过常人，却瞒不过罗四两。

罗四两出生在戏法世家，这些年也见识过许许多多戏法节目了。不说别的，就单说他爷爷罗文昌，那是戏法界的传说啊，但是这位传说的手彩也无法瞒过罗四两。卢光耀的手彩却让罗四两难辨分毫，可见罗四两得有多惊讶啊。

罗四两看着卢光耀的眼睛，问道："所以你才让我猜你的硬币藏在哪儿，你是为了测试我？"罗四两的反应速度很快，一下子就想到了卢光耀其后的举动。

卢光耀倒是一点不觉怪异，微微颔首道："不错，我是起了猎奇之心，你也并未让我失望。看不穿我的门子是正常的，不然你就是祖师爷转世了。但是在我之下的大多数艺人，哪怕是登堂入室之人，手彩怕也骗不过你吧？"

听到这话，方铁口诧异地看着罗四两：这小子这么厉害？

罗四两坐下来，不言语了。卢光耀看了看罗四两，干瘦的脸上露出玩味的笑容："就连你爷爷罗文昌的手彩，也骗不过你的眼睛吧？"

罗四两颔首。卢光耀点头，道："也正常，手彩虽说是所有戏法的基础，但这基础也有高有低，你们罗家纵横江湖靠的是落活儿，而不是手彩。被你瞧出来也正常，不必妄自菲薄。"

罗四两却顶了回去："我知道，不用你说。"

看卢光耀被噎，一旁的方铁口觉得很好笑。

卢光耀问罗四两："现在你说说你都能看透哪些戏法了？"

方铁口也看着罗四两，露出好奇之色。这年头都说少年天才，连各大高校都弄出来少年天才班了，他方铁口今天算是真的见到少年天才了。这要是传出去，这小子肯定得被人挖走啊！

卢光耀暗中瞥了方铁口一眼。这老孙子太厉害了，骗他一次可太难了，比登天还难！就连他自己这种纵横江湖数十载的老骗子都没有半点把握，今天算是取了对方好奇的巧儿了。

老话说，好奇心要不得啊！

卢光耀表情淡定地看着罗四两，自己心中却是乐开了花，一肚子坏水都没地儿流了。死老骗子，你以为秘密是白听的？不把你准备带进棺材的能耐都挖出来当倾听费，我他妈跟你姓！

罗四两神色平静了许多，他本来就比普通人聪明，虽说只有十三岁，但也比同龄人成熟多了。经过最初的惊愕之后，罗四两现在心情也平复了，反倒有点不好意思：不就是记忆力好一些嘛，又不是见不得人的事情，至于大惊小怪吗？

罗四两吐了口气，苦笑着点了点头："戏法人人会变，看的只是活儿的好坏罢了。水平低的我基本上都能看穿；单说水平高的，手彩和丝法门大部分都瞒不过我，抹子活儿和落活儿稍微难一点。"

卢光耀听了微微颔首。

清朝时期的学者唐再丰编了一本记录中国传统戏法的专著，叫《鹅汇幻编》，是第一本真正意义上的戏法专著。明代还出现过一本《神仙戏术》，那个早就失传了，但在日本还见到过残本。

唐再丰所用的分类方式是按照戏法的表演形式来分的，分成了手法门、彩法门、丝法门、药法门、符法门和搬运门六种。

这种分类方式就已经很科学了，但是也有缺陷，其中最大的一个缺陷，就是他没有把传统戏法非常重要的"罗圈献彩"纳入其中。

另一个重大缺陷，就是他收集了很多虚假的药法门和符法门的戏法。那些戏法老前辈不想自己的门子被别人知道，又不敢得罪唐再丰，只能骗他了。

这里面还记录了一些用作江湖骗术的戏法，圆光真传秘诀、江湖诸法秘诀、三十六大套秘诀和江湖通用切口摘要里面的绝大部分戏法都是江湖骗术，是用来骗人的。变戏法的艺人一般用得比较少，那些卖戏法的或者用戏法装神弄鬼的江湖骗子，用得倒是很多。

尽管《鹅幻汇编》有这些缺陷，但仍不失为一部伟大的著作，其中对戏法的分类，一直沿用到现在。罗四两刚刚说的丝法门、手彩都是出自其中。

卢光耀听了罗四两的话之后，稍微思考了一下，才点了点头，说道："还有很大的开发空间，你有如此的记忆力和分辨力，以后学艺定然事半功倍。再给你训练一番，教你瞧其中门子，你就能看穿更多的东西。以后的江湖斗艺，恐怕你会让所有人吃惊。"

"江湖斗艺？"罗四两又纳闷了，怎么又是一个没听过的新鲜词？

卢光耀微微一愣，然后无奈地摇了摇头："你们家那老头儿也真是的，什么都不肯跟你说，这当了艺术家是不一样啊，跟以前的下九流江湖彻底说再见了。不过也好，就你家那老头儿的性格，脑子根本不会拐弯，幸好当了人民艺术家，不然迟早被人吞得连渣都不剩。"

罗四两一愣："我爷爷有这么差吗？"

卢光耀道："论艺术水平，你爷爷绝对是顶尖，你们戏法罗家族的赫赫威名，有一半是他打下来的。但是你爷爷性格太耿直了，脑子不会拐弯，当艺术家给国家卖卖力气，出国演出给国家挣点面子，都没什么问题。但要是做个下九流的江湖艺人，在尔虞我诈的江湖中，他是玩不转的。"

罗四两点点头，没有多说什么，也不想去争辩什么。他跟他爷爷的关系其实挺冷淡的，平时两个人也不怎么交流。

卢光耀抿了一口酒，看向罗四两。罗四两也被他认真的眼神看得心神一懔，只听他郑重道："你远超常人的记忆力和分析力，就不要跟不相干的人说了，最好不要让任何人知道这件事。"

听得此言，一旁的方铁口心中隐隐一动，感觉自己好像抓住了点什么，又好像错过了什么。

"嗯？"罗四两心中疑惑。

卢光耀却严肃道："江湖走马，见人只说三分话，切不可全抛一片心。你保留得越多，你的底牌就越多。尤其是你现在还小，过于抢眼不是好事。"

方铁口深以为然地点头。这两人都是老江湖，他们见的人见的事太多太多了，给罗四两的建议也自然是建立在无数跟头上的经验之谈。

罗四两虽然不是太明白这两人为何如此郑重其事，但还是点头了，因为他自己也一直是这么做的。倒不是他刻意藏拙，而是他真的不喜欢这狗屁记忆力，这就是一种病，一种无法治愈的怪病。

方铁口在一旁好奇地问道："你这记忆力是天生的？"

罗四两摇头。

卢光耀放下酒杯，突然问道："你学过戏法吗？"

闻言，罗四两猛然抬头看向卢光耀。他的手下意识地摸向后脑勺，隔着帽子捂住了自己的长命辫，眼神中有慌乱也有痛苦。

对面两人都是成精的人物，自然也都明白了。卢光耀心中一叹，可怜的孩子！这孩子虽然聪明伶俐，却是个父母双亡的孤儿啊。他父母当初也算是因为戏法而死，也难怪他不想学了。

饭桌上渐渐安静下来，最后还是卢光耀先开了口。他咽了杯中酒，长长出了一口气，洒脱地笑了笑，又拍了拍罗四两的肩膀："行了，别想那些不开心的了，你明天不用上学吧？"

罗四两情绪已然低落下来了，摇头道："不用。"

卢光耀道："那明天还来城西这闹市吧。"

罗四两问道："来这里干吗？"

"带你看看一直藏在你眼皮子底下的江湖世界啊，另外——"卢光耀拖长了音，干瘦的脸上露出坏笑，"顺便带你骗人去。"

罗四两吃完饭就走了，两个老头儿看着罗四两离去的背影，心里都有些沉重。方铁口问卢光耀："你选定的人就是这孩子吗？"

卢光耀的目光渐渐沉重下来，面上露出萧瑟之态。

"他有最神奇的记忆能力，能以最快的速度学到最多的东西，他有这个潜力。他是戏法罗家的后人，罗家的落活儿是世上最好的，资本他也有了。所以，他是我最好的选择。我已经蹉跎半生了，没有时间可以浪费了，错过他，我可能再也找不到更合适的。我一定要让他学戏法，我一定要让他帮我修复那套戏法，为此，我可以不惜一切代价。"

方铁口皱眉，有些迟疑道："可他根本不愿意学戏法，不然早就跟着他爷爷学了。"

"我不管，哪怕是坑蒙拐骗，哪怕是卑鄙无耻，我也一定要他学。"卢光耀转头看方铁口，两只眼睛慢慢变得通红，干瘦黝黑的面孔第一次布满狰狞。

他指了指自己鼻子，又指了指自己眼睛，想歇斯底里却又强行压制，把本该狂吼而出的话压抑着，轻轻吐出："我鼻子闻到的全是人血刺鼻的味道，眼睛看到的全是几百个老少爷儿们尸横遍野的模样。半个世纪了，污名还压在他们身上，他们还在等着我给他们讨个说法，我无路可退。"

方铁口叹息一声，道："可你要做的事，本就是不可能实现的事情，那是不可复制的奇迹。"

卢光耀扭过头，盯着方铁口："这个世上没有奇迹，只有坚持。总有些事，值得我们坚持，值得我们不顾一切。我知道你不信，我也不信，但我在做。"

方铁口合上的眸子颤了两下。

第二章

初涉江湖路

家传绝活

罗四两这种记忆力超群的情况，在现代医学上有一个专属名词，叫作超忆症——一种罕见的记忆力疾病。到现在为止，还没有研究出来超忆症是先天还是后天原因导致的，也没有任何手段去治疗。

超忆症对人的身体没有什么副作用，对人的精神却有很大的弊端。正常人的脑子都有自我防护机制，它会让你渐渐淡忘曾经那些痛苦的、令人难堪的往事。

时间是最好的良药，但这剂良药却治不了超忆症患者，因为他们忘不了，他们这辈子都忘不了。所以他们才会痛苦，所以罗四两才会把自己封闭得如此厉害。

事实上，很多超忆症患者都有抑郁症，甚至会选择自杀。

罗四两的超忆症跟普通的超忆症患者还不一样。普通的超忆症，特征主要是长久记忆，瞬间记忆能力跟普通人差不多。而罗四两这种特殊的超忆症，不仅能永远不忘，还能过目不忘。

这是罗四两的优势，也是他痛苦的最大来源。

正是因为有了超忆症，罗四两始终无法忘记父母双逝的悲伤。他这些年一直生活在无尽的痛苦之中，晚上不敢关灯睡觉，连睡觉都是开着随身听的。他不敢让自己安静下来。

罗文昌死了儿子，白发人送黑发人，是很惨。可好多年过去了，再想起，他只是感到落寞和悲伤，却没有当初那么痛苦了。罗四两却每次都近乎崩溃，他知道这是一种病，也知道这种病无药可治。

罗家是戏法界最赫赫有名的家族。罗四两的父亲是第三代戏法罗，更是戏法界的天骄，是公认的青出于蓝而胜于蓝的天才。他改进了传统古彩戏法的门子和技巧，还创出来几个让业内震惊不已的新戏法。

百年戏法罗，代代是传奇。

罗四两那惊才绝艳的父亲一手把戏法罗家族推上了神坛，让戏法罗家族成为人人惊叹的传奇。他不仅在国内做到了行业顶尖，还带着国内最顶尖的戏法师征战世界，让全世界的魔术师都为中国戏法惊叹。

他曾是戏法界公认的领袖，公认的天才，可是这个天才却在国外一次危险的戏法表演中失败，不幸陨落。连他自创的新门子，和那几个传奇戏法，也随着这个传奇人物的陨落而没了传承。

消息传回国内，戏法界一片惋惜。时年六岁的罗四两无法承受这种打击，生了重病，高烧不退。他的母亲为他出门请医生的时候，因为心中悲痛而精神恍惚，不幸遭遇了车祸。

一个只出现在老套电视剧里的狗血情节，竟然就这样发生在罗四两身上，荒诞却又真实。

原本幸福美满的罗家，瞬间分崩离析。

罗四两的高烧是退了，退了之后，他就发现自己得了超忆症，一种无法忘却痛苦的疾病。

罗文昌也心灰意冷，大受打击。他辞去所有公职提前退休了，离开北京回到了吴州江县老家，也把年幼的罗四两带了回来。

戏法罗家族就此隐退，戏法罗的传说就此沉寂。

罗四两出身于戏法罗家族，却一直都不肯学戏法。

他是不肯，更是不敢。

可罗家就这么一个后人了，因为罗四两不肯学戏法，所以这个戏法界的传奇家族也后继无人，走向了没落。

唉……

罗四两离开城西的时候是中午，回到城东家中却已经是傍晚了。

吴州江县是一个小县城，从城东走到城西顶多两个小时，而罗四两却整整走了一个下午。

卢光耀的话再次撩拨起了罗四两心中的痛苦回忆，幸好现在不是安静凄冷的晚上，而是热闹温暖的下午。

罗四两时常望着远方怔怔出神。

很多时候，他在想，如果罗家不是戏法世家，一切是不是会不一样？如果父亲没有学戏法，一切是不是会不一样？如果父亲没有去振兴戏法，一切是不是会不一样？

在罗四两看来，害死他父亲的不是那套戏法，而是压在他身上的所谓的戏法罗家族的责任，以及需要他去延续的传说和神话。

如果父亲身上没有担着戏法罗家族的百年荣耀，他就不会出国跟人斗艺，也不会发生意外，所有的不幸都不会发生。

所以罗四两不喜欢戏法，不喜欢罗家，也不喜欢他的爷爷。

他恨不得戏法界从来都没有出现过戏法罗家族。如果没有戏法罗三个字，所有的一切都不会发生。

黄昏时分，罗四两刚回到家里，就看见爷爷那张阴沉的脸庞，不禁有些错愕。

罗文昌愤怒地看着罗四两，拍着桌子怒喝道："你还知道回来？"

罗四两有些疑惑，可他也没打算说什么。今天想起了许多让他难过的回忆，他的情绪已经很低落了。

罗文昌严肃地问道："你昨天干吗去了？"

罗四两低着脑袋，咬了咬唇，依旧没有出声。

罗文昌大声喝道："还不肯说，你现在胆子是越来越大了，你昨天是不是去赌博了？

听到这话，罗四两心中一惊，诧异地抬起头看向爷爷。

罗文昌道："还不承认！你班主任高老师都打电话给我了，还想抵赖吗？"

罗四两心中更加疑惑了，班主任怎么会知道这件事情？

罗文昌恨铁不成钢地骂道："你说说你，小小年纪就去赌博，你怎么就不能学点好？"

闻言，罗四两嘴角反而扯出一点叛逆的笑意。他抬头看着罗文昌，反问道："那什么是学好？"

罗文昌大声道："好好学习，好好考试。好好学艺，学习家族戏法，传承戏法罗荣耀，然后考入杂技团为国效力，这就是学好，听懂了吗？"

罗四两把帽子摘下来，细长的长命辫垂到了腰间。他脸上露出了嘲讽的笑容，道："别跟我提戏法罗，我不会当戏法罗，也没有兴趣考杂技团，更没兴趣为国效力。"

"你……"罗文昌愤怒地指着罗四两，"戏法罗怎么你了，你就不想传承了？国家亏欠过你半分吗，你就不想为国效力了？我告诉你，艺人最大的荣耀就是传承手艺，为国效力。我们又不是那些跑江湖的艺人，就知道坑蒙拐骗、欺诈钱财。"

罗四两无奈地摇摇头。他想起了卢光耀的评价，自己的爷爷真是庙堂之上一根筋的人民艺术家，自己为国效力一生，还非要逼着子孙后代都如此。

罗四两又不禁想起了自己的父亲。父亲当年是不是也像他这样，被爷爷逼着学戏法，逼着考杂技团，所以才为了国家、为了家族、为了戏法把命都丢了？

一想到这里，罗四两心中顿时就索然无味。

他把辫子抓到面前，用手摩挲着束发绳上的小铁片。他看着那个小铁片，面容有些苦涩，语气中是毫不掩饰的嘲讽："我可不想把命也丢了。"

"你……"罗文昌气得浑身发抖，心中更是悲凉。

爷儿俩平时交流虽然不多，但他怎么也不会料到，自己孙子居然会说出这样的话。

见爷爷真的被自己气到了，罗四两又有些于心不忍，毕竟这是他在世上唯一的亲人了。

他轻轻一叹，说道："爷爷，你别逼我了！我没有学过戏法，也不想学，以后也不会去学，更不会成为第四代戏法罗。"

罗文昌面目狰狞，浑身都在抖。他既失望又心痛，近乎歇斯底里地说道："戏法罗是我们罗家三代人用百年时间，历经无数苦难，甚至是用生命才打造出来的辉煌，你就这么不屑一顾地把它彻底抛弃，抛弃我们三代人所有的心血吗？"

罗四两神色不变，依旧紧紧抓着那枚小铁片："我不喜欢戏法罗，它让我没了父亲，也没了母亲。我不当戏法罗，只是不想让我的孩子再去经历这样的不幸。"

罗文昌浑身颤抖，看着罗四两自顾自地上了楼，他才疲惫地坐在椅子上，神色颓然。

电视里面在播放新闻——

"在上级文化部门的指导下，中国杂技家协会下属中国魔术艺术委员会在今日正式成立。中国魔术艺术委员会是建立在中国……

"委员会设主任一名，由戴连城同志担任；副主任三名，分别由……担任，委员徐秋、傅起凤……中国杂技家协会副主席王峰做了如下讲话……"

罗文昌看着新闻，看着电视上那一个又一个老熟人的面孔，心中愈发苦涩。

中国魔术艺术委员会成立了，这是戏法界的一件盛事，可这盛事，他们罗家却无缘参与了。

今日无缘，或许也将永远无缘了。

罗文昌落寞地想着，脸上的皱纹都透着几分惆怅，头上的银丝也暗淡了不少。

他关了电视，走到堂前。堂屋靠墙放着一个长桌，这种桌子在农村比较普遍，很长，很窄，像一幅摊开的卷轴。桌子一般用来放些瓜果点心或者祭品什么的，桌子两侧装了柜子。

罗文昌打开其中一个柜子，拿出来一块叠得整整齐齐的绸布。他双手捧着，微微合眼，稳了稳心神，才伸手抖开。

这是一块正方形的红色绸布，绸布正中间绣了一个龙飞凤舞的"罗"字，绸布很长，都与罗文昌一样长了。罗文昌将绸布挂在左手之上，双手摊开，绸布堪堪到地。

这种绸布是用来变大戏法"落活儿"的道具，行话叫作"卧单"。戏法师用卧单一挡一开，就能变出各种物品。

落活儿是罗家纵横江湖的绝活。罗文昌手上这块则是周总理送给他的，是罗家家传的卧单，更是罗家百年荣耀的象征。

罗文昌卧单在手，双手左右摊开，一双眸子悲壮而又坚定，脚步缓缓向前。暗夜无声，罗文昌脚踩在地砖上发出微弱的声音，但在这黑夜之中，却有着震撼人心的伟力。

黑夜，孤寂，老人，还有一个即将落幕的独演舞台。

罗文昌迈着沉重的步伐走到大门前。夜很静，可这一刻，他耳旁却响起了喧嚣之声，仿佛有一束灯光穿越时空打在了他苍老的身躯之上。

这是一个人的舞台，是一个没人知道的舞台，可台下似乎坐着无数的观众，他们在呐喊，在嘶吼，在疯狂。

罗文昌合上双眸，左手一抖，卧单猛然飞起。他双手接住，在身前再次一抖，卧单翻滚起波浪，那金绣的"罗"字腾飞空中，熠熠生辉，如龙在渊。这一刻，罗文昌仿佛听见了无数嘶吼的叫好声。

罗文昌双手连连而动，红色卧单已经被他叠成一个滚球。他双手抱住，微微颤动，苍老的大手显露出不正常的僵硬。

稍后，他双手朝外猛地一张，这滚成一个球的卧单竟然不见了，就像遁入了另外一个时空。而那些穿越时空而来的观众、掌声、灯光、呐喊声都如潮水般退去。

一切都退去了。这里还是一个静谧孤寂的舞台。他还是一个孤独悲凉的老者。

罗文昌合着的双眸止不住地轻轻颤动，两行浑浊的泪水滚滚而下。他用平静的声音，缓缓说道："从此世间……再无戏法罗。"

初入江湖

罗四两上楼之后，亦是心绪难平。他坐在桌子旁边，怔怔出神，眼神散乱。

谁也不知道他在想些什么，或许连他自己都不清楚。

他手上在把玩着一个硬币。他把手合上，抓住了硬币，然后松手，硬币不见。他再抓再松，硬币又出现了，再抓再松，又不见了……

他的思绪早不知道飞到什么地方去了，手上的动作纯粹是下意识的行为。但这枚小小的硬币，就在罗四两左手的一抓一松之间，在他手上遁入遁出，神异至极。

好半晌了，夜都深了，罗四两才渐渐回过神。他看向自己的左手，看着那枚不断消失又重现的硬币，停了下来。

他静静地看着那枚硬币，脸上又浮现出了忧郁的神色。半晌，他眸子微微一凝，左手手掌带着硬币往桌上一拍。"啪"的一声，这是铁撞木的声音，再"嘭啪"一声，一枚硬币掉落在地。

小戏法，硬币过木。

罗四两看着地上那枚小小的硬币，脸上扯起一抹不屑的笑："呵……"

他突然愤怒起来，浑身发抖，眼眶红得厉害。他抓起地上那枚硬币朝着窗外狠狠砸去，仿佛要把他全部的不满都砸出去，再看到那张桌子，他又是狠狠一脚踢了上去。

翌日，晴。

罗四两这一晚上都没有睡好，快天明的时候他才闭上眼睛，可是在梦里，他却看见了他的父亲。他父亲用冷淡的眼神一直看着他，看得他心中发慌。

惊醒之后，他基本上没睡，感觉很疲惫，精神很不好。

罗四两洗了脸，稍微静了一会儿，然后用娴熟的手法将脑后的那一撮长长的头发绑成麻花辫，最后把那块带着小铁片的束发绳绑了上去。

罗四两下了楼，厨房的电饭锅里有煮好的保着温的白粥，桌子上还有几个包子，已经冷了。还有几样咸菜和一瓶霉豆腐，用来配粥。

爷爷不在家。罗四两看着桌子上备好的早饭，心中挺不是滋味。

他站在厨房良久，也说不清楚自己内心的感受，最后只是长长叹了一声，然后拿着包子去热了一下，就着咸菜喝了粥。

这顿早饭，罗四两吃得没滋没味。

早饭过后，爷爷还是没回来，罗四两也不想在家里待着。昨晚发生了那样的事情，他有些不知道该怎么面对爷爷了，于是他出门去了城西，卢光耀说今天在城西等他的。

他想见一见卢光耀所说的那个江湖，那个和他爷爷罗文昌这种庙堂之上的人民艺术家迥然不同的江湖。

城西的地摊区人很多，大多都是卖衣服和锅碗瓢盆，或者卖各种小吃干果的，还有几个耍猴卖药的，也有那种十元三件的杂物摊。

罗四两对这些东西没什么兴趣，只是随便逛逛。

地摊区东边，好多人围着一个摊位。罗四两好奇地走过去看，这是一个卖虎骨酒的摊位。

卖虎骨酒的是个中年男人。现在是阳春三月，天气已经暖和起来，但是这位大哥还穿着厚厚的棉袄，头上戴着一个厚厚的皮帽子，罗四两都担心他热得慌。

他的摊位上放着三根虎骨，虎骨上还有爪子和虎筋，旁边摆着几个大玻璃瓶泡的酒，有泡虎骨的、泡蛇的，还有泡马蜂窝的，东西很多。

那大哥操着一嘴东北口音，罗四两这才闹明白，原来他那身衣服是东北打扮。

"瞅一瞅，看一看啊，正宗虎骨酒，东北那旮旯的正宗东北虎啊。

"俗话说得好：血脉好似一条江，一处不到一处伤。寒处就成病，热处就成疮。人吃五谷杂粮就没有不生病的，有那怕热的就有怕冷的，怕冷怕热，血脉不畅，病就来了。

"有那懂中医的，懂中药的，您是知道的，咱这虎骨可是好东西啊！有那肾虚肾寒的，梦遗滑精的，喝了我这虎骨酒，保证你生龙又活虎。男人喝了女人受不了，女人喝了男人受不了，男女都喝了，床受不了。"

"哈哈哈……"

围着的人都笑了，罗四两也听得满脸通红。

那东北男人也笑了，继续使他的生意口："咱这虎骨酒，能治百虚之病，不管是肾虚还是脾虚，喝了都管用。还能治百寒之病，不管你是体寒，是肾寒，还是骨寒，喝了也管用。

"治病管用，强身健体也好使。有病治病，没病强身。这就是虎骨酒的好处，尤其是我们这东北虎骨酒，还能助生育呢。俗话说，不孝有三，无后为大。

"长期吃咱这虎骨酒，以后生了儿女，接续后世香火，老话说人生在世防备老，草留根深等来春。为人若是没有后，到了老来徒悲伤啊。你瞧瞧，你看看。有的说了，有的问了，说你这虎骨到底是真的还是假的？"

旁边围观众人都点头，就连罗四两也入了神，心中也有如此疑问，就在此时，罗四两耳旁突然响起了一个声音——

"瞧见了没有，这就是江湖。"

罗四两吓一跳，头一缩，然后回头看去，是卢光耀。罗四两吐了一口气，没好气道："你差点没吓死我。"

"嘿嘿。"卢光耀坏笑两声，又抬了抬下巴，"继续看。"

只见那摊主从随身带着的布包里面拿出一个证书来，说道："大家都是有文化的人，都知道老虎是国家保护动物，不能打也不能杀。您放心，我们这虎骨是真的，也是从正规渠道来的。

"我们这是正宗的野生东北虎。那老虎在林子里面总有打架受伤的时候吧，我这东北虎就是从大兴安岭林业局收购来的。你们看，这就是证书。"

罗四两一瞧，果然是个证书，上面还有林业局盖的印章。

摊主继续道："咱这是吴州江县，也不是东北，我不怕跟你们说实话。林业局那副局长啊，是我老舅。他们在山里发现了这头受伤的老虎，本来想带回去救治的，可惜带过去没两天就死了。死了呗，总要处理啊，最后就到我这里了，我就到你们这里了。"

这样一解释，大家也都明白了，众人也都信了他几分。

罗四两轻声问身边的卢光耀："哎，他这是真的假的？"

卢光耀回答："腥的。"

罗四两昨天听卢光耀说过江湖春点，知道腥就是假的意思。敢情这人卖的是假货啊。

罗四两想了想，又问："那他是江……是老合吗？"

卢光耀笑道："问一问就知道了。"

卢光耀附耳在罗四两耳旁说了两句。罗四两来了兴致，挤到前面去，凑到摊主身边，抱了抱拳，轻声说道："辛苦，挑汉儿的老合。"

那摊主明显一愣，很诧异地看了罗四两一眼，似乎是惊讶于罗四两的年纪。他想了想说道："客气，都是老合，多来往。"

罗四两点点头，然后就跑开了。那摊主还抬头瞧了一眼罗四两和卢光耀的背影。俩人慢慢离开，罗四两好奇道："哎，你刚才让我问的话是什么意思啊？"

卢光耀答道："见面道辛苦，必定是江湖。老合初见面，都要说辛苦。至于挑汉儿，指的就是他们皮点行。金皮彩挂，皮点行就是专门跑江湖卖药的，他们这行的调侃儿就叫挑汉儿，挑就是卖的意思。这个人卖的是虎骨，用江湖春点调侃儿就叫老烤，他是做老烤买卖的。"

"哦，"罗四两明白了，又问，"那你是怎么知道他是假的呢？"

卢光耀道："老虎是不让卖的，哪怕是死了的。如果是那种偷猎来的，又怎么会有证书呢。而且他的虎骨，是作假的。"

罗四两问："假的，那是用什么做的？"

卢光耀道："骆驼的后腿。因为只有骆驼的后腿是三节，其他骡子驴马都是两节。那虎爪是用鹰爪做的，虎筋是用牛筋做的。把这三样都弄齐了，再用上好的硬木炭火，一点点烤那骨头的油，把油儿都得烤得外浮里溢了才成。这不好弄，火候多一点就焦，小了成色出不来。刚刚那人算是有点水平的，只是纲口不成，生意口一般，而且装东北人，口音也不完全过关。"

罗四两听得甚是惊讶，很新奇。卢光耀看了看他，说道："他做前棚的买卖，赚得也不多，真正赚钱的都在后棚。像他们这行，常有那江湖郎中坐店骗钱的，把人拐到自己住处去，施展后棚买卖。病人花了大钱不说，还耽误治病，这种是真的缺了大德了。"

罗四两若有所思地点了点头："那我们干吗去？"

卢光耀对他说："走，带你去做咱的买卖。戏法一行，江湖称之为彩门。彩门分三行，你们变戏法的，叫彩立子，也叫立子行。我们卖戏法的，叫挑厨拱，也叫厨拱行。至于那些杂技，在签子行里。

"以前，戏法只有变的没有卖的。庚子年前后，八国联军侵华，整个社会都受到了冲击，不仅是社会和经济，还有知识、文化和价值观。

"江湖也在庚子年后彻底乱了起来。江湖是很有秩序的，原本各门各派都有门主，都恪守行规，绝不越界，但是在那之后，大家也就不再像以前那样严格守着规矩了，我们厨拱行也就此而起。我们这行的创始人姓杨，大家都叫他厨拱杨。他最初就是在东安市场卖戏法的。"

"不过我们这行还是有很多规矩的，其中最重要的一点就是，变的不许卖，卖的不许变。算了，不说那么多了，给你看看我们是怎么做买卖的吧。"说完，卢光耀就领着罗四两布置场地。

罗四两一边帮忙，一边问："我有一个问题想问你。"

卢光耀在搬桌子，随口道："你说。"

罗四两沉吟了一下，道："我前天去赌钱，你也看见了，你不想说我什么吗？"

卢光耀把桌子放下，扭头看向罗四两："你赌钱是有原因的吗？"

罗四两点了点头。

卢光耀笑道："那就行了。"

罗四两问道："你都不问我是什么原因吗？"

卢光耀好笑道："为什么要问？我只要知道你本性不坏，不会沉迷赌博就好了。至于你赌钱，我想跟你身边那个小胖子有关系吧？"

罗四两闻言点头。

"以后需要钱的时候，别想这种歪招，刀疤那帮人可不是好惹的。"顿了一顿，卢光耀又道，"不过你要是学了我的本事，那你对付区区一个刀疤，自然就不在话下了。"

罗四两皮笑肉不笑道："嗬，跟你一样把黑面馍馍当铁球吞啊？我怕我被自己噎死。"

卢光耀没好气道："我会的东西多着呢！"

罗四两问："那你还会啥？"

卢光耀拍着胸脯："我敲诈勒索、插科打诨、坑蒙拐骗，无一不通无一不精。厉害吧？"

这老家伙真够不要脸的！罗四两目瞪口呆，他第一次见到有人能把坑蒙拐骗说得这么骄傲，这种江湖人跟自己那个老古板的爷爷还真是不一样啊。

卢光耀对着罗四两嘿嘿笑道："怎么样，想学吗？"

罗四两呵呵地笑着，笑完之后，情绪又有些低落。他道："你是知道我们罗家的，也肯定知道戏法罗。我不想学戏法，也不想做戏法罗。我昨晚跟我爷爷吵了一架，我……我心里不舒服。"

罗四两扭头看卢光耀，有些痛苦道："我讨厌戏法，也讨厌戏法罗的名号，甚至我有些时候也会怪我爷爷。但是看到昨晚我爷爷那样，我又很难受。我真的不想学戏法，可我又不想看到他那样。"

卢光耀摸了摸罗四两的脑袋："那你就更应该跟我学本事了。"

罗四两疑惑地看着他。

卢光耀露出微笑："坑蒙拐骗的本事，可不只是教你骗钱的，这是一门关于人的学问。你学会之后，靠脑袋瓜子就能对付不少人了，至于你那个脑袋不会拐弯的爷爷，应付起来就更不在话下了。更重要的是，学了我的能耐，你不仅可以说服你爷爷不逼你学戏法，还能不让他难过。"

"真的吗？"罗四两有些难以相信。

卢光耀道："那当然，不说别的，就说你脑袋后面那根小辫子，肯定给你惹过不少麻烦吧？"

罗四两沉默了，这根辫子的确给他惹过很多麻烦。

为什么那么多留长命辫的小孩在六七岁的时候都会剪？就是因为要上学了，学校是不会让你留这样的头发的。

小学的时候还好一点，老师也比较好说话，但是初中就不一样了，闹得最凶的时候，罗四两是被政教主任按住强行拿剪子来铰的。罗四两当初也发了狠，把政教主任手都咬出血来了，后来他就逃出校门，学校也不去，连家都不回。

罗文昌要强了一生，从来没有求过人。哪怕是自己的儿子徒弟，他都没有为他们奔过前程，拉过关系。可为了自己孙子，他却第一次登门见县长，托县长帮忙解决一下。

罗文昌是厅级干部退休的，级别比县长还高，提出的又是这么一件小事，县长没理由驳罗文昌的面子。于是县长打了个电话就把这件事情给搞定了，罗四两的辫子这才保留了下来。

所以罗四两对罗文昌的感情也非常复杂。一方面他会怨恨自己爷爷，另一方面他又真的不忍心伤害自己爷爷，因为他是自己在这个世界上唯一的亲人，而且他真的对自己很好。

卢光耀看着罗四两道："所以啊，你要是学了我这些本事，嘚，你这小辫子根本就不叫事儿。"

罗四两扯了扯嘴角："好像还挺厉害的。"

卢光耀得意道："那是，咱什么时候骗过人。"

见罗四两神情古怪地看着自己，卢光耀老脸一红，挥了挥手："就那个意思，你不信我这就给你演示演示，包教包会，一准管用。不管用，你过来揍我，我指定不跑。"

罗四两问道："你也是这么骗郭老板的吧？"

卢光耀面不改色道："怎么可能。"说罢，扭头就走了。

罗四两撇了撇嘴，跟了上去。

卢光耀的买卖开张了，布置也很简单，就是一张桌子而已。这也是厨拱行的规矩，挑厨拱的只能使用高案子。

他从自己包里拿出一块布来，呼啦一声抖开，盖在了桌子上。

布上面写着"京城单义堂"五个大字，五个大字两边，各有四个竖排小字，一边是"传授戏法"，一边是"当时管会"；布围下方，用小字密密麻麻写了一堆戏法：仙人归位、三仙归洞、仙人解帕、破纸还原……

罗四两看得新鲜："京城单义堂是什么？"

卢光耀抿了抿嘴，说道："没什么，我瞎编的一个名字。"

"是吗？"罗四两一脸狐疑。

卢光耀不耐烦道："别说那么多废话了，你等会儿给我敲一回托。"

"什么托？"罗四两一愣。

三仙归洞

"哐哐哐——"锣声响起。

"瞧一瞧咯，变戏法咯，正宗京城单义堂的戏法咯！不要钱了，免费瞧，免费看咯！

"白看，你吃不了亏；白看，你上不了当。白瞧白看，就这一回咯，过了这村可就没这店咯！看咯看咯，舍不着媳妇套不着狼咯！看咯看咯，只要功夫深，一日夫妻百日恩咯！"

卢光耀在场上敲锣打鼓地招徕观众，罗四两在一旁看得惊讶不已。这人不仅会编，嘴上的功夫还这么好，都快赶得上说相声的了。

这种招徕观众的方式，用行话说，叫圆粘儿。圆粘儿包括敲锣打鼓，也包括其后要表演的戏法。

卢光耀在市场明地上做买卖，这叫前棚买卖；后棚买卖是把人领回家里去做的，那才是真赚钱的地儿。

这一块是地摊区，本来人就很多，他敲锣打鼓这么一闹，没多大一会儿就聚集了一大群看热闹的人，罗四两就混在其中。

卢光耀见人齐了，就往桌子后面一站，看着观众，说道："哟！人来得不少，都是来看变戏法的吧？行，咱们废话不多说，多说多闹，那是占便宜，咱们现在就开始。"

桌子上摆着两个小瓷碗，还有三个铁球、一根竹筷子。这就是传统戏法三仙归洞。

所谓三仙归洞，就是用两个碗和三个球来变换。现在大部分人都是用胶皮球，吴桥有个鬼手王，他用的是海绵球。

有道是软的好变，硬的难走。变三仙归洞的时候，需要藏抓取拿，软乎乎的球捏着不容易失托儿，硬的就难得多了。另外，软的东西碰到小碗不容易发出声响，硬的东西声响太大了，无疑会增加"过门子"的风险。

而且卢光耀用的还是铁球，难度无疑又大了好几分。若是被行内人瞧见了，准得大吃一惊。可惜围着的这么多人都不是内行，就罗四两稍微懂一些。

卢光耀拿起两个白色小瓷碗，相互碰了一下，发出清脆的声音："喏，手艺人不作假，碗是空的，没藏没搁，没放没拿。"

他放下碗，又用手指了指三个小铁球，说道："这里有三个铁球，一二三，三二一，我用碗扣住一个，再扣住一个，我手里再拿着一个。"

卢光耀左手拿着铁球，右手拿着筷子，看着观众问道："现在左边这碗里有几个？"

"一个。"马上有人喊了。

卢光耀笑了，左手朝着左边的碗猛地一扔。

大伙儿吓一跳，这可是铁球啊，还不得砸坏了啊！当时就有好几个人惊叫出声了。结果大伙儿定睛一瞧，什么都没有，小碗没有碎，他手里也空空无物。

"欸？"众人来了兴致了。

罗四两的眼珠子也瞪得很大，他还是没瞧出卢光耀的手法来。

卢光耀自己还纳闷呢："哎，我球呢？我球呢？掉谁裤裆里去了？各位帮我找找，是不是多一个了？"

"哈哈哈……"大家哈哈大笑。

罗四两也大翻白眼。

"我球呢……"卢光耀找了两圈，然后一翻左边小碗，"呀，在这儿呢，两个。"

"好。"众人鼓掌。

卢光耀抬头问道："刚刚是谁喊就剩一个的？"

没人回答。

卢光耀笑了："又不找你要钱，躲什么呀？再给你一次机会，右边这碗里有几个？"

"一个。"又有人喊了。

"这会儿倒有你了，"卢光耀嘟囔了一句，右手食指轻轻一翻右边的小碗，里面有三个小球，"又错了，这是三个。"

"噢！"众人吃惊。

卢光耀又用手翻了一下左边的碗，结果空空如也："这边的没了。"

"好——！"

大家大声叫好鼓掌，罗四两也用力鼓掌。卢光耀变得确实很好，不仅手快，而且还很干净，他基本没有怎么接触这两个小碗，可那些小球还是在两个碗里来回跑，真是厉害。

罗四两又想起了昨天方铁口说的那句话。他说卢光耀是快手卢的后人，这快手卢究竟是谁？为什么他从未听说过呢？

"哎，你那铁球上肯定有鬼。"旁边有人喊了。

卢光耀都听乐了："还我有鬼，行，我不用铁球，在场的各位，谁手头上方便的，借给我三块钱，硬币啊。"

还真有拿的，马上就送上了三块钱。

卢光耀把铁球收好，又说道："你们要是嫌太远瞧不清楚，可以凑近了瞧，趴在桌子上都可以。"

这一说，还真有不少人过来的。有好几个是贴着桌面在看的，还有个哥们儿趴在桌子沿上，用两个手挡着日光。

卢光耀看乐了，忍不住打趣道："要不要再给你配个望远镜啊。"

那哥们儿摆摆手道："不用不用，你来你的吧。"

卢光耀把三块钱一一摊好，变硬币比变球又要难了许多。硬币是扁的，偷拿换位的时候，不好操作。小球用两根手指一夹就出来了，硬币却抓都抓不起来。但卢光耀神色依旧轻松，这就是艺高人胆大。

"还是老一套，小碗盖上一个，再盖上一个，手里再拿一个。我说一二三，走。"

左手一张，手上的硬币没了。

"噫？"众人都惊了，尤其是趴在桌沿上看的那几位，眼珠子都瞪大了。

卢光耀指了指左边的小碗，问道："几个？"

拿手挡太阳的那哥们儿学聪明了，回道："两个。"

"错了，"卢光耀一翻，空空如也，"一个都没。"

那哥们儿愣了一下。

卢光耀又把小碗扣上，指了指右边的小碗，又问："几个？"

还是那哥们儿回答："三个。"

"错了。"卢光耀用手一掀，又是空的。

"呀？"那哥们儿都傻了。

卢光耀笑了："今儿要是能让你猜到了，我是你孙子。左边这个，几个？"

那哥们儿也来气了："嘿，你还真当我猜不着啊。要不就是一个，要不俩，要不仨，要不一个都没。"

卢光耀惊讶道："还是个多选题啊？"

大家都笑。

那哥们儿道："那你有本事变得不在这里呗。"

"那我试试看呗。"卢光耀伸手一提小碗，哗的一声，一堆硬币倾倒在桌子上。

众人都惊呆了，场上掌声雷动。

严格意义上来说，卢光耀最后这一手不是三仙归洞。三仙归洞是用三个球变的，他最后变出这一堆硬币来，有点仙人栽豆手法里面秋收万颗子的味道。但是他用得更难，更高级。

若是一般的变戏法艺人，进行到这一步，就开始问观众要钱了，这是卖艺。但卢光耀不同，他是卖戏法的，不是变戏法的。

厨拱行和立子行，同属彩门，但实际上是两个行当。这两个行当是有着严格的界限区分的，变的不许卖，卖的不许变。立子行人是变戏法的，他们就不许把戏法卖出去；厨拱行的人是卖戏法的，他们就不许靠着变戏法挣钱。他们可以变，但只能用来圆粘儿，不能靠此赚钱。

而且挑厨拱的往外挑的戏法，门子都不能是真的，只能是假的。他们要是都把真门子挑出去了，变戏法的还过不过了？

卢光耀把桌子稍微收拾了一下，此时他周围已经聚集了不少人了。

做前棚的买卖，第一步就是圆粘儿，把人聚齐了。第二步就是使拴马桩，有些是用话语，有些是用手艺，让你看得不想走了。

卢光耀今天用的就是手艺。三仙归洞一表演，周围的人眼睛都看直了，这会儿就算让他们走，他们也不肯走了。

卢光耀把东西收好，又把借来的三块钱都还回去了，才说："大家也都看见我们这招牌了，京城单义堂，这是京城单义堂的戏法。"

人群中的罗四两腹诽道：这老家伙，假话说得跟真的一样！

卢光耀笑着问道："刚才我变得怎么样？"

"好！"大家都鼓掌叫好。

卢光耀又问："想学吗？"

"想！"前面那哥们儿第一个出声。

卢光耀一摆手，笑道："嘿，学不了，太难了，要学会这手法，你不知道得要吃多少苦呢，没个三五年你连门都入不了。"

众人一听，都有些气馁。

卢光耀扫了一眼众人的神色，又说道："我们开张做买卖，自然不可能都卖很难的，这玩意儿都得手把手教个三五年的，我就不是卖戏法了，我变成收徒了。来，我们这儿有简单的，一上手就能玩的戏法。"

瞧见众人来兴致了，卢光耀就从旁边包里面拿出一沓纸："戏法有很多分类，我刚刚变的是手法类的。这种是很难的，没有三五年工夫，你都入不了门。还有一种是彩法门，是用机关道具的，同样不容易，没那个巧匠能手，你根本做不出来机关。

"而我手上的这种，是最容易上手的。虽说容易上手，但效果却是半点不差。那么这戏法是什么呢？药法门，用药。这一张纸上的戏法，一共四个。第一个，一杯醉倒，众位有那爱喝酒的，也有爱跟朋友斗酒的吧？

"你用了我这法子，保证你朋友一杯就倒，甭管他是千斤量还是万斤肚，通通一杯放倒。嘿，没有不灵的。我这第二个戏法，还是喝酒的，叫千杯不醉，用了我这法子，你纵横酒场，就不可能会输。喝白酒就跟喝白开水似的，碰上酒局啊，有那斗酒啊，您绝对是人群里最耀眼的存在。这第三个戏法，叫活捉家雀，有那喜欢玩鸟的吧？咱们江县是没有鸟市啊，但是吴州却是有一个的。

"那些珍贵的金丝雀、百灵、杜鹃啊，一个能卖三四百块钱。用了我这法子，就没你抓不到的鸟儿。当然了，这么珍贵的鸟儿也得瞧运气，不是什么时候都能碰得上的。但你要是碰上了，那就是一两个月的工钱啊。

"就算咱没有这好运，碰得上这好鸟，那家雀总是能抓几只的吧！抓几只家雀，一炒一做，多好的下酒菜啊，再约几个好朋友喝两杯。这又得说回一杯醉倒和千杯不醉了，您就可劲儿吓你朋友吧。

"再说我这最后一套戏法，叫巧除蟑螂。现在咱家里基本上都有蟑螂吧？蟑螂可烦了，又脏又臭，还会咬咱衣服被褥，还带来细菌，大人小孩没有不烦的。可咱就弄不死它，怎么弄都不好使。但你要是用了我这法子，担保你家里蟑螂越来越少，再也不用烦恼。怎么样，咱这戏法管用吧？既有生活戏法，也有赚钱的能耐，还有交际上面的用处。最关键的，一学就会！"

卢光耀把这沓纸放在手上，说道："这是我们京城单义堂的绝活儿，以前是不外传的。像活捉家雀，我们单义堂以前有个老前辈叫百鸟张，那家伙，就没有他抓不到的鸟儿！他在京城靠着卖鸟都赚来好几套房子了。

"后来国家不让个人做买卖了，我们单义堂也就四下离散了，各回各家了。现在又让做买卖了，这不，我就收拾收拾东西把以前的一些简单戏法拿出来卖了。

"都是好玩意儿！这活捉家雀，以前有人出二十块大洋买方子，百鸟张都没卖呢。二十块大洋，在那个年头，足够买个漂亮丫鬟了。

"当然了，现在就没那么值钱了，我走南闯北也好多地方了，以前我这四套戏法得卖五块钱。算了，今儿第一次来咱们江县，我只为传名，生意是细水长流地做，不是一锤子买卖。

"行，我就便宜点，三块钱。有人说你这个没本钱呢，我告诉你知识才是最大的本钱。三块钱今儿我都不要了，我今天只为传名，我接下来会一直在这儿。

"诸位用了我的法子，好用的话帮我传一下名，就说城西地摊这儿有个姓卢的，卖的戏法好用又好上手，我一块钱一张卖给你们！……算了！舍不着孩子套不着狼，要你们帮我传名，我得舍出本去。

"赚钱在日后，今天我就亏本卖了，五毛钱一张。就五毛了，这个价儿不变了。诸位可得记着，用完了觉得好，可得帮我传名啊。我们单义堂药法门的戏法有五百个，我这儿还有好多好戏法呢。"

众人都有些意动，但就是没人领头。卢光耀早就料到这一幕了，他用眼神示意了人群中的罗四两一下。

他前面让罗四两给他敲托儿，这会儿就该他上场。敲托是江湖春点里的话，也就是托儿的意思。现代社会有很多话是从江湖春点里面传出来的，比如票友之类的。

罗四两会意，马上冲到人前，大声叫道："我要买一份。"

卢光耀笑了："你小孩子还喝酒啊？"

罗四两道："我不喝酒，我抓鸟去。"

闻言，卢光耀一愣。哎，这怎么跟剧本不一样啊？他前面跟罗四两说的是给他爷爷买的，他爷爷喜欢喝酒，还有一个老伙计在酒桌上老欺负他爷爷，他要去报仇。说好的喝酒，怎么变抓鸟了？

卖东西的时候，尤其是像卢光耀这样跑江湖的，周围围了一圈人，大家心中都有想买的想法，可同时又有些不太好意思或者说不太敢去买。这时候就需要有人带头了，罗四两今天扮演的就是带头的角色。

前面卢光耀跟罗四两说的是喝酒的事儿，但是现在罗四两瞧了一圈之后，决定自己发挥一下。

罗四两对周边人理直气壮道："我初中马上毕业了，又考不上好学校。家里让我跟我二叔学砖瓦匠，我不去，又苦又累又脏又没钱的。我去山上抓鸟，我也要做百鸟张，万一抓到值钱的鸟，我就赚了。

"再说就算抓不到值钱的鸟儿，普通的家雀总没问题吧，我往饭店一卖，也是钱啊。再说我多加点剂量，说不定还能抓来野猪、野兔呢。"

这番话一出，卢光耀目瞪口呆了。

天才啊！要是不知道他爷爷那刚正不阿的倔强性子，他都怀疑这孩子是不是受过厨拱行人的夹磨了。

这时候卢光耀只要接上一句，他另有抓野兽的方子，接下来他就把点儿，看看谁能成为他的点儿，然后他就可以往窑里跨点儿了。再施展翻纲叠杵的手段，他就能赚到大钱了。

往窑里跨点儿就是把买家带到自己住的地方；纲是话语，杵是钱，翻纲叠杵，就是通过自己的语言技巧和手段，来挣上大钱。

这就是所谓的后棚买卖了。前棚是在大街上的，后棚是在住处的。

卢光耀看着罗四两，心中也不禁好笑。罗文昌是什么人，那是出了名的连拉屎放屁都是笔直不屈的男人，结果生出来的孙子却是个天生的骗子，也难怪这爷儿俩合不来了。

卢光耀拿出一张纸来："小伙子，看你诚心想买，那我就卖给你了。回头抓到鸟儿了送我一只，我也不要好鸟，家雀就行，我用来下酒。"

罗四两拍着胸脯答应了："没问题，就是……就是……"他又结结巴巴的，有些欲言又止起来。

卢光耀好奇问道："你这是怎么了？有话就说啊！"

罗四两挺不好意思地轻声道："额……就是……就是你能不能不卖给他们啊，要不然这秘方被这么多人知道，我不太好弄啊。"

果然是天生的骗子，无师自通啊！罗四两这招叫作以退为进，这样一说，原本迟疑的人可不会再干站着了。

卢光耀用欣赏的眼神看着罗四两，然后说："哎，那不行，我们开张做买卖可不能这样。不过我答应你，活捉家雀就卖这一回，下次不卖这个了，我今儿只为传名。"

之前拿手挡太阳那哥们儿也说了："是啊，可不能就你一个人占着买啊，你又不垄断。我也买了，给我一张。"

"啊？"罗四两一脸苦色。

众人都觉好笑，这小孩是真有意思，居然还想靠着抓鸟谋生，真是个异想天开的孩子。

想是这么想，他们也想试试是不是真有这样的效果。现在有人带头买了，所有人也都过去买了一张，不过五毛钱嘛。

罗四两在一旁看着人头攒动的样子，偷偷地笑了。

东窗事发

买卖做完，俩人开始收拾东西了。罗四两一边忙活一边问："哎，咱们今天赚了多少啊？"

卢光耀一听这话，心中警兆大升："什么叫咱们？那是我赚的！"

罗四两不乐意了："哎，不是，我也帮忙了好不好？"

卢光耀没好气道："你那叫帮什么忙？我是怎么跟你说的，胡来！"

罗四两争辩道："说抓鸟卖钱更好，再说了，效果不是很好么，大家不都到你这儿来买了吗？"

卢光耀却道："做敲托的，最忌讳就是擅自行动，没有遇到特殊情况，是不能这样干的。你没跟我商量就自己乱说，给我打一个措手不及，万一我接不住怎么办？被别人看出来怎么办？我这生意还做不做了？"

罗四两顿时被噎得哑口无言。

卢光耀呵呵一笑："嗬，小子，你以为坑蒙拐骗这么容易啊？我们这行门道可深着呢。你呀，连入门都没有呢，要真想学，跪地上给我磕俩头，我收你做徒弟。"

"切！"罗四两相当不屑，"瞧你那样儿，忙活大半天了，又是变戏法，又是卖生意口，赚了有五块钱了吗？"

卢光耀不服了："我这做的是前棚买卖，能糊口就不错了，赚钱的都在后棚呢。"

罗四两问道："那你干吗不做后棚？"

卢光耀道："今儿不是不合适吗？"

"那你前天骗那胖子怎么就合适了？"

"那郭胖子色胆包天，打算调戏妇女呢，我能不给他个教训吗？我不仅让他失了钱财，还让他丢了脸面。"

罗四两嫌弃地看着他，说道："你还挺正义的。"

卢光耀脸一黑："废话。"

想了一想，罗四两又问："那江湖老合做生意都有前棚后棚吗？"

卢光耀回答："基本上都有，除了相声行、评书门、大鼓门，还有一部分彩门。彩门里面，我们厨拱行的就有后棚买卖。其实话也说过来，也正是因为这几门比较干净，所以最后才被国家给招揽了。"

罗四两点了点头，又问："那方先生也有后棚的买卖吗？"

卢光耀笑了，他把包袱收拾好了背在肩上，带着罗四两边走边说："当然了，他们金点行肯定是有后棚买卖的，只是方骗子他是肯定不会做的。"

"为什么？"罗四两诧异道。

卢光耀说道："你别看方骗子的相术是假的，但他的心是好的，他给人的箴言都是劝人向善或者给人指路的。

"就像那天来找他麻烦的那个被戴了绿帽子的男人。人家还打算揍方骗子呢，方骗子不仅没怪他，还给他箴言，教他接下来怎么做，最后他也只是象征性地收了他五块钱。若不是那人打算捧他，方骗子都不一定收这么多呢。

"方骗子这一支是金点行里最正统的一支，要是同行知道他的身份，估计得吓死。虽说方骗子有通天之能，但是他心善，他跑江湖图的是一个潇洒自在，可不是发家致富。他要是真想发家致富，早就游走在各个达官贵族身边了，以他的能耐，一点不难。"

听了这话，罗四两陡然对方铁口生出敬意，由衷道："那他是比你有道德。"

卢光耀被呛得差点一口老血吐出来："说他就说他，扯我干吗？"

罗四两一笑，又问："那金点十三簧、玄关八百秘又是什么？"

"不知道。"卢光耀脾气也来了。

罗四两央求道："哎呀，你就说说嘛。"

"不说不说。"卢光耀摆摆手，走得更快了。

这老头儿脾气还挺大！罗四两赶紧追上，讨好道："您别生气呀，当我说错话了行不行？"

卢光耀头也不回："想让我不生气？行啊，叫声'师父'来听一下。"

"师父？"罗四两愣了，怎么突然扯上师父了？

卢光耀见竿就爬："唉！叫得好。行，那我就告诉你吧。"

罗四两傻了，什么玩意儿他就叫了？罗四两忙道："不是不是，我没有叫。"

卢光耀摆摆手："不要在意那些细节，我还是会告诉你的。"

罗四两都要吐血了。

卢光耀自顾自地说道："金点十三簧，就是说他们这行有十三道簧口，像自来簧、地理簧、现簧、把簧、六亲簧、水火簧等等，这些簧口就是教你怎么辨别点儿的，知道他们在说什么，知道他们在想什么，知道他们是干吗的，家里几口人，身家如何，穷富如何。

"学会了这些，大部分点儿就都瞒不过你了，这个是他们这行的秘诀。行走江湖，大有用处，可惜现在已经没有几个人会全了。至于《玄关》，现在更是只有方骗子一个人会了。

　　"《玄关》是方骗子的祖先方观承写的，方观承也是一代奇人啊，他是清朝的秀才，后来落榜之后就堕入江湖了。但是他却用他的所见所思，去写了这一本《玄关》。

　　"《玄关》不是教人如何看相算命的，而是把人情伦理的万事万物都包含在内了，只要学会了这个，你就能看穿所有人，看懂所有人际关系。这里面传闻有八百道秘法，也称《玄关》八百秘。《玄关》在金点行，可以说是《圣经》般的存在啊。

　　"什么是坑蒙拐骗，人家这才是真正的坑蒙拐骗！最高级的坑蒙拐骗就是关于人的学问。要是学会这两门功夫，这世上就再也没有什么人什么事能瞒得了你，以后不管是做生意还是混官场，各行各业，只要是有人在的地方，你就能无往而不利，更别说是应付你家那个一根筋的老艺术家了。"

　　罗四两听得心潮澎湃，对这些从未见过的下九流的江湖手段充满了好奇。

　　卢光耀瞧着罗四两的神情，又道："江湖很大，远比你想象得要精彩。"

　　俩人走着，转身就进了城西这边的民居，卢光耀现在就住这儿。城西这边有地摊区，所以这边的小旅馆还是挺多的。

　　罗四两对卢光耀道："你这次可得藏好了，可别等点儿又醒了攒儿了，找上门了。"

　　说到这个，卢光耀就生气："你闭嘴吧，要不是因为你，我早走了，至于被堵在店里面吗？再说了，干我们这行，就跟古玩行一样，讲究的是个眼力劲儿，那些人自己辨别不出来，还找我麻烦，讲理吗？"

　　罗四两听得目瞪口呆："你还挺有道理，人家古玩行至少有腥有尖，你这全是腥的，往外挑的都是假门子。"

罗四两还没接触江湖两天，就已经满嘴江湖春点了。

卢光耀没好气道："少在外面调侃儿，被空子听见了怎么办？我可不都是假门子，我今儿卖的戏法有一个是真的，就那个巧灭蟑螂，用硼酸真的好使，咱是有底线的好骗子。"

罗四两都给气乐了。

卢光耀还得意扬扬："再说了，就算点儿上门，我们也有平点儿的手段，打得出去不算本事，收得回来才叫能耐。那天要不是那小子坏事，我也不至于要吞滚子。"

罗四两好奇问道："那你们平点儿都是怎么平的？"

卢光耀道："第一步，当然是要让点儿觉得他自己错了。咱不能理亏啊，得让他理亏了，觉得责任在他身上，这就好办了。但遇上那死心眼的，或者没法这样处理的，就把责任怪在别的地方，天气、性别、茶水，什么都行。

"如果还不行，那就要打感情牌了，哥们儿啊义气啊，咱得站在道德高地上指责他，让他不好意思张嘴，只能自己吃哑巴亏。手段有很多，如果遇上我那天那样的，人家什么都不听，什么都不管，就想着揍我出气那我没辙了，只能装死吓他了。

"所以说跑江湖，身上的手艺要多，艺多不压身。你看我吞个滚子，他都给吓尿了，还给我扔了好几百块钱。这就是能耐了。"

罗四两道："还很骄傲一样，再说了，那要是装死都不管用呢？他非要揍你呢。"

"那就打呗！我功夫也不比老方差，一般人可不是我的对手。"

罗四两又问："那要是对方人多呢？"

卢光耀得意扬扬道："那就跑呗，我可告诉你，我逃跑的本事，在江湖上可是有一号的。"

罗四两心道：逃跑还说得这么得意扬扬的，你不要脸的功夫才是天下无敌。

周二。这周学校有事，多放了一天假，所以周二开始上课。城关中学重新热闹起来，新的一周又开始了，同学们也都回来上课了。

初二（2）班。

罗四两的座位在教室角落，他的性子有些孤僻，跟班里这些同学相处得不好。毕竟从小就失去了父母，有这种性子也难免。

整个学校，他也就跟大胖的关系稍微好一点。大胖为人忠厚老实，而且大胖的妈妈也没了，爸爸长年在外面打工，家里就只有一个总是生病的奶奶，日子过得挺难的。

"四两哥。"大胖站在了罗四两面前。

罗四两看着窗外出神，他在想昨天卢光耀跟他说坑蒙拐骗的事情，听见大胖叫他，抬头看去，问道："怎么了？"

大胖伸手捂了捂口袋，小心说道："四两哥，我这里还有一百多块钱，我给……"

罗四两摆了摆手："行了，留着给你奶奶看病吧，你奶奶不是经常生病吗，要很多钱呢。咱们这次去刀疤那边弄了一笔，以后就不能干这事儿了，你以后也尽量少去城南那边，记住了吗？"

"哦。"大胖点了点头。

前不久大胖的奶奶又生病了，家里已经没钱了，大胖打电话跟他爸说了这件事情。他爸在外面工地上给人做粗工——砖瓦匠属于技术工种；给砖瓦匠打下手，搬搬砖头水泥的人叫粗工。工地上的工资不是月结，很多都是年末了才会结，有的甚至赖着不给，这是很常见的事情。

大胖的爸爸手头上也没有钱，正在外面急得团团转。

大胖把事情跟罗四两说了，罗四两家里是有钱，但他一个初中生，手头上也就只有五六十块钱，不够用啊。他就起了歪主意，想用自己的超忆症去刀疤那儿赢钱给大胖奶奶治病，这才有了后面一系列的事情。

罗四两还宽慰大胖："行了，别烦了，治病要紧。要是钱不够用了，再跟我说，我再帮你想办法。"

大胖脸上当时就是一苦："啊，四两哥，你不是说不赌了吗？"

罗四两却道："是不赌了，我还有别的法子。"

大胖听得一愣："什么法子？"

罗四两一挥手："管那么些啊？上课去吧。"

"哦。"大胖应了一声，就走了。

把大胖打发走了后，罗四两继续看窗外，手上转着一支圆珠笔，圆珠笔在他手上翻飞腾跃，时不时做出一些脱离手指的惊险动作，但每次都能平安无恙，而且还能有一种行云流水般的畅快感觉。

这时，学习委员走了过来。学委是个女孩子，她过来叫道："哎，罗四两，高老师叫你去她办公室一趟。"

"嗯？"罗四两扭头，皱起了眉。

学委一脸气愤，眉头紧紧皱着，一副很不高兴的样子。她说："我上周五看见你赌博了，我告诉老师了，你这样是不对的。"

罗四两这才明白过来。他还纳闷班主任高老师怎么知道他去赌博了，原来是这丫头片子去告的状，然后班主任告诉了自己爷爷，所以才有了前天晚上那一出。

自己防住了刀疤这样的社会人，也想到了怎么躲过他们的追杀，可千防万防也没防住自己班里的一个小丫头，这倒霉催的。

这一刻，罗四两脑子里回响的全都是昨天卢光耀跟他说的话——

"小子，就算点儿上门，我们也有平点儿的手段，打得出去不算本事，收得回来才叫能耐。"

罗四两心中默叹，这回是轮到自己平点儿了。

初次平点儿

初二（2）班的班主任叫高慧娟，三十多岁，读完大专之后就过来教书了。在这小小的城关中学，她就已经是高学历了。

罗四两来到了老师办公室门口，敲了门，走了进去。

"高老师，您找我啊。"

高老师眉头紧皱。罗四两的家庭情况她也知道，这孩子父母双亡，性格也不怎么外向，所以她对罗四两还挺关注的。她是真怕这个没爹妈管教的孩子行差踏错啊。

幸好，罗四两的成绩一直都很好，每次考试都能稳定在年级前三，她也一直很欣慰。可是前天却听学委说这孩子去赌博了，她可就坐不住了，这个岁数的孩子就沉迷赌博，那还得了？

高老师皱着眉头，看了看罗四两，有些沉重地说道："四两啊，来，坐吧。"

罗四两很客气："没事，高老师，我站着就行。"

高老师也没多说什么，就问："你周六放假之后干吗去了？"

罗四两心中跳了一下，嘴上却说道："我出去玩了一会儿，然后才就回家了。"

高老师看着罗四两的眼睛，问道："去哪儿玩了。"

罗四两含含糊糊道："就……就随便……晃了一下。"

"你是不是去赌钱了？"高老师的声音陡然严厉了起来。

罗四两心中一震，这一刻，他想起了昨天卢光耀说的话，一旦点儿找上门来了，第一步就是不要把责任揽在自己身上，要学会推责任。

罗四两活学活用，赌博是自己赌的，没法推卸责任啊，而且高老师还是第三方，往哪儿推啊？所以不能照搬卢光耀的话。

罗四两想了想，突然正色道："老师，什么叫赌博？那些天天蹲在街头设局的老月……额……那个那个，赌鬼，靠赌钱来生活的才是赌博呢。至于那些偶尔玩两把的，数目不大的……"

看着高老师越来越难看的脸色，罗四两立刻就知道了，这一套对他面前这个"点儿"并不合适。

他心念一转，立马改口："那也是赌博，在我看来，只要是玩钱的，那就是赌博，都是不对的，都该受到批评。"

高老师的脸色这才好看一点，又问："那你呢，赌博了吗？"

罗四两摇头否认："没有，我是蹲在那儿看热闹呢，恐怕是让人误会了。我承认我对赌博有点好奇，但我没赌，我检讨，我回去就写检查。"

高老师一声冷哼，用手拍了桌子，喝道："你还敢狡辩，你连小赌神的外号都出来了，还敢说自己没赌？"

罗四两脸都绿了，学委听得还真全面，连他的江湖诨号都听到了，他那天怎么没看见学委啊？罗四两也被高老师给问住了，脑子一僵，都不知道怎么张口了。

就在此时，传来了敲门声。

"报告。"这是大胖的声音，他也被学委给举报了。

"进来。"高老师带着火气喊道，现在的学生真是越来越不让人省心了。

大胖走了进来，脸色涨红。这人老实啊，当时罗四两要带他去赌博，他就生怕被老师知道，现在完了，真知道了。大胖进来之后就低着头站在一旁，大气都不敢喘。

趁着这个时间，罗四两也赶紧调整了一下自己的心情。他不由得暗自责怪自己，功夫还是不到家啊，被老师这么一喝就不知所措了。

高老师气不打一处来："哼，看看你们两个，小小年纪就去赌博？"

罗四两心中一稳，咬咬牙，然后悲愤地吼道："小小年纪，对，我们就是小小年纪，我们小小年纪能怎么办？我们能怎么办？"

高老师被罗四两突然爆发的气势弄蒙了，大胖更是惊愕。

罗四两吼完之后，身子也忍不住抖了起来，眼睛通红，眼眶泛泪。他看着高老师，颤声道："我们能怎么办？我们就是两个孩子，给人打工、搬砖都没人要。大胖奶奶还在家里等死，我们能怎么办？"

高老师心中一惊，愕然看向大胖。

卢光耀说得好，如果确实是自己卖的东西出问题了，怎么推卸责任都推不了，那就要打感情牌。

不管什么手段，哥们儿义气也好，交情往来也罢，要让对方不好意思再追究，或者不忍心再追究了。

　　罗四两泫然欲泣，眼泪在眼眶打转："高老师，你是不知道大胖他家里有多惨。他奶奶今年都八十三了，从来没穿过一件不破的衣服，一年到头都在生病，有好几次晕倒在大街上，都舍不得看病吃药。

　　"老奶奶经常说，穷人命，穷人病，熬得过去就熬，熬不过去就用命熬。您看大胖，都十几岁了，还穿着他爸小时候穿过的破军装，都打了多少补丁了，班里同学都在笑他。

　　"他能怎么办？他又做错了什么？大胖从小就没妈妈，爸爸长年在外面给人家打工，家里就奶奶照顾他。现在奶奶躺在病床上，家里连一顿热乎饭都做不出来。老师，你是不知道，大胖每天都是饿着肚子来学校的。

　　"我每天都带两份饭过来，其中一份就是给他的，可他也舍不得吃几口。他饭量可大了，但每餐顶多吃半碗，剩下的半碗是给他奶奶带的，这不是饭，这是他奶奶的命啊。

　　"大胖他爸爸在外面打工，工头总是不给钱，去年更是欠了他爸爸一年的工钱不给。他爸爸去讨钱，还被人打了一顿。对，他们活该，谁让他们穷呢，谁让他们没本事呢。

　　"他奶奶现在就躺在病床上等死，我们能怎么办？我们又赚不来钱？我只有死马当活马医，赌一把，赌赢了，大胖他奶奶就能活。赌输了，大胖就成孤儿了。这就是穷人的命。"

　　罗四两一番话吼完，已经泪下，他颤声道："还好我赢了，他奶奶也活下来了。赌博，我承认是我错了，哪怕您开除我，我也认了。但是我不后悔，我一点都不悔。"

　　"哇……"大胖突然哭出来了，眼泪怎么都擦不完。

　　原来我们家这么惨啊！大胖都哭得停不下来了。

　　罗四两用余光瞥了一眼大胖，心中大声叫好。大胖这一哭是真及时啊，这个托儿敲得漂亮。

高老师本来还想责怪眼前这两个臭小子的，结果被罗四两这番话说得都眼泪汪汪了。

她赶紧起身，擦擦自己的眼泪，抱住了哇哇大哭的大胖："好孩子，不哭啊，老师也不知道你家里这么困难，是老师失职了。不怕啊，不怕，老师这就去跟校长说，号召大家给你捐款，你放心，你奶奶一定会没事的。你一定要好好学习，要考上好大学，好不好？"

大胖已经哭得不成样子，也出不了声音答应。高老师见状，更是心疼得不行。

罗四两听得心中大喜，呀，还有意外之喜，自己这个点儿平得也太漂亮了吧，江湖手段也太管用了吧。

其实大胖家里是很惨很穷，不过也没有罗四两说得这么惨。只是就算让大胖自己来说，他也说不出罗四两哪里说错了。

大胖的奶奶的确是在病床上啊，他爸爸去年确实被人拖欠工资拿不回来啊，罗四两也的确带饭给大胖吃，虽然俩人基本上都是一起吃菜。

不过大胖对他奶奶是真好，他基本上不怎么吃罗四两的菜，都是带回去给他奶奶吃。穷人家里吃点肉是真不容易，所以说他奶奶是没钱看病，但这肉还是没少吃的，基本上天天都有。

罗四两用的全是一些虚拟概念，穷人病，穷人命，穷人就该等死，这一下子就把高老师给感动坏了。

短短时间，他就能想到这些，做到这些，真不知道刚正不阿的老罗爷是怎么生出这么一个狡猾孙子的。

高老师眼泪汪汪地去给大胖筹备捐款的事情了。

大胖和罗四两眼睛通红地回到了教室，学委看这俩人的样子，就知道他们肯定没少挨骂，心中也痛快了许多。

她家就住在那条小巷子旁边的楼上，每天都能看见有人赌钱，快烦死了，结果上周五回家，居然看见自己同学了。她在楼上，罗四两在楼下，自然看不到从窗户里瞧他的同班同学了。

这不，就有了今天这一出。

见到罗四两和大胖挨批，她心里还是挺高兴的，倒不是幸灾乐祸，而是感觉自己帮助了两个即将堕落的同学，心里甚是欣慰。

罗四两则是对其大翻白眼：小丫头片子！

放学后，罗四两也没想着回家，把大胖打发走了之后，就自己屁颠屁颠地跑到城西去了。

卢光耀今儿倒是没开张，罗四两是在他住处找到他的。

"哎哎，我今天平了一个点儿。"罗四两兴奋地找卢光耀显摆。

卢光耀正在喝茶，一听这话，茶水差点呛了出来："怎么了，你惹谁了？"

罗四两得意一笑："没惹谁，就我那天不是去刀疤那儿赌钱了吗，那事儿被我们班学委看到了，她去告诉老师了，老师本来想骂我来着的，结果被我感动得都哭了，还要捐款呢。"

卢光耀更是疑惑，他赶紧问道："到底怎么回事，你仔细说说。"

罗四两便得意扬扬地把今天发生的事情都说了一遍，包括他怎么被发现的，他怎么平点儿的，怎么选择招数的，最后怎么把班主任给弄哭的，怎么让班主任感动得要组织捐款的。

听他这么详详细细地说了一遍，卢光耀的脸色也变化得煞是精彩。他怎么也没想到这小子居然学得这么快。

他昨天根本没说什么，就稍微提了一嘴，具体操作，他一个字也没告诉罗四两啊。结果这小子还真的就用他这简略到极点的话语把点儿给平了，还平得这么漂亮。

简直太天才了吧！这小子天生就是干厨拱的吧？卢光耀都起了把这小子拐过来挑厨拱的想法了，这小子不入厨拱行，都对不起他的天赋。

"怎么样，厉害吧？"罗四两甚是得意。

卢光耀心中自然赞叹不已，嘴上却不屑道："你也就是欺负你们老师是女的，而且社会经验不多，你要是换个社会上的大老爷儿们试试看？所以小子，别太满了，你要学的可多着呢。"

罗四两撇了撇嘴，也没多说什么。

卢光耀摸了摸自己肚子，想了想说道："怎么着，爷们儿，今天为了纪念你第一次平点儿，咱们出去搓一顿？你请客啊。"

罗四两也很爽快："行啊，去哪儿？"

卢光耀说道："就楼下的面馆。"

这边是闹市，摆地摊的人很多，连带着这边小旅馆和小饭店也都发展得很不错。

俩人这就下了楼，到了边上的小面馆。罗四两要了两碗肉丝面，又要了几个凉菜和肉菜，一共才五块钱。

这就已经是大手笔了，这年头大家一个月才挣多少啊，没几个人舍得在外面吃饭的。也就是城西这边做生意的人多，生意才好一些。

现在正是饭点，面馆里面也挺多客人的，屋子里都坐不下了，罗四两和卢光耀俩人就坐在面馆门口的小桌子上。

罗四两往自己碗里加了好几勺辣椒，用左手拿着筷子，招呼卢光耀道："你快吃吧，别客气了。"

卢光耀瞧了瞧罗四两拿筷子的左手，又想起那天罗四两躲在小巷子手脚关节扭曲的样子，眸子闪了闪，再看罗四两时，脸上已经带了几分意味深长的神色。

"卢先生……"罗四两的声音有些踌躇。

卢光耀停下手中的筷子，抬眼看他，好笑道："哟，这有求于人是不一样啊。平时都喊'哎'，这会儿喊'先生'了啊？"

罗四两一愣："你怎么知道我要求你了？"

卢光耀没好气道："你都写自己脸上了。"

罗四两尴尬地摸了摸脸庞，然后又道："嘿嘿，卢先生，我就是再想学点江湖手段嘛，您再教教我。"

"哼。"卢光耀一声冷哼，然后敲了敲碗，"哎呀，没有酱牛肉配面，吃起来就是没味道。"

罗四两立刻会意，激动地喊道："老板，来个酱牛肉。"

老板回道："酱个屁啊酱，江县哪有卖牛肉的？"

罗四两一脸悻悻然。

江县只是个小县城，猪肉和鸡肉是有的卖的，至于牛肉，基本上只有过年才有的卖。平日里只有运气特别好的时候，才碰得到卖牛肉的。

罗四两一听没牛肉，无奈地看着卢光耀。

卢光耀双手一摊，无奈道："那没办法了。"

罗四两一听急了："别呀别呀，猪肉行不行？鸡肉行不行？实在不行去我家，我家还有一块牛肉冻冰箱里了。"

卢光耀闻言乐了："你这么想学啊？"

罗四两点头。

他厌恶戏法，对江湖上这种下九流的江湖手段却充满了兴趣，这是一个他从未接触过的世界，一个在他那个耿直到极点的爷爷身边永远不可能触碰到的世界。而且他也想学这些手段，在不伤害爷爷的前提下，让爷爷不再逼他学戏法。

卢光耀道："那你跪下来磕俩头，拜我为师，我就都教你了。"

"啊？"罗四两傻了。

他毕竟才十三岁，虽说心性比同龄人成熟，但也还是个孩子，有孩子的通病。他好奇这些坑蒙拐骗的江湖手段，但并不代表他真的要去做江湖骗子啊。

卢光耀看了看罗四两的神色，就知道他不愿了，便道："那不拜就不拜吧，叫声师父来听听，我就教你。"

罗四两整个人都不好了，扭扭捏捏道："怎么又是叫师父啊？"

"唉！"卢光耀打蛇随棍上，"既然你叫了，我就传你一点吧。"

罗四两不满："你是怎么听出来我叫了，我叫什么了我叫？"

卢光耀摆手："别在意那些细节，既然你都已经叫了，我肯定会教你的。"

罗四两气得无言以对。

卢光耀笑了笑，一边吃面一边说道："走马江湖，首先你得有一双好招子。"

罗四两这段时间已经学了不少江湖春点了，知道招子就是眼睛的意思。虽说他有些不满，但这会儿说到知识点了，就赶紧集中精神了。

卢光耀道："江湖各行各业的老合们，只要是做生意的，首先就是要学会把点儿。不是什么人都适合做你的点儿的，有些个朗不正的，摆明就是来找你麻烦的，这种人的生意就做不得。

"所以你得会推点儿，用合适的法子把人家弄走。有那合适的点儿，你得学会把人拉回来，这一推一拉之间，都是无穷的学问。把点儿，靠的是眼力见儿，你得学会看人，咱们这街上这店里也有不少人，你现在就用你的眼睛观察一下，然后把看到的内容告诉我。"

罗四两认真地点了点头，他也没心思吃面了，就认真地看了起来。看了一阵儿之后，他道："面馆老板张大头，身体挺胖，自己开面馆，自己当厨师。嗯，他的收入应该可以。"

卢光耀问道："哦？为什么？他穿得可一般啊。"

罗四两抬了抬下巴："你看他老婆啊，他自己是挺寒酸的，但是他老婆脖子上有根金项链。"

卢光耀心中暗赞，果然是天才。把点儿可不只是单看点儿一个人，还得看跟他有关系的人，才能知道更多信息。

卢光耀又问道："她媳妇脖子上的金项链有可能是家传的，或者长辈给的，不一定是自己买的。"

罗四两却摇头："不像，她那金项链还很新，不像是老物件。"

金点十三簧里有一道水火簧，水是穷，火是富，就是教你怎么判断对方家底的。他们这个学问更大，技巧更多。

罗四两没什么底子，单凭眼睛就能看出对方的水火，果然有些天分。卢光耀点了点头："继续看。"

"好。"罗四两应了一声，接着在面馆里面仔细看，"里面有个穿西装的人在吃面，虽然他穿着西装，但我感觉他不是个好相处的人。"

"哦？为什么？"卢光耀顿时来了兴趣。这小子不看水火，看好不好相处了。

　　罗四两道："他坐下不过六七分钟时间，就已经叫了三次老板娘了。第一次是让人家擦他的桌子，老板娘说已经够干净了，他说还要再擦。第二次是要加醋，还要没开瓶的。第三次是要多一点面汤，最好再多一点面。这个人有点贪小便宜。"

　　卢光耀这回是真吃惊了："你早就注意他了？"

　　现在正是饭点，小店里面很嘈杂。他们都坐到门口来了，店里面的动静，他们听得见，但是听不清楚，所以卢光耀也没有上心，没想到这小子居然注意到这么多细节了。

　　罗四两摇头道："那倒没有。"

　　卢光耀问道："那你怎么……"

　　罗四两指了指自己的脑子。卢光耀这才明白，自己忘了他那变态的记忆力了。

　　对罗四两来说，不管嘈杂不嘈杂，只要过了他的耳朵，他全都记得住。卢光耀心中也不由得起了艳羡之心，真是令人羡慕的能力啊。

　　罗四两脸上也露出了得意的微笑，然后又看向大街，继续道："那边有一对夫妻过来了，女的抱着一个孩子。他们穿得挺一般，不破，但是挺旧的。包着孩子的裹布也挺旧了，这家人的生活条件应该不是很好。咦，这个男人怎么走路有些紧张啊，眼睛还来回看？"

　　闻言，卢光耀也抬眼看去，随即皱起了眉毛。

　　罗四两皱了皱眉，继续道："孩子哭了，他们转过去了，应该是在给孩子喂奶。怎么是水壶啊？喂水吗？没带奶瓶吗？看不见了，不对，他的手在抖，他在往水里加东西，加什么了？"

　　突然，罗四两悚然一惊，一股凉意直冲脑门。

　　他猛地回过头，惊恐地看向卢光耀，却见一张大手朝他扑来……

第三章
误闯老渣行

风波又起

"闭嘴,别说话。"罗四两的脑袋已经被卢光耀压下去了,卢光耀是贴在他耳朵边说的。

罗四两闭了嘴,心中却是一片骇然。就算年纪再小,他也知道这是人贩子,很有可能还是最近闹得江县人心惶惶的那伙人贩子。

他小姨夫天天加班,都快忙疯了,就是为了抓到这伙人贩子,可是他也没想到,这人贩子居然会出现在他的眼皮子底下。

难道他们就在城西?

卢光耀把手从罗四两的头上挪到肩膀上去,身子也凑了过去,看起来就像是长辈在教训晚辈,晚辈在低着头挨训。卢光耀的头微微低着,眼睛却一直在注意那两个人贩子。

少顷,他放开了罗四两。

罗四两赶紧抬头,慌忙问道:"他们……"

卢光耀瞪他。

罗四两赶紧轻声改口:"老渣?"

卢光耀微微颔首。

罗四两急了，当时就要站起来。

卢光耀赶紧拦他："你干吗？"

"我要给我小姨夫打电话去，他是老柴。"

卢光耀却道："这里七条巷子八个弄堂的，等老柴来了，他们早不见了。老柴上次没查到这里，这次就依然查不到。"

罗四两着急了："那怎么办？"

卢光耀冷静道："跟上去，摸了他们窝再说。"

"好。"罗四两答应一声，扔下五块钱就出去了。

俩人远远吊在他们后面。

罗四两感觉心跳得特别快，都快从嗓子眼里蹦出来了，他可从来没有经历过这样的事情。他只在电视里见过警察跟踪犯人，压根儿没想到自己还会有这一天，这会儿都快紧张得连路都不会走了。

卢光耀瞧他一眼，低声冷喝："你这副鬼模样跟过去，一个照面就要被他们发现了。你要是连自己的身体都控制不了，就给我滚回去。"

挨骂的罗四两死死咬着牙，用力捶了一下自己的心脏，然后又深呼吸几口，整个人顿时正常多了，心态也稳了许多。

卢光耀又看他一眼，眸中有些赞赏，这小子的心态调整得好快啊。他又呵斥："把你脑后那根长命辫藏一下，这么明显的标记，也不知道藏一藏，招摇。"

罗四两面色一滞，赶紧把辫子塞到衣服里面，然后把衣服领子立起来，把脑后的辫子完全挡住。

卢光耀还提醒一句："以后尽量少让别人看见你那辫子，你这个特征太明显了。"

罗四两沉默不语。

卢光耀也没多说什么，就道："你也别老盯着他们看，容易被发现，时不时瞥上一眼就好了。"

罗四两照做了，他眼神过得很快，每次停留在那两个人贩子身上的时间都不到一秒，但这对他来说，已经足够看清很多东西了。

俩人就这么走着，卢光耀也有心化解罗四两心中的紧张感，便状似无意道："这是一伙恶老渣啊。"

罗四两疑惑问道："老渣也有善恶吗？"

卢光耀道："有恶毒的，也有没那么毒的。渣子行，一般分两派：一派有本买卖，一派无本买卖。有本买卖，可以说是生意，他们是从那些想卖儿女的父母手上买来孩子，再卖出去。"

罗四两一听这话，也很好奇，心中的不安反倒是被压下去了："还有卖孩子的？"

卢光耀点头，轻声开口："对，以前又没有避孕手段，好多家里都有好多孩子。孩子越多，人越穷。一些家里实在过不下去的，就找老渣来往外挑了。这是有本买卖，老渣是要花钱的。

"这帮老渣也分两派，一派开外山，一派不开外山。不开外山的，一般在本地就挑了，多数走的是活门。活门就是允许你亲父母去瞧的，一年瞧七次，四季三节，春夏秋冬，三节是五月节、八月节、春节。死门就是不让亲父母瞧了，挑出去就是人家的了。还有一派开外山的，就是把人送到外省挑了，一般都是挑一些怎科子（男孩）或者是八九岁的斗花子（女孩）。

"把斗花子往柳门的人或者卖唱的老师傅那儿一挑，师父就带着她们学艺，然后带着她们出去卖钱。等她们长到十五六了，管不住了，就往娼窑一送，他们再去买新的。

"还有些老渣是直接买姜斗（大姑娘），送到外山去，直接往娼窑里送，这帮人心狠啊。当然了，有精的狐狸，就有精的猎人，社会上也有不少父母故意骗这些老渣的钱。

"这是有本的老渣，渣子行以前多数都是这种老渣。但是现在计划生育了，家家户户都只有一两个孩子，谁舍得往外挑啊。所以有本的老渣越来越少，无本的老渣越来越多。这帮人根本就没有人性，你看到过街上那些断手断脚在乞讨的孩子了吧？"

罗四两猛然转头，目露惊恐。他当然见到过，不说别的地方，他们江县就有。

卢光耀神色也有些凝重，接着道："很多就是出自这些老渣的手笔，当然还有许多是他们挑给了穷家门，穷家门断了他们手脚，然后控制了这帮可怜人。"

罗四两面沉如水，沉声道："我要救那个怎科子。"

卢光耀问道："你确定？"

罗四两点头。

卢光耀默了默，脸上闪过一丝异样，又问："不惜一切？"

"嗯。"罗四两用力地点了一下头。

卢光耀微微颔首，继续盯着那两个人。这边很热闹，鱼龙混杂，那两个人贩子毫不起眼，他们两个也毫不起眼。

卢光耀说道："现在社会有些乱，老渣这行越来越猖獗了。这伙人不是善茬，待在一个地方连续作案，还没被发现。胆子和手段都很了不得，一会儿我让你怎么做，你就怎么做，不要擅自行动，不要乱说话，不要盯着他们看，也不要调侃儿，他们可能听得懂。"

"好。"罗四两应了一声。

俩人跟着他们左拐右拐，来到一个快餐店，他们已经坐进去了，罗四两二人也跟了进去。爷儿俩找了一个桌子坐了下来，罗四两去打菜。

快餐店门口放着好几盆菜，荤的素的都有，店家给你打菜，按照几荤几素收钱。

罗四两虽然在打菜，但他是一直注意着那两个人贩子的。只见那俩人找了个位置坐好了，把孩子放在桌子上，就在他们眼皮子底下。

这俩人很小心。

把孩子放好了，那男人才说："老板，给我打十份饭，我要带走。另外，菜每一样都给我打一点，肉多一点。"

闻言，罗四两心中一跳，还真是摸到窑了。他让老板娘打了一份快餐，然后拿着饭菜走到原先的座位，可是等他回到自己座位上，才发现卢光耀不见了。

去哪儿了？

罗四两迅速转头寻找卢光耀，没有，快餐店里面没有。

许是罗四两的动作太大了，惊动了那两个人贩子，俩人都警觉地看了过来。

罗四两也跟他们对视了一眼，心中顿时一慌，然后赶紧扭开了头。他大气都不敢出，赶紧稳了稳心神，状若无事地往旁边看了一圈。

那两个人贩子看了一眼，也没上心，估计是这孩子在找什么人吧。

罗四两看了一圈之后，才坐了下来。他也是在这个时候，才真正看清楚那两个人贩子的相貌。

那个男人面色黝黑，面容普普通通，跟县里工地上做工的砖瓦匠很像。那个女人长相也很普通，脸色粗黄，一看也是干活做事的人，跟普通农家下地干活的妇女很像。

这两个人走在人堆里面，绝对是毫不起眼的存在，江县有十几万这样的夫妻。

罗四两坐下来，脑袋微微垂着，把面部冲着桌面，不让别人看到他的表情，此刻的他，心中已是慌乱至极。

他到底去哪儿了？跑了吗？不可能吧？我该怎么办？我要怎么办？

罗四两扭头看了一眼正在麻利地给他们打包快餐的老板娘，心中更是着急不已。

怎么办？怎么办？我是跟上去吗？还是打电话给小姨夫？怎么办？我到底要怎么办？

罗四两虽然人很聪明，可他毕竟也只是一个十三岁的孩子啊，又没怎么经历过事情，一遇上这种事，他就立刻慌神了。

眼瞧着老板娘那边都快把他们的快餐打包完了，罗四两是真急了，他咬了咬牙，决定自己跟踪下去，这次一定要摸到他们的窝，然后再打电话给他小姨夫。

正在罗四两咬牙的时候，一个人影坐在了他对面。他猛然抬头，是卢光耀。

罗四两顿时心气大松，他瞪着眼睛，嘴里却没说话。卢光耀微微摇头，示意他不要多言。

卢光耀才出去这么一会儿，罗四两就发现他身上的衣服换了，原先他穿着的是一件破旧中山装，现在换成了一件很宽松的黑色褂子，只是这件褂子很旧了，又脏又破。

情况紧急，罗四两也没有心情去询问了。

卢光耀身子稍微往前倾，用很轻的声音、很快的语速，跟罗四两迅速交代了一下。然后，他坐直了身子，微不可察地点了一下头，他知道罗四两看得清楚他的动作。

罗四两会意，深吸一口气，然后稳了稳心神，扬声说道："爷爷，我还想再吃个鸡腿。"

卢光耀突然怒道："吃什么吃，不是说好就吃一个肉菜的吗？你要了个猪蹄，还想吃鸡腿，哪有那么多钱给你吃啊？我自己都舍不得吃快餐。"

这番动静也惹来饭店里好多人的注意，但是大家都没往心里去。

这年头大家谁都不容易，没几个人舍得在外面吃饭，哪怕是一顿快餐。来这边吃饭的，一般都是在这边做生意的人，他们手头上有现钱，也宽裕一些。

这爷孙俩，一瞧就是孙子馋了，爷爷挺着肚皮给孙子点了一份快餐，自己都没舍得吃。小孙子不懂事，还想再吃点，爷爷就生气了，很正常。

罗四两听了之后就很不高兴了，撇了撇嘴说道："不吃就不吃呗，我又不是没吃过鸡腿，我昨天还吃了呢。"

闻言，卢光耀眼睛一瞪："昨天？你哪里来的钱？好哇，我说怎么少了两块钱，原来被你偷了。你才多大啊，就敢偷钱！我今天不打死你这个兔崽子。"

罗四两慌忙站了起来，手上还拿着一个水杯："没有，我没偷钱！"

卢光耀一声怒喝："还敢说没偷，看我今天不打死你！"说着，他站起来就要揍罗四两。

罗四两吓了一跳，连手上的杯子都没来得及放下，扭头就跑。卢光耀追过去，嘴里吼道："站住，你这兔崽子。"

罗四两慌不择路，还扭头看了一眼。这一扭头坏事了，他一个没注意，就撞在了那个黝黑的人贩子身上。

"哎哟。"罗四两一声惊呼，摔倒在地，手上那杯水一半洒在人贩子身上，另外一半都倒在了他自己身上。

那人贩子赶紧站起来，擦着身上的水，一脸怒容，嘴里还带着北方口音："你干什么东西。"那个女人贩子也看了过来。

快餐店里顾客的目光都被这动静吸引过来了。就在这时，卢光耀已经追到人贩子身边了，见状惊吼道："小兔崽子，你干什么？"

听到这一吼，所有人都下意识地看着罗四两，包括这两个人贩子。

就在此时，卢光耀忽然凑到了人贩子桌边，身形微微一晃，衣衫轻轻一抖。他左手肘放到了腰间，右手似是抓了什么东西，往那个男老渣脚上一拂。

罗四两见所有人都在看他，咬了咬牙，把手上的杯子往地上一摔，吼道："老子不过了，你给人家赔杯子钱去吧！"说完，他扭头就跑了出去。

"兔崽子，你给我站住！"卢光耀也立马就追了出去。

"我杯子呀。"老板急了，跑到门口，可是却找不见人了。

快餐店被这爷儿俩一弄，顿时就乱了起来，大家都有些躁动。那两个人贩子压着怒气，相互看了一眼，趁着大家不注意，离开了。

出了这一档子事情，他们又被那爷儿俩打架牵连到了，大家或多或少都注意到了他们，他们也就增加了暴露的风险。保险起见，他们抱着孩子就溜走了。

等老板娘把饭打包好了之后，一瞧店里人不见了，气得老板娘好一通骂街。

这两个人贩子出了门之后，就朝着巷子深处走去。走了一会儿，等到没多少人的地方，那个男的说话了："孩子没事吧？"

"没事。"那妇人顺口应道，忽然觉得不太对劲，低头看了一眼怀中所抱的孩子，发出一声惊呼，"啊！"

"怎么回事？"那黝黑男子低声喝道。

妇人面色惊恐，用手轻轻一摸孩子的脸皮，再一揭，竟然是一张面皮做成的人脸。

老柴扫窑

妇人目光一凝，用手一捏，这张人脸面皮立刻变形了。

"面团捏的？"她忍不住惊呼，再低头一看，眼珠子瞪大了，声音也变了，"冬瓜？"

"怎么回事？"黝黑男子闻言也急了，忙凑过来一看。

这一看，他却是大吃一惊：这裹布里面放的哪里是孩子，分明是一个冬瓜，还是青皮的。

那妇人也傻眼了："我哪知道怎么回事啊？"

黝黑男人面沉似水，眼中凶光闪过。他朝四周看了一下，又跑到巷子口看了一下，确定附近没有人跟着，才对妇人道："我感觉有点不太对劲，先回去，绕路回去。"

俩人心中尽管有无数疑惑，但谨慎起见，他们还是决定先回老窑再说。这俩人绕了好多路，一路上谨慎慢行，最后蹿进了一个小巷子，到了一户大门紧闭的人家，用手敲门。

三快一慢。门开，俩人入内。

"黑子、五娘，你们回来了啊。"给他们开门的是一个五大三粗的壮硕汉子。

黑子就是那个黝黑的男人，他对壮汉点了点头。

壮汉看了看他们，疑惑道："你们不是出活去了吗，怎么回来了呢？"

闻言，黑子和五娘的面色都很难看。

黑子道："二哥，先别问那么多了，这次的事情有点诡异，我要去见老大。"

"好。"壮汉答应了一声，就把他们领到内屋去了。

屋内大堂放着好多大包，里面放的是衣服，他们就是以到江县出摊卖衣服的身份混进来的。

县公安局已经在县城里面来回搜查好几遍了，他们能躲过一遍遍搜查，也正是因为这个伪装的身份。

平时白天，他们都会去出摊。警察在县城里找不到人贩子的窝点，现在都把搜索范围扩大到农村去了。县里的警察都快忙疯了，可谁能想到，这伙人贩子居然就躲在他们眼皮子底下。

"老大。"黑子和五娘走进内屋。

他们老大是一个模样朴实的中年男子，这段时间一直在地摊区那边摆摊。周边人都认识他，叫他朱老板。但这是他在江县伪装的身份，他原名朱标，在渣子行里他还有一个外号，叫毒蛇标。

他为人甚是狠毒，长年做没本的老渣，他不仅贩卖小孩，还拐卖妇女。那些妇女不是被他卖到深山老林里去了，就是卖到地下的一些娼窑。至于那些孩子，一部分卖给别人做儿子；另外一部分被他断去手脚，倒卖给穷家门里几个恶人去上街乞讨了。

也正是因为他的狠毒，所以别人才给他起了这样一个外号。在江湖之上，只有起错的名字，绝对没有喊错的外号。

毒蛇标这些年也作了不少案了，但因为他生性谨慎狡猾，再加上这年头的刑侦手段和追踪方式跟不上，所以他们一直没落网。

这伙人在江县作孽已经有段时间了。

"回来了。"毒蛇标缓缓出声，脸上还带着微微笑容。

黑子点了点头，说道："老大，出了点意外。"

"怎么了？"毒蛇标问道。

黑子和五娘对视一眼，俩人眉头锁得很紧，其实他们到现在都不知道好好抱在手里的孩子是怎么没的，他们也没让孩子离开过自己的手啊，甚至说都没让孩子离开过他们的视线。

他们不是新跳上板的老渣，做这行也有年头了，很谨慎，也很小心，可是他们也不知道孩子怎么就没了，很诡异啊。

黑子收回了目光，看着毒蛇标，说道："老大，孩子丢了。"

毒蛇标闻言，眉头微微一皱，但声音依旧非常沉稳："说说，怎么回事。"

"是。"黑子应了一声，从头说道，"今天我和五娘去城北踩好点的那户人家去拔苗，一切都很顺利，我们支开了户主，夺来了孩子。给他换上了裹布，一直到城西都没有出岔子。可是都快到家了，走半路上却发现孩子没了，我们手上抱着的竟然是一个冬瓜。"

"冬瓜？"壮汉惊呼一声，他都听傻了。

黑子点头："对，就是冬瓜，我和五娘到现在都没明白到底发生了什么。回来前，我们还特意去绕了两圈，没有人跟着我们。"

毒蛇标眼睛眯了起来，尽管脸上笑容不变，眼中却露出令人害怕的寒芒。他想了想，说道："你把一路上发生的事情都跟我说一遍，无论大小。"

黑子还是有些疑惑："这一路上也没发生什么事情啊，我们抱着孩子一路过来都挺平安正常的。哦，对了，到了城西这边，孩子醒了，哭了，我们给他喂了点药，然后他就睡着了。"

毒蛇标微微颔首，道："继续。"

黑子道："然后我们就一路走回来，到一家快餐店里面，准备带一些饭菜回来吃。"

毒蛇标突然问道："饭呢？"

黑子道："没带回来，我们在等饭的时候，快餐店有爷儿俩打起来了，那小孩子还泼了半杯水在我身上。后来我见他们的动静太大了，怕暴露了，就带着孩子赶紧回来了。再后来就发现孩子变成冬瓜了，这一路上孩子没离开过我们视线啊。"

这话一出，旁边那壮汉也愣住了。

毒蛇标眯眼思考，少顷，他对黑子说道："你详细说说那爷儿俩打架的事情，把当时他们说了什么话，做了什么动作，都说一遍。"

黑子眉头一跳，看着毒蛇标，惊道："老大，你是说……"

"说。"毒蛇标一声冷喝打断了黑子的询问。

黑子吓了一跳，赶紧开始描述当时的场景，那两个人是怎么对话的，怎么发生冲突的，那孩子是怎么摔倒的，又是怎么摔杯子的，老人又是怎么追出去的，说得很详细。

毒蛇标听着听着，眯着的眼睛也慢慢睁了开来，最后才沉声说道："你们这是遇上立子行的高人了。"

"啊？"黑子和五娘都是一愣。

"于顷刻间藏携裹带，这份功力不浅啊。立子行，吴州江县……"毒蛇标在脑海中思索着，很快眸子微微亮了起来，冷着声音一字一句道，"吴州戏法罗。"

闻言，在场几人都是一怔。忽然，毒蛇标面色一变，惊呼道："不好，快带上货，走！"

门外，卢光耀看了看在门口徘徊的黄狗，心中就有数了，拉着罗四两道："走。"

"找到了？"罗四两讶异。

卢光耀道："就是这里了。"

"等等，你怎么知道的？狗找到的？"罗四两疑惑问道。

卢光耀边走边答："我在那个男人脚上下了一点药，药法门的小戏法，别看药法门的戏法大多都是假的，但是咱这个是真的。"

罗四两问道："那这个是用来干吗的？"

卢光耀道："这个药粉人闻不到狗能闻到，而且对狗有非常的诱惑力，你让狗闻一下，它就会追踪过来，路程太远就不行了，这些土狗可没那个耐心，但也足够管用了，而且很隐秘。"

罗四两讶异道："这么厉害？"

卢光耀笑道："那当然，这可是当年赫赫有名的狗王刘配置的哮天追踪粉啊。"

罗四两一愣："狗王刘？"

卢光耀挥了挥手："别问那么多了，赶快报警去吧。"

毒蛇标话音一落，房间内顿时慌乱了起来。

"怎么了，老大？"黑子匆忙问道。

毒蛇标眉头锁得很紧，眼中阴毒的光芒越来越盛："这里已经不安全了，快走，带上那些货。黑子，你出去把合（看看）。"

"是。"他们也不明白到底是怎么回事，但还是严格地执行老大的命令。

那壮汉赶紧从房里面搬出一个长梯来，跑到后院去，从一个枯井里面放了下去，他们把拐来的孩子都控制在这枯井下面了。

其实这栋老房子不是他们的，而是他们在安徽遇上的一个生意人的。当时跟那人聊天的时候，他说他老家有一口枯井，枯井下面还挖了地窖，冬天可以放粮食和蔬菜。

毒蛇标知道了以后，又听说这个人长年在外面做小买卖，家里早就没有亲人了，他自己更是好多年没回家了。当时，毒蛇标正好接了一个大活儿，是穷家门那边需要一批孩子。他们要把孩子弄残了，再控制孩子出去乞讨。

至于今天黑子和五娘抱的那个婴儿，是他们要卖给别人当儿子的，这个市场永远不缺。

在安徽打听清楚所有事情之后，毒蛇标就趁机偷了那人的钥匙，拿去偷偷配了一把，然后来到江县兴风作浪了。

凭借这个隐秘的地窖，他们已经躲过了好几次警察的搜查。若有人问起，他们就说这房子是那人借给他们住的，毕竟他们连钥匙都有。

这年头手机不普及，没人联系得上户主求证，户主在本地又没有亲戚，平时也不回来，连个熟人都没有。大家自然也不会生疑了，也不会有人来过问。

仗着江县城西这边外来的生意人很多，又仗着这个隐秘的地窖，他们这段时间是可劲儿地祸害当地的孩子啊，县里的警察都快被逼疯了。

梯子放下去，马上就有人抱着孩子上来了。孩子们都被绑起来了，嘴里也堵上了布团，地窖底下还藏着一个人，专门看着这些孩子。

毒蛇标喝道："哑巴，动作快点。五娘过去接一下，老二去把汽车发动了，快点。"

几人都赶紧行动着，藏在地窖里的哑巴更是飞快地爬上爬下，每上来一次都带出来一个孩子。

毒蛇标面沉似水，眼神狠毒。

就在此时，出门望风的黑子跑回来了，慌慌张张喊道："老大，老柴扫窑。"

一直很冷静的毒蛇标，第一次有些情绪失控。他狠狠跺了一脚，骂道："妈的，哑巴出来，快走。"

"阿巴阿巴阿巴……"哑巴焦急地指着下面。

五娘也赶紧说道："老大，还有五件货没起出来。"

毒蛇标咬着牙，果断道："不要了，快走。"

几人也发了狠，抓着绑好的孩子就跑，黑子赶紧进屋拿着早就收拾好的包裹，也跑走了。干他们这行的，是随时做好跑路的准备的。

等这帮人跑出去之后，警察才赶到，领头的正是罗四两的小姨夫，县里刑警队的队长包国柱。

包国柱持枪冲到门口，沉声安排道："一组搜查屋子，二组搜查院子，三组把后门堵死了，别让他们跑了。"

包国柱拿着枪，气势汹汹地冲了进来。他今年三十多岁，正是事业黄金时期，他自己也确实很争气，今年已经升任刑警队长了。可还没等他屁股坐热，县里就出了这么恶性的拐卖儿童案。上面领导很重视，已经给他限定破案期限了。他承受了巨大的压力，要是破不了案，那屁股底下的位子也要挪一挪了。

包国柱都快被逼疯了，连把这伙人贩子生吞活剥的心思都有了。

现在终于有线报了，报案人那边都救出来了一个孩子。为了防止人贩子跑掉，他集合了全队刑警，立马冲了过来。

"队长，大厅没人。"

"里屋没人。"

"厨房没人。"

……

听着陆陆续续的汇报，包国柱的一张国字脸越来越黑。

难道今天又要无功而返吗？难道他就真的破不了这案子吗？他这刚上任的刑警队长就要被撤职了吗？这次真要被撤职了，他的政治前途也就基本到头了，而且还会成为警界的笑柄。

想到这里，包国柱面色阴沉极了。

"队长，后院枯井里面有发现。"

包国柱眸子骤然一亮，喝道："走，过去看看！"

一行人立刻去了后院枯井，已经有刑警顺着梯子下去了。毒蛇标那一伙人走得匆忙，没来得及把梯子撤走，警察一过来就发现了。

"队长，底下有孩子，被拐卖的孩子藏在这儿。"井底传出来惊喜的声音。

"快！快把孩子都救上来，动作小心一点。"包国柱顿时大松一口气，赶紧对身边的人说道，"老赵，那伙人贩子应该是跑了，你马上带人出去追。另外赶紧通知路政和交警，沿着县城周边所有道路设置关卡，妈的，不能让这群孙子跑了。"

"是。"老赵应了一声，赶紧带着人去追了。

地窖里的孩子也一个一个地救上来了，只有五个。

这段时间报上来的失踪案子是十个，换句话说，还有五个孩子没救出来。

包国柱神色凝重，他的任务只完成了一半，还有一半孩子控制在人贩子手上，他一定要把这群孩子救出来。

包国柱看着哭得停不下来的孩子们，对身边的队员说道："先把孩子们带回去做笔录，赶紧通知他们家人。另外，调集县里所有公安民警、民防、居委会、执法大队，集合一切力量联合搜查。你们去做通知做动员，我马上去向上级要审批，这次掘地三尺也要把这群王八蛋找出来。"

"是！"

罗家来客

罗家今日来了不少客人。

罗家大厅坐了好几个人，都是一些中年人，一张张饱经沧桑的面孔上都带着沉重之色。

罗文昌坐在首位，微微垂着眸子，沉默不语。

茶几上放着的茶水已经不再温热了，连带着热气的水雾都不再往外飘散，没人想去喝这样的茶水，也没有人给他们再换上一杯。

天，渐渐暗了。房间里面已经沉默良久。

这样寂静的房间，这种沉闷的气氛，给人一种很不舒服的压抑感。所有人都不说话，或许也是被这种难言的压抑感影响的吧。

过了半晌，天色更暗，没有开灯的客厅黑得都快看不清人的模样了，但那几个人一直固执地坐着。

"罗老，"终于有一人嘶哑出声，"您要拿个主意。"

罗文昌还是沉默。其他几人都看罗文昌，皆是无言，但这种无言的压力才是巨大的。

又有一人说话："四两不能不学戏法，戏法罗不能后继无人。"

另一人道："我们当年未竟之事，还是要落在他的头上，这也是他父亲最后的执念。"

见他们提起了自己儿子，罗文昌的手微微颤了一下，稀疏的眉毛也在轻微抖动。

"罗老，您不能放弃啊。"有一人站起来恳求。

罗文昌长吐一口气，他偏过头看着客厅那张画橱，那张放了象征罗家荣耀的卧单的画橱，说道："没有戏法罗，还有戏法张，还有戏法刘，戏法界从不缺能人。"

"不一样！"站着的那人怒喝，"戏法罗是独一无二的，没有人能取代戏法罗的位置，这份荣耀和责任是你们三代人用百年时间才换来的，罗老，您就这样抛弃了吗？"

罗文昌的双手下意识地抓紧了，心中更是痛得难以自抑。抛弃戏法罗，他怎么舍得抛弃戏法罗啊？那是他们三代人用了百年时间费了无尽心血才铸成的一个不可磨灭的传说啊。

站着那人红了眼睛，死死地盯着罗文昌，喉头发出嘶哑却有力的声音："清末民国，国力衰微，国人自卑到了极点，也卑微到了极致。洋人放个屁都是香的，那些戏法艺人被洋人魔术师挤得连饭都没的吃，只能屈辱地换上洋人衣服，数典忘祖，告诉别人他们传承的中国戏法其实是洋人魔术。

"大家都是这样，但有人不服，他换上传统服饰与西洋魔术师轮番斗艺，他从未输过，亦从未屈服过，在他的号召下，越来越多的戏法师肯站出来直面西洋魔术师，扬我戏法威名。他说，中国戏法，不弱于人。所以大家都叫他戏法罗，因为他代表的就是中国戏法。"

罗文昌呼吸渐渐急促起来，太阳穴上的青筋也渐渐浮现。屋内众人心情皆不能平静。

那人眼眶又红了几分，盯着罗文昌道："新中国成立后，百废待兴，国际环境恶劣至极。那人的儿子随着外交使团，出国访问建交，艺术演出无不精彩，与各国魔术高手同台竞演，从不落下风。他说，中国戏法不弱于人。大家也叫他戏法罗，因为他代表的就是中国戏法。"

罗文昌的手都微微颤了起来，虎眉越拧越紧，眼中浮现出那一幕一幕热血澎湃的画面，他们家那块红色卧单，就是周总理在那个年代送给他的，这就是他们罗家所有的荣耀，更是他一生的军功章。

站着那人眸中已经含泪，声音也带上了几分歇斯底里："70年代末，中国发展落后于别国太多，中国欲对外国展现新的面貌和风采，无论是文化还是艺术还是别的。是那人的孙子带领着我们这些人征战国内外，无论是明面上的还是暗地里的比赛，我们参加了无数，也赢了无数，我们赢得让国外魔术师胆寒，我们从未输过。因为他说，中国戏法，不弱于人。因为他是戏法罗，所以他不会败。他要把中国戏法带到全世界，他要让世界人都见识到中国戏法的厉害。因为他是戏法罗，所以他一定会成功。"

"罗老。"那人眼泪流下，大吼道，"戏法罗从未输过任何人，难道您要输给您自己吗？"

罗文昌眼眶也红了。他看着眼前这些人，这些人就是目前国内戏法界最优秀最顶尖的戏法师，也是他儿子当年征战世界的班底，是让西方魔术界震惊和胆寒的那群人。

只是他儿子意外死后，他带着罗四两回到江县老家，戏法罗家族隐退，这些人也纷纷心灰意冷，逐渐退出了戏法界。但罗文昌知道，他们的血还没有冷，他们在等，在等第四代戏法罗出世，再带着他们征战世界，完成他们未完成的使命。

别人领导不了他们，他们只信服戏法罗。百年戏法罗，代代是传奇，他们只信传奇。

可罗四两始终不肯学戏法，戏法罗的传承面临断绝，百年传说也要彻底终结，所以他们坐不住了，纷纷跑到江县来。

罗文昌心中哀叹，戏法罗断了传承，最痛的不是眼前坐着的这些人，而是他。他是痛彻心扉，痛到了灵魂深处，可他又能如何？

房内众人皆是心绪难平，所有人的热血都被那番话鼓动起来了。

半晌后，罗文昌才说话，他面容上反而带上了几分释然的落寞，他说："你们以为我舍得让戏法罗断了传承？我不舍得，比你们谁都不舍得，可又能如何？四两不肯学戏法，他也没有学过戏法。我儿子死了六年多，我也逼了四两六年多。我能感受到孩子内心的痛苦，他是真的不想学，他那种痛苦是作不了假的。我已经没有儿子，我不想再逼我唯一的孙子了。戏法罗的传承是很重要，可它再重要也没有我孙子重要，我只要我孙子能学好，能平平安安过一生就足够了。"

房间众人皆是沉默。

站着那人颤着声音，不敢置信地问道："难道，戏法罗真的就这么完了？"

罗文昌缓缓站起，身上仿佛压着千万斤重的巨石。他看着众人颤声道："是我罗家对不起你们。"说罢，他双腿一软，就要跪下。

众人大惊，纷纷上前拦住了罗文昌。

罗文昌眼角挂泪，挤出一个难看至极的笑容。这个耿直了一生、强硬了一生的老人，用落寞至极的声音，艰涩地说道："从此世间……再无戏法罗。"

罗四两回到家中已经是很晚了。他的心潮也有些澎湃，到现在都难以平息，毕竟他刚刚做了一件他从未经历过的刺激事情。

"爷爷，你还没睡啊？"

进了家门，罗四两就发现罗文昌一个人垂着头坐在客厅里面。他扫了一眼客厅，问："今天有客人来吗？"

罗文昌缓缓抬起头，那张像是突然老了十几岁的脸，赫然暴露在罗四两面前。他心中猛地一颤，就像一双无形的大手，穿过胸腔死死抓住了他的心脏。

"爷爷，你怎么了？"罗四两紧张问道。

罗文昌微微摇头，看着罗四两问："四两，你怪爷爷吗？"

闻言，罗四两低下了头。

罗文昌疲惫的脸庞露出笑容，轻声道："爷爷以后不逼你学戏法了。"

罗四两猛地抬头，吃惊地看着罗文昌。

"你知道什么是责任吗？"罗文昌又问。

罗四两抿了抿嘴，没有回答。

罗文昌说："别人要你做的事情不是责任，你自己要做的事情才是责任。如果你自己不愿意，别人逼是逼不出来的，戏法罗从来都不是逼出来的，以前是爷爷偏执了。"

抓着罗四两心脏的那双无形的大手越抓越紧，不知为何，本该兴奋不已的他，心里却痛得如此厉害。

罗文昌接着道："你父亲常说，这世上没有责任，是他自己要做戏法罗。我以前没有逼过你父亲，以后也不会再逼你了，戏法罗，没……就没了吧。"

那双无形大手抓得更厉害了，罗四两疼得连面容都有些扭曲。

罗文昌叹了一声，面容多了许多释然："今天你班主任打了电话过来，说了你赌博的事情，你是为了那个小胖子吧？助人为乐是好事，但要讲究方法。爷爷可以不要戏法罗，但爷爷不能不要你这个孙子。你做什么都可以，爷爷不干涉你，但爷爷不希望你行差踏错，就这一点要求。只要你能好好的，那就……什么都好。"

罗四两的心痛到滴血，良久，他才迈着沉重的步伐上了楼。

罗文昌坐在客厅的座椅上，凝望着夜色，脸上有释然和轻松，但更多的是落寞和悲凉。

罗四两在床上躺了很久，一直不能入睡。他双眼发怔，想着他和爷爷的所有往事，那些开心的和不开心的，那些痛苦的和温暖的。所有的一切，在他的记忆里都无比清晰，可这些纷杂的情感却几乎让他的脑袋炸了开来。

他最擅长的就是记忆，可他最不能控制的也是记忆。

罗四两猛然从床上坐了起来。他把那只随身听拿在手里，眼睛盯着，另一只手一盖一转，随身听竟然消失了。

罗四两一脸木然，他的神态举止没有什么美感和韵律，仿佛是一个机器人在做着设定好的动作，动作标准得如同教科书，却没有灵魂。

罗四两又拿出自己的外套，往肩上一盖，然后拿手抖开，前后翻了两下，示意空空无物，而后他把外套铺在了平整的床上。

罗四两看着自己这件平整的黑色外套，眸子微微一凝，用手一扯，原本空空如也的床上顿时出现了一只随身听，正是之前消失的那只。

罗四两把外套扔在地上，木然的脸上涌现出怒意。他抓起随身听就要往地上砸，可他手都举起来了，却没有了再往下砸的力气。

他浑身都在抖，眼泪更是在眼角不断聚集，他终究没有把那台随身听砸在地上。

半晌，罗四两蹲下身去，抱住了自己的头。他用手狠狠地打着自己，滚烫的泪水在脸上肆意流淌。

引君入瓮

次日，罗四两起了个大早，去学校上学。

高老师已经跟校长说好了，今天要给大胖家里捐款，这次没让学生们参与，就学校里面的几个老师凑一点钱出来。他们担心让学生给大胖捐款，会伤害大胖的自尊心，不利于同学之间的团结。

今天上课，罗四两一直在走神。他全程都没有听课，总是一个人望着窗外，神色黯然。

高老师自然也发现了，但她也没说什么，她知道罗四两回家肯定挨收拾了，但也没办法，她毕竟是为了他好啊。

一直等到放学，罗四两才回过魂来，出了校门就去了城西。

"笃笃笃……"敲门声响起。

"谁啊？"

"我，罗四两。"

门开了。

"快进来。"卢光耀把罗四两拉进来，然后赶紧把门关上。

罗四两进来之后，才发现方铁口也在，微微一愣，道："方先生也来了？"

方铁口深深地看着罗四两，露出微微笑意。罗四两也礼貌地点点头，然后扭头看向卢光耀："那伙人贩子……"

卢光耀摆了摆手，打断了他的话："一个也没抓到，还有几个孩子也没救出来。"

"啊？"罗四两皱起了眉。

方铁口也神色凝重地点了点头："我们今天去盘老柴的话了，的确是这样，现在老柴已经封锁了县城周边所有的道路，正在掘地三尺地找那帮人。"

罗四两面带愁容："那什么时候才能找到？那些小孩又怎么办？"

卢光耀转身坐在桌边，紧皱眉头："这伙人的反应速度太快了，我们摸到窑立刻就打电话了，老柴那边来得也很快，可还是让他们跑了，就差那一步啊。"

罗四两神色很难看。卢光耀皱眉看他，认真说道："眼下还有一个更严峻的问题。"

"什么？"罗四两问道。

卢光耀道："我不确定那伙人里有没有通晓江湖事情的人，尤其是咱们彩门的一些事情。如果有的话，那就麻烦了。"

"怎么麻烦了？"罗四两还是没懂。

卢光耀解释道："我昨天是用落活儿把小孩偷走，然后用冬瓜换上去的。如果他们那伙老渣里，有了解咱们彩门的人……那恐怕你们罗家就危险了！"

"啊，为什么？"罗四两惊呼。

见罗四两还没明白，卢光耀叹道："咱们在快餐店的那些手法，瞒得了普通人可瞒不了内行。如果他们那边有了解彩门的人，一下子就能猜到这是有人用落活儿换走了婴儿。这里是吴州江县，论起落活儿，除了你们罗家还能有谁？"

听卢光耀这么说，罗四两终于反应了过来。他两眼怔怔出神，整个人都傻了。

卢光耀看了看罗四两，叹了口气："是你说不惜一切代价救那个孩子的，嗯，你是英雄。"罗四两的脸色瞬间变得惨白。

方铁口看看俩人，一言不发。

罗四两艰难扭过头，吞了口口水，说道："不会这么巧吧？"

卢光耀摇头："难说。"

罗四两吐了口气，自我安慰道："没事，我小姨夫是刑警队长，我爷爷还认识县长呢……"

卢光耀毫不客气地打断道："没用，这伙人都是亡命之徒，这次和他们结下梁子，鬼知道他们什么时候抽冷子给你来上一下啊？"

罗四两是真害怕了，急道："那怎么办啊？"

卢光耀眉头锁得很紧，他沉声说道："现在警察封了出县城的路，他们手上还扣着几个孩子，肯定还待在县里。现在风声正紧，他们是不敢冒头的，更别说来报复你了。

"但是一旦被他们逃出去了，那以后就不好说了。所以当务之急，我们一定要尽快找到这帮老渣，把他们绳之以法才行。这样既救了那些可怜的孩子，也保障了你们的安全。"

罗四两深以为然地点了点头，又急忙问道："那他们到底躲在哪儿了啊？"

卢光耀没好气道："我怎么知道？我要是知道的话，早就把他们抓起来了。"

罗四两急了："那怎么办啊！要是让他们逃了，我爷爷该怎么办？他们肯定会来报复的。"

卢光耀瞧他一眼，然后扭头对着方铁口没好气地说道："你就干看着啊，要我说，这事儿就得怪你。"

方铁口刚送到嘴里的茶水差点没喷出来。他扭头看卢光耀，一脸诧异："跟我有什么关系？"

卢光耀振振有词道："还不是你去住招待所了，让我没地方住，不然我能住城西吗？我要是不住这儿，能遇到那伙老渣吗？遇不到老渣，能有今天这些事情吗？你要负责。"

方铁口瞪大了眼睛，半晌才叹服道："您真是越来越讲理了。"卢光耀头一甩，不理他。

方铁口咂咂嘴："哎，我说你想拖我下水，说一声就好，都是老兄弟了，我能不帮你吗？"

卢光耀却摆了摆手，理直气壮道："那不一样，你主动帮我，我得欠你人情，现在你属于是还债。"

方铁口嘴角抽搐，这老王八蛋是真不要脸啊，他都想甩手走人了。

罗四两也赶紧恳求道："方先生，您就帮帮我吧，我怕他们报复我爷爷啊。再说，再说还有那么多孩子在他们手上呢。"

"行了行了，我又没说不帮，我就是看不惯这个死不要脸的家伙。"方铁口挥挥手，对罗四两道，"你先回去吧，这件事我要好好谋划一下。"

"啊？"罗四两面露难色。

方铁口道："你在这里也帮不上忙，先回去吧！等你明日再过来，想来我就应该有办法了。"

"那好吧。"罗四两只能答应。

等罗四两走后，方铁口才皱眉看向卢光耀，卢光耀却直接把头扭开。方铁口也不在意，径直问道："你是想把我拖下水，还是把罗家拖下水？"

见卢光耀不回答，方铁口又轻叹一声，问道："还是为了让四两学戏法？"

卢光耀脸色不变："我说了哪怕坑蒙拐骗，哪怕卑鄙下流。"

方铁口默了默，又问："那伙老渣，我们出不出手？如果他们逃了，那你就有更多法子让四两不得不跟着你学戏法了。"

卢光耀却道："我还没那么丧尽天良。我救那个孩子，不只是因为罗四两，而是因为我要救他们。老渣我会抓，罗家的难我也会平掉。"

方铁口问："你确定要牵扯进去？那伙人可都是亡命之徒，你没有必要卷进去，这本就不是你的责任。"

卢光耀却摇头道："不是责任，是我要做。"

方铁口微微一滞。

卢光耀认真道："老方，帮我找他们出来。"

方铁口深深看卢光耀一眼，而后微微颔首。

江县本来就不大，县城的居民也不多，所以有点什么事情，没多久大家就都知道了。

今天县城里面，几条大街上都贴出了一条广告，是城西张司机的拉货广告。

张司机做货车司机也有些年头了，他80年代中期就贷款买了一辆货车，开始拉货了。80年代跑长途很赚钱，他也是县里第一批万元户。

只是这个万元户的经营头脑有限，现在都1993年了，他还守着他那辆货车拉货，没有扩展产业，也没有增加车辆。当年穷得都没法子的时候，他倒是有胆子借钱买车，现在富裕了，反倒是胆小了。

不过张司机家里的条件还是不错的，就是最近在闹离婚，好像是说他媳妇跟别人好上了。

真是小县城啊！连一个普通的出轨都闹得满城风雨。

今天，张司机的广告一贴，大家又热议纷纷了。广告写得很简单，张司机说他运货的时候，可以顺路帮人带一下货，只收一点运费就好。

事实上，这事儿张司机以前也干过不少，只不过以前不收钱，别人要感谢他，送点吃的给他就可以了。

江县有很多人在吴州市里打工，张司机平时两头跑得也挺多，大家也常常托他带东西给市里的亲戚。

张司机帮人带货的事情还真没少干，只是这回收钱了。

"哎，张司机咋还收钱了呢？"

"这叫啥话，人家还不能收钱了？你让客车给你运，人家客车也得收钱啊。"

"不是，我是说他以前不收，怎么这次开始收了？"

"那谁知道，听说他最近在闹离婚，是不是钱都被老婆拿去养汉子了，家里没钱了，才要赚钱。"

"哈哈哈……"众人都是大笑。

有个年纪大的人看不下去了，劝道："行了行了，别乱猜了，张司机以前可没少帮你们，嘴上留点德吧。"众人这才讪讪住嘴。

又有人说了："你们别乱猜了，张司机因为离婚很不高兴，在外面大赌了一场，输了好几万呢，要赔好多钱。他这回是真没钱了，所以才要弄这个，不然人家得把他车子拉去抵债呢。"

"啊？赌钱去了啊？"

"车子都要拿去抵债啊？那没了车子，张司机还怎么赚钱啊？"

"不是，你这都听谁说的？"

那人说道："张司机自己说的，就今天早上他贴告示的时候，别人问他，他说他活不下去了，只能想尽办法赚钱了。我还听说，他是跟城南的刀疤一起在庄县赌的。"

"刀疤？不会是刀疤跟外县人一起做局，把张司机给坑了吧？"

"嘘，别胡说，刀疤可不是好惹的人。"

众人都有些悻悻然，但是心中都有了猜测。

讨论的人里面有一个黝黑的男子，他一直在静静听着，没有说话，直到他们说了这些，他的眸子微微一动。然后他悄悄撤步，混在了人群之中，毫不起眼。

城西，张家。

"大师，您请用茶。"张司机恭恭敬敬地把一杯茶水端来，放在了方铁口面前。

方铁口脸上带着笑意，稍稍点头表示感谢，然后道："今日看张居士妻宫似乎有脱胎换骨、浴火重生之迹象，想来张居士应该已有决断了吧？"

张司机叹了一口气，脸上满是苦涩："是啊，离了，昨天换的证。唉……大师，您说这女人也是，在家的时候嫌你没本事，出去赚钱了，又嫌你不陪她。你说，我要是不出去拼命赚钱，她在家里吃什么，喝什么？唉。"

方铁口淡淡说道："贪得无厌终无途啊，人哪，最可贵的是要学会知足常乐。"张司机深以为然地点了点头。

方铁口继续道："我还是那句箴言，只待前行路，莫求无良缘。张居士，我看你福缘深厚，妻宫也有重生之相，他日你定能寻得良缘之人携手终老。"

张司机诚恳道："谢谢大师吉言了。"

方铁口摆摆手："无妨，天道无常，常与善人。张居士常做善事，自然有福报而来，这次的事情便是一桩天大的福报，还望居士能助我一臂之力。事成之后，此福报不但能护佑居士一生，更当惠及子孙，受用无穷。"

张司机立马拍着胸脯道："大师，您放心。就算不为福报，我也要把这帮人贩子抓到，人贩子就该死全家。只不过……他们真的会来吗？"

方铁口摸了摸桌子上的茶杯，露出了自信的微笑："他们定然会来。"

亡命之徒

江县的娱乐生活并不丰富，这才晚上八点钟，路上已经没什么人了，就几家饭店和卖杂物的杂货店还开着门。

"笃笃笃……"敲门声响起。

"谁啊？"院子里面响起了不耐烦的声音。

"笃笃笃。"敲门声依旧，但没人说话。

"有完没完！不是说没钱了，你们就算打死我，我也没钱。不是说好容我几天，又回来干吗？要不你们弄死我算了。"张司机一路骂骂咧咧地打开了门。

门开了之后，他却一愣，眼前两个人他完全不认识啊。张司机神情一滞："额……你们找谁？"

门口的俩人瞧了瞧张司机脸上的神色，看见他脸上明显的五指红印，眸子皆是一动。这俩人正是那帮老渣团伙中的两位：老大毒蛇标，老四黑子。

毒蛇标今天穿了一身黑色夹克，脸上还戴了一副眼镜，看起来文质彬彬的。见了张司机，他脸上露出热情的笑容，用南方口音说道："哦，这里是张司机家吗？"

张司机一愣："我就是啊。"

毒蛇标说道："是这样的，我在那个县里看到广告了，你可以帮忙带货的是吧？"

张司机眼睛一亮，马上道："对对，可以可以，但是我收钱。"

毒蛇标道："钱是没有问题的，我要带一批货去吴州市里。"

"好好好，进来谈吧。"张司机赶紧把人让进来了。

毒蛇标迈步进来，黑子进来后，还很谨慎地往后面扫了一眼，最后才把门关上。

进到屋里，毒蛇标才发现张司机家一地狼藉。

张司机也觉得有点不好意思，带着歉意道："家里乱了一点，我收拾收拾就好了。你们坐，你们坐。"

毒蛇标微微颔首之后，在旁边凳子上坐了下来。

张司机说道："我给你们去泡茶啊。"

还不等张司机离开，里屋就传来悲痛的声音："这叫啥事嘛，这可咋活啊。活不下去了，房子都被人拆了，钱都被人拿走了，活不了了……"

张司机站在大厅里面，一时间很是尴尬，站也不是坐也不是。

见状，毒蛇标善解人意地说道："你去处理一下吧，我们可以等一会儿。"

"唉唉唉……"张司机忙不迭点头，刚要去里屋，里面哭天喊地的那个大叔就出来了。

这人正是方铁口。

此时的方铁口已经不是之前那副仙风道骨的模样。他换上了一身破旧衣服，头发也弄得油腻腻乱糟糟的，手指甲里面还有黑色污垢，一眼看去就是一个不修边幅的老农民。

方铁口见了张司机就悲痛地叫道："二娃子，活不下去了，你干什么不好，你要去赌。现在人家都打上门来了，钱都被他们拿走了。你再还不了，他们都要砍你的手了，还要把咱家车子拉走。没车子，我们怎么活啊，活不下去了。"

张司机赶紧拦他："哎呀，二叔，有客人。"

方铁口这才止住痛呼，往后一瞧："这是干吗来的？"

张司机说道："托我运货的。"

方铁口赶紧道："那你快接啊。"

张司机道："这不是在谈嘛，再说我都不知道他们运什么啊？"

方铁口一听怒了，边打边骂："谈个屁啊，有钱就接，就算运炸药也要运。"

张司机赶紧拦下他，不耐烦道："行了，说不定就仨瓜俩枣，十几块钱，好了好了，你先回去，我去谈。"

"哦。"方铁口闷闷地应了一声，走前还不忘嘱咐，"你可一定要答应啊。"

张司机烦躁地挥手："行了，走吧。"方铁口这才一步三回头地进了里屋。

等方铁口的身影消失，张司机才不好意思地对毒蛇标俩人说道：

"是家里的二叔，呵呵……那个，别介意啊，我去倒茶。"

毒蛇标拦住他："不麻烦了，我们今天是来谈事情的，不喝茶。"

"哦，行。"张司机赶紧坐下来，"那你们想托我带什么啊？"

毒蛇标想了想，盯着张司机的眼睛，说道："带几个人。"

张司机顿时意兴阑珊："啊？带人啊，行吧！几个人啊？什么时候？我明天会带一批棉花去市里的纺织厂，人不多的话，就让他们跟后座好了。"

毒蛇标听到棉花，心中不禁一颤，但声音依旧沉稳："十个人。"

张司机讶异道："这么多啊，那恐怕坐不下了，我要在车子后面匀点地方了，那价钱……"

毒蛇标用手指比了个"八"字。张司机有点嫌弃："八十？少了一点吧？"

毒蛇标摇头，盯着张司机的眼睛，说道："不是八十，是八千。"

"八千？"张司机语调都变了，"你运金子啊？"

这年头县里干部一个月才二百多，普通人家的年收入也不过一两千而已，八千都够他们干五六年了。

毒蛇标脸上扯出一点笑容，也不伪装了，眸子里面散发着寒意，说道："因为我们都是见不得光的人啊。"

张司机一愣，然后猛然想到了什么，他吓了一跳，从座位上惊起。可毒蛇标出手更快，还不等张司机站稳，就用双手把他压了下来。

毒蛇标把脸凑到张司机面前，眼睛死死地盯着对方，鼻子里面呼出的气都喷在张司机脸上了。张司机吓得脸都白了，他是真害怕了。

毒蛇标森然笑道："八千，运一趟，干吗？"

张司机牙齿都在颤抖："我……我……我不致。"

毒蛇标盯着对方的眼睛道："钱会让你敢的，你不做，赌场的人会砍你的手，还会拿走你的车，你会变得一无所有，别人会像嫌弃狗一样嫌弃你。到时候，你一个穷困潦倒的残疾人，活命都成问题。想想那时，再想想现在，你会知道该怎么做的。

"八千只是定金，事成之后，我再付你五千。你自己好好想想，做一笔就可以获得重生。不做就死，做了就活。你要死要活？"

张司机浑身都颤抖起来，仿佛听见了魔鬼在他耳旁呢喃。

毒蛇标见状，脸上的笑意更甚："我们会躲在你的棉花里面，他们不会发现我们的，不用怕，不会有危险的。"

次日晚上，方铁口和张司机在城南仓库守了一晚上，毒蛇标那伙人不曾来到。

方铁口嘱咐张司机一番，两人回去休息。

城西卢光耀住处，罗四两也过来了。今天下午学校组织大扫除，他自己偷偷摸摸就溜出来了。

睡了个白天的方铁口也休息好了，趁着罗四两也在，把晚上的具体计划说了一遍。

说完之后，卢光耀的眉头皱得很紧，沉声道："老方，我不建议你跟车冒险，这帮老渣都是亡命之徒，到时候一旦打起来，我怕你……"

方铁口摆了摆手，打断了卢光耀的话。他捏了捏眉心，稍微提了一下精神，说道："正因如此，我才一定要跟上。张司机是因我而去的，必要之时，我要护他周全。再说有我在车上，一旦发生了什么变故，也好有个应对。"

卢光耀劝道："要不还是我去吧，毕竟这件事情是我惹出来的。"

方铁口却冲他摇头："我体力比你好，再不济也能逃掉。再说有我在那边策应，一旦发生什么意外，我也能第一时间做出反应。"

卢光耀皱眉道："但你本来就跟此事无关，没有必要涉险，这根本就不是你的责任。"

方铁口洒脱一笑："我与你一样，不为责任，是我要做。"闻言，卢光耀默然。

罗四两则是缓缓抬起头看着眼前俩人，神色震惊。他爷爷、他父亲也曾经说过同样的话。只是平时他最烦听见责任二字，可是现在听见，他的心却狠狠颤了一下。

"那你小心一点。"卢光耀嘱咐。

方铁口缓缓点头。

罗四两听到这里，突然开口道："那我呢，我做什么？"

卢光耀道："你就别掺和了，待在家里等信儿吧。"

罗四两默了好一会儿，才说："那帮人贩子还记恨着我们家，他们要是跑了，那我家怎么办？"

卢光耀眉头一皱，严肃道："你帮不上忙的，而且这次太危险了，你不能去。"

"那我上次还跟踪人贩子，把那个小孩救出来了呢。"

"上次是在大街上，我们进可攻退可守，这次是在大半夜是在野外，是面对面的肉搏，危险太大了，你不许去。"

罗四两皱眉道："我想去。"

卢光耀眸子一瞪，燃起了怒火。方铁口赶紧伸手拦住卢光耀，他想了想，问罗四两："你真想去？"

卢光耀赶紧扭头，忙喝止道："老方……"

方铁口压了压手，示意卢光耀少安毋躁。罗四两看着方铁口，连忙用力点头。

方铁口微微颔首，说道："我可以让你去。"

卢光耀急得大叫："不行，太危险了，不能让他去。老方，这孩子是我们全部的希望，我不能让他出半点意外。"

方铁口苦笑道："我是真有任务要交给这孩子。"

"那也不行。"卢光耀断然拒绝。

方铁口只能劝道："老卢，我知道你的担忧，你苦苦追求的东西，也是我在一直努力的，我们的目标是一样的。但你也不想让这个孩子永远做温室里的花朵吧，以后的风雨是要他自己扛的。让他见见世面，没什么坏处，我不会让他出危险的。"

话都说到这个份上，卢光耀也无话可说了。

方铁口看着罗四两的眼睛，一字一句道："罗四两，你要帮忙可以，但是无论做什么，你都必须听我的命令，不得有半点折扣，也不能有半点违背。如果你能做到，我就让你去。如果不行，你趁早回家。"

罗四两缓缓点头："您放心，我绝对听话。"

方铁口道："我们装货上车的地方在城南纺织厂的仓库门口，仓库对面就是纺织厂，现在纺织厂已经停工好久了，就生活区还有人，生产区都没人了。你今晚就躲在一号厂房的二楼，用望远镜盯着我们这边的一举一动。你的任务，就是记清楚那些人贩子的模样。"

"嗯？"罗四两微微一愣。

卢光耀也愣了一下，他问道："老方，你是怕他们跑了？"

方铁口缓缓点头，脸上带上了几分沉重之色："不怕一万就怕万一，我们要做好最坏的打算，如果他们跑了，我们也要知道他们的相貌。好方便警察发通缉令，也是为了避免他们继续兴风作浪。"卢光耀也点了点头。

罗四两这才知道自己的任务，他的任务不危险，但是很重要。

方铁口又对罗四两道："四两，你要记住，今天你的任务只是看清楚并且记住他们的容貌，如果看不清楚，那就算了。记住，无论发生什么，你都不许暴露自己，更不许跑出来。

"哪怕我们这边打起来了，对方要弄死我，你也要待在房里面看着。以你现在的能力，出来只会帮倒忙。

"记住，就算发生了什么不好的事情，报仇在日后。你要记住，只有保全了自己，才能期望未来。"

罗四两听得有些怔怔出神，见方铁口突然说得如此严肃，他也有些被镇住了。

他扭头看卢光耀，卢光耀也冲他认真点头。罗四两这才重新看着方铁口，郑重地点了点头："方先生，我记下了，我今晚的任务就是看清楚他们的容貌，绝对不会做多余的事情，我一定会保护好自己，不让你们操心。"

方铁口脸上露出微微笑意，他道："另外，戴个帽子，把你脑袋后面那根辫子藏起来。"

"嗯。"罗四两点头。

傍晚，方铁口换上衣服，再次来到了张司机家中。

张司机把方铁口请进家中，叹服道："方大师，您真是神了！他们今天果然又找来了，果然说昨天没来的原因是因为您在场。而且我要求提价两千块，他们也答应了，说今晚后半夜两点钟在仓库那边上货。"

方铁口露出高深莫测的笑容，说道："万事万物皆有道理，明白其道，知晓其理，许多事情就逃脱不了我们的双眼了。你越是贪得无厌，他们越会放心。"

张司机连连点头，佩服不已。

想了想，方铁口还是对张司机道："张居士，此次虽说卦象有惊无险，但大衍之数五十，都还有遁去的一，所以我也不敢说绝对平安。此事，本就与你无关，其实你可以不牵扯进来的。所以趁着离晚上还有时间，若是……你真的不愿，你随时可以退出，我也不会责怪于你的。"

闻言，张司机却眉头大皱，不满道："什么叫与我无关？我是江县人，那些孩子都是我们江县的孩子。那群王八蛋在江县为非作歹，平时没被我们发现也就算了，现在知道他们了，我怎么能饶得了他们，真当我们江县都是些没血性的爷们儿啊？"

方铁口深深地看了张司机一眼，缓缓点头："好，仗义每多屠狗辈，张居士，你是大义之人。"张司机闻言，咧嘴憨笑。

夜幕缓缓降临，江县这座北方的小县城也逐渐陷入了安静之中。

县城是安静了，但有那么一群人，他们的血液却正在沸腾。

今夜，注定是不平常的一夜。

第四章
智斗亡命徒

变故突生

是夜，方铁口和张司机一起出门，往城南仓库而去。

罗四两也趁着夜色，戴好帽子，从家中溜出，早早地就躲在了一号厂房的二楼，在窗户里面用望远镜看着仓库那边的变化。

卢光耀则在刑警队里，看着刑警同志们往身上加各种家伙。

今晚的夜，明暗不定。

风很大，乌云时不时地被风吹过来遮住了明月，又时不时被风吹开。江县这座小县城也陷入了明暗不定之中。

方铁口和张司机来到了仓库前面，开了灯，开始往车上装棉花。

这个仓库是县里国营纺织厂的，但是纺织厂经营不善，都快倒闭了，为了减少损失，他们就把老仓库给租出去了。

张司机在仓库里租了一块地方，平时运货存货的时候能用得上。这次他要运的是棉花。他是真的要运这批货，也是真的是要运到吴州市里，连运单都有。

他跟那帮人商量好的地方就是在这里。他计划在车子内部留出一个空间来，让那伙人藏在里面，用隔板挡好，然后用棉花把车厢塞满，最后再开车把他们带出去。

棉花是用麻包装好的，但张司机特意准备了一批散棉花，到时候塞在车子外面，用来防止警察查车。

罗四两见他们来了，顿时精神一振，拿着望远镜看了起来。这个望远镜是他爷爷的一个徒弟送给他的。

戏法罗家是以家族传承为主的，也收徒，只是收得很少，罗文昌到现在也只收过两个徒弟。那两个徒弟现在都成了戏法界的翘楚，在杂技团身居高职，他们经常出国交流，也经常从国外给师父带东西。

这个国外最新款的微光望远镜就是他们送给罗四两的，就当哄小孩子玩了，没想到今天还能派上大用场。

一号厂房的二楼离前面的仓库不过二百米，现在对面亮着灯，罗四两用微光望远镜能很清晰看到他们的样子，他也就放心了不少。

张司机和方铁口两个人把车子装好了，就在仓库里面等了起来。

现在是深夜，万籁俱寂，但所有人都心绪难平。

方铁口在仓库门口仰望天空，今夜的星空甚不明朗啊。张司机在仓库里面不停地抽着烟，地面上扔着的一堆烟头，证明他的内心是极不平静的。

时间一分一秒地过去。躲在厂房里面的罗四两蹲得脚都有些麻了，要不是他从小锻炼，身体素质很好，他早就吃不消了。

时间到了后半夜两点钟，但是毒蛇标那帮人还是没来。

张司机有些毛躁了，他站了起来，在门口看了一眼，急切道："他们怎么还没来啊？"

方铁口却悠悠开口道："他们至少还需要一个小时才到。"

"啊？"张司机愣了。

方铁口说道："他们在做最后一遍的筛查，好确认这周边没有埋伏。"

"好吧。"张司机只得应了一声，心中也不由得暗骂，这帮该死的家伙还真是谨慎啊。

方铁口望着天边星空，右手轻轻抚摸着左手突起的指节，气定神闲，眸子中闪烁着自信的光芒。

凌晨三点左右，毒蛇标他们终于到了。

"关灯。"有声音在仓库边上响起。

"谁？"张司机吓得站了起来。

方铁口也转头，双眼微微一眯，闪过精芒。

"去，把灯关了。"方铁口指挥张司机，张司机也依言把仓库的灯关了。

在厂房二楼躲着的罗四两看见灯光熄灭，顿时精神一振，赶紧调整望远镜角度，细细看了过来。光线突然变暗，他的眼睛一时没有适应过来，反而看不真切了，只能瞧个大概。

灯关了之后，仓库黑暗处才钻出一个人，正是这帮老渣团伙里的老四，黑子。

方铁口看了张司机一眼，张司机会意，按照方铁口事先教过他的话说："你们来晚了，都晚一个小时了。"

黑子回道："路上走得慢了些。"

张司机皱皱眉，有些不满："行吧行吧，赶紧把人带过来，我们装车。还有，给我的八千定金，钱呢？"

黑子从怀中出一沓灰色的百元大钞："放心，钱少不了你的。"

张司机赶紧把钱接过来，双眼放光，稍微数了一下，数目没有问题，就放在怀里收起来了。

在张司机数钱的时候，黑子脸上森然一笑，眸子中闪过冷冽的凶光。虽是一闪而过，可又怎么能瞒得了方铁口的眼睛呢，只是方铁口什么都没说。

张司机把钱贴身收好，说道："行，钱没有问题，赶紧让他们过来吧。二叔，我们去装车。"

"好。"方铁口应了一声。俩人走到了货车后面，卸下了后面放的一堆棉花麻包，露出了货车中间用挡板隔出来的空洞。

张司机冲黑子道："快，快让你的人过来。"

黑子谨慎地朝四周瞧了一眼，这才冲后面一挥手。

黑暗中连续走出来四个人：老大，毒蛇标；老二，大壮；老三，哑巴；老五，五娘。

他们带着五个约莫四五岁的小孩子，这些孩子应该被下了药，都睡得很死。

张司机瞳孔一缩，他早就知道这帮人是人贩子，但是真看见他们扛着迷晕的孩子出来的时候，他的心脏还是忍不住快速跳了起来。

方铁口的神色也凝重了几分。

一号厂房，二楼。

罗四两的眼睛已经适应过来了，也从望远镜里面瞧见了扛着孩子出来的这几个人。但是现在光线不够，尽管他用的是微光望远镜，还是看不真切。

罗四两心中谨记方铁口的话，如果看不清楚，那就算了，千万不能暴露自己，更不能跑出来，所以罗四两一直死死躲在窗户后面。但他的心中也一直在祈祷——

"来点光，来点光，我要光。"

"我要光啊！"

"来点光，一点点就好。"

许是上帝听见了罗四两的祈祷，外面忽然起了一阵风。

这阵风没有吹在罗四两的身上，但正好吹走了遮挡住皓月的乌云。皎洁的月光洒落一地，整座小县城顿时变得明亮起来了。

这几个人本来就做贼心虚，原本趁着黑暗浓重，他们还安心一点。现在突然月色皎洁了，他们心中一惊，下意识地抬头一看。

就在此时，罗四两也用望远镜瞧了个真切，那几个人的容貌已经深深地印在了他脑海之中。

一，二，三，四，五。

"成了。"罗四两心中大为振奋，激动不已。

仓库前，毒蛇标喝道："愣着干吗？快装车。"几人这才手脚麻利起来，赶紧把孩子塞到车上去。

风还在吹，刚刚还洒满月光的仓库再度被阴暗占据了，毒蛇标也不由得暗自松了一口气。

对他们来说，黑暗才是他们安全感的来源。

他们在装车。

方铁口从怀里摸出一包皱巴巴的烟，自己拿了一根，点着抽了起来。毒蛇标看了过来，方铁口微微一愣，然后把那包烟递了过去。毒蛇标接过来，抽出一根。方铁口给他点着了烟，他深吸一口，然后缓缓吐出来。

他做老渣也有年头了，但这次是他做得最大的一次，也是最危险的一次。他以前都是打一枪就换一个地方的，从来没有在一个地方连续作案，更没被警察封锁全城来搜查。

今晚就要逃出江县了，他心中难以平静。

方铁口也想跟他聊聊天，抽着烟道："嘿，不用担心，我们走302县道，然后走博里、阜县，最后到吴州市里，这路我们经常跑，没问题的，交警我们也都认识，我们经常半夜跑长途。"

毒蛇标微微颔首，吸了一口烟，从鼻孔里面把烟喷出来，眼睛往左右两边瞥了瞥。

一直不动声色地观察毒蛇标表情的方铁口，见到此景，心脏顿时漏跳了一拍。

罗四两的任务已经完成了，但是他还没有离开。他一直谨记方铁口的嘱托，不能暴露自己，所以他要么今天就待在厂里不走了，要么等他们车子出发了之后才能离开。

罗四两现在也没有想走的心思，他还在用望远镜偷偷地观察着。

仓库前，方铁口再度吸了一口烟，然后缓缓吐出。他眸子微微动了动，眼睛看着毒蛇标的脸。

方铁口把烟夹在手上，说道："出江县的路，我们熟得很，就三条，一条往北走，但那是去乡下了，乡下可以去邻省。一条就是我说的往南边走，走302县道然后去吴州市里。"

方铁口在说，毒蛇标也在听，但很明显毒蛇标没怎么上心，也没怎么回应，就顾着自己抽烟。

方铁口也不以为意，自顾自往下说："还有一条是往城西走，去隔壁的庄县，不过要绕个路才能去吴州市。这条路也能走，就是稍微偏了一点，不过他们的路修得好一些。"

这番话说完，毒蛇标一根烟也抽完了。方铁口的眉头不禁皱了皱，神色凝重了几分。

毒蛇标把烟头扔在地上，用脚尖把烟头踩灭，说道："别说那么多了，走吧。"

方铁口微微颔首，脚下却是没动。他微微侧身，抬头看着对面隐藏在黑暗中的厂房。

孩子们已经被装到车上了，人贩子也躲进去好几个，外面就留下老三哑巴和老四黑子。这两个人在江县出来的次数不多，警察也不知道他们长什么样子，所以在外面策应。

人进去躲好，外面用棉花麻包塞住，最后用散棉花包上，这样一来，从外面还真看不出什么蹊跷来，就是一辆普通的货车。

哑巴和黑子已经上车了，他们坐在后排。

张司机也坐上了驾驶座，噜的一声，车子启动，大灯打开。

站在车头前方的方铁口，整个人置身在光线的笼罩下。他姿势不变，微微抬起了头，从兜里面拿出一根烟来，点火，用手挡了挡风，嘴唇缓慢地嚅动着，然后点烟。

"叔，上车了。"张司机趴着车窗喊道。

"来了。"方铁口应了一声，最后看了一眼黑暗中的厂房，然后转身上了货车。

货车启动，向前方驶去。

江县警察已经封锁了出县城的好几条路，每条路都会设置路障，也会有执勤的交警巡查来往车辆。302县道这边自然也有，只是在路障旁边还埋伏着全副武装的江县刑警队，全都是带着家伙过来的。

卢光耀也在这边。

"怎么还没来。"包国柱看了看手表，对卢光耀道，"你不是说两点出发吗，现在都快四点了。"

"等。"卢光耀只有一个字。

包国柱眼中闪过不满，但最终还是没说什么。

卢光耀坐在地上，微微垂着头，但眼睛却紧紧盯着路障，左右手十指交叉，双手下意识用力，指尖泛出白色。

包国柱有些着急，也有些坐立不安。

这几天，他一直在搜寻那帮人贩子，可一直没找到。今天眼前这个老头儿却突然跑过来告诉他，说知道这帮人贩子的下落，还说有人会引人贩子来这里，让他们在这里埋伏。

在得知卢光耀的计划之后，包国柱也不得不赞一声专业。在市区动手确实风险太大，旁边都是居民区，鬼知道会发生什么变故。但在这荒郊野外，等对方车子停下来接受检查的时候，警察再冲出去，直接就给人贩子包饺子了，看他们还往哪儿跑。

唯一的担心就是引诱对方过来的人不够专业，因为这个活儿不是普通老百姓能干的。可是卢光耀说，负责引诱的人是一个很有经验的老刑警，包国柱这就放心多了。

他也信了卢光耀的话，毕竟这么科学周密的策略，也不是普通老百姓能制定出来的。所以，他也带队来到这里了，可是现在都快四点了，人还是没来。

是出什么变故了吗？包国柱心中顿时就没底了。

正当他焦急的时候，一个刑警队员过来报告了："队长，发现一辆货车正开过来。"

包国柱急忙站起来："是目标车辆吗？"

队员道："很像，但没看清楚车牌。"

包国柱点了点头，低声喝道："所有人注意，随时准备实施抓捕。"

闻言，卢光耀的脸色也凝重了几分。

货车缓缓驶出，在路障前停了下来，交警上前检查，很快，其中一名交警就冲着他们微微摇了摇头。包国柱心中一沉，不是这辆。

但交警依然非常认真负责，还是仔细检查了一下货车，确定没什么问题，才放他们过去。

还没来，包国柱和卢光耀心中都微微沉了几分。

城南。张司机开着车，他长年跑长途，而且经常去吴州市里，对这段路别提有多熟悉了。

晚上，没人。张司机心中甚是紧张，但他的驾驶技术确实不错，车子开得很稳。出了这条路就到302县道了，张司机手心都出了汗。

终于快到指定的地方了，方铁口的眉头也皱了起来。

"掉头。"

冰冷的声音从张司机耳朵根后面响起，张司机吓了一跳，一脚踩下刹车，众人皆是往前一栽。

"掉头？"张司机惊愕无比。

黑子面色冷漠，声音更是冰寒："掉头，去城西，走庄县绕路去吴州市。"

"啊？"张司机都傻了，"不是……不是说好的走302县道吗？"

黑子冷冷地看着张司机，一字一句道："走城西，去庄县。"哑巴也在看张司机，眼神冷冽，充斥着凶意。

张司机被吓到了，急忙看向方铁口。方铁口为难道："走庄县会绕远路啊，我们遇到警察要怎么说哟。"

黑子道："这是你们的事，与我无关。如果在警察面前露了馅，我肯定会在被抓之前弄死你们两个，你们不信可以试试。"

看到黑子面露凶光，张司机咽了咽口水。

方铁口笑容很僵硬："那……那绕路要油费，要……加钱的。"

"好。"黑子嘴角扯起森然笑意。

调虎离山

凌晨四点，正是黎明前最黑暗的时候，连月亮都躲起来了，天地之间黑得让人心惊和害怕。

出城的路上没有装路灯，几个路障边上挂的都是交警自己带来的汽油灯。

302县道边上，包国柱眉头锁得很紧，看着卢光耀的眼神也带上了几分狐疑。卢光耀心中也焦躁了起来，说好两点钟那边碰面的，怎么还没来？

城西这里出城去庄县的路是新建的，很宽敞很平整，也很好走，但是张司机还是走得战战兢兢的。

整个抓捕计划，张司机知道得并不多。方铁口只告诉他，要从302县道走，警察会在路障附近埋伏。至于罗四两和卢光耀，则被方铁口有意隐瞒了，一些细节性的问题他都没有说。

现在，人贩子突然要求去绕路庄县，这已经与预定的计划不符，张司机已经没有主意了。要不是看方铁口还稳得住，他现在都要崩溃了。

他不知道接下来要怎么做，也不知道庄县那边还有没有警察。要是都走了，那怎么办？他一个人可打不过一群人贩子啊。

张司机的后背都已经湿透了，在这春寒料峭的晚上，他头上的汗水止不住地往外冒。

方铁口也神色凝重。

坐在后排的黑子和哑巴手上都多了把弹簧刀，眼神中也带上了几分凌厉之色。藏在车厢里的三个人贩子，每人手上也多了把匕首，一旦张司机无法糊弄警察，或者发生其他变故，他们就要暴起伤人了。

不管张司机心中怎么紧张，怎么不愿，车子还是要往前开的，他终究还是开到了出县城的路上。

前方不远处，张司机已经看到了警察设置的路障。他心中一松，有警察就好，没警察他可真的要吓死了。

但方铁口却没有这么乐观，他心里明白，这里只有执勤的交警，没有埋伏的刑警。

黑子和哑巴都是心中一紧。

终于要面对这一关了，过去了，他们就是蛟龙入海，依旧是海阔天空。过不去，那就要吃牢饭了，甚至是挨枪子。

俩人心中充斥着狠毒的凶意，抓着刀的手也多用了几分力。

302县道。

"怎么还没来。"包国柱心中烦躁，蹙眉看着卢光耀，满目怀疑。

卢光耀也是眉头大蹙，双手交叉紧紧攥在了一起。

此时，一辆自行车借着微弱的月光快速地往这边骑行，一路飞驰冲到了警察设置的路障处。

执勤的交警吓一跳：这大半夜还有骑自行车出城的？

骑自行车的那人见到警察路障和灯光之后，也赶紧停下了车，这一停，他却连人带车摔在了地上。警察赶紧上前查看，这一看，他们才发现，竟然是个小孩子。

没错，这人正是罗四两。罗四两现在甚是狼狈，他大口喘着粗气，浑身都被汗水浸透了，腿也忍不住发起抖来。

若不是罗四两平时就经常锻炼，身体素质好，他还真支持不住这么疯狂的骑行。

警察过来问："小孩，你怎么大半夜来这儿？"

罗四两根本没搭理对方，等稍微喘匀了气，便焦急地大喊："卢先生，卢先生，小姨夫，小姨夫，你们在哪儿？"

旁边埋伏的卢光耀和包国柱同时一愣。

卢光耀闻声立刻就站了起来，往外瞧了一眼，就立刻跑了出去。

而包国柱则明显愣了一下，往外看了一眼也傻了："四两？"

卢光耀先跑到罗四两身边，他赶紧蹲下，着急地问道："你怎么样，有没有受伤？"

罗四两赶紧摇头。

卢光耀又问道："怎么了，是不是发生什么变故了？"

包国柱也赶到了罗四两身边，不可思议地看着罗四两，惊讶至极："你怎么会在这儿？"

罗四两嗓子干疼得厉害，赶紧咽了一口口水，焦急道："快，快去城西，人贩子要从城西那边跑去庄县了。"

"什么？"卢光耀一惊。

包国柱更蒙了，这孩子怎么知道人贩子的事情，他又是怎么知道自己埋伏在这里的？

罗四两也来不及解释了，就道："方先生说的，快去。"

一听是方铁口说的，卢光耀也不敢怠慢，他对方铁口的能力太了解了，只要是方铁口说的，那就一定是真的。

看来他们真的去城西了，卢光耀正想告诉包国柱，就在此时，刑警队里的电话突然响了。

包国柱接起电话，脸色顿时一变："什么？我马上过来。"

卢光耀立刻问道："他们是不是去城西了？"

包国柱把电话收起，右手拿枪指着卢光耀，怒道："好哇，好一个调虎离山啊。"卢光耀脸色瞬间大变。

张司机一行人，终于走到了城西的路障处。

看到交警上前拦车，张司机连忙停了车，看向方铁口，方铁口冲他微微颔首。

一个交警走了过来，还真是认识的。

"哟，老张啊，"那交警先乐了，"怎么半夜出城啊？"

张司机僵笑道："我们跑长途，可不没日没夜的吗？"

那交警道："行吧，废话不多说了，最近凸城的车辆我们都要检查一下，你配合一下。"

"唉，好。"张司机忙答应着。

后排的黑子和哑巴都神色肃然，准备伺机而动。此时，方铁口忽然开口："二娃子，你去配合警察同志的工作，再拿包烟去，给大家发一下。"

张司机应了声，抓了一包烟就下车了。

就在这时，方铁口突然往主驾驶位置上蹿去，熄火，拔钥匙，一滚身就从驾驶座上翻了下来。这一套动作行云流水一般，后排黑子和哑巴都没反应过来。

方铁口冲下车，第一件事就是把车钥匙往路边的河里一扔，然后一推发愣的张司机，大吼道："快走！"紧接着，他又转头对交警吼道："车里有人贩子。"

"什么？"交警一惊。

方铁口继续吼道："快叫支援，刑警队就在302县道。"

上前询问的那个交警反应挺快，赶紧交代一个协警去打电话了。

黑子和哑巴俩人皆是神色一变，立刻持刀冲下来。"老家伙，你找死。"黑子凶悍无比，持刀冲向了方铁口。

方铁口双目一凝，提身凝气，瞬间闪到了一旁，躲开了黑子劈下来的一刀。

方铁口这一躲，黑子左侧的空当就露出来了，他出拳如风，一拳就打在了黑子的肋骨上，把黑子打得连连后退。

这边正争斗着，"砰"的一声，枪响了。几人都吓一跳，赶紧回头看，只见先前盘问他们的那交警拔出了配枪，鸣枪示警。

这个交警今天是持枪检查的。不过这交警虽然知道鸣枪示警，却忘了眼前这帮人都是凶悍的亡命之徒，可不是平常大街上那些小偷小摸的小贼，警察瞪个眼睛都能把人吓到腿软。

黑子和哑巴闻枪声大惊。还不等那交警说话，一旁的哑巴就嘶吼着，两眼通红地朝他冲过去了。

那交警赶紧用枪指着哑巴，可哑巴冲得太快了，他还来不及瞄准，就被扑倒在地了。

"砰砰砰！"连续三枪空弹。那交警的手被哑巴死死地按着，这几枪没伤到任何人。

哑巴双眼通红，也发了狠，直接用脑袋撞向交警的鼻子。那交警的鼻梁骨都被撞断了，脑袋一蒙，鼻血喷溅。

就在这时，哑巴松开了右手，直接摸出一把刀扎向了交警的脖子。

白刀进，红刀出。说起来是一大段动作，可真正的博斗仅仅只是一瞬间而已，很快，快到连方铁口都没反应过来。

哑巴干掉这个交警，转手就想拿枪。方铁口赶紧向前，一脚踹开了哑巴。

黑子也赶紧持刀追过来，想杀了方铁口。方铁口急忙一躲，眼看来不及捡地上的枪，他当机立断，一脚就把枪踢到马路边上的河里去了。

他得不到，谁也别想要。

另一个协警也赶过来了，扑到了受伤交警的边上，一边惊呼着"刘哥"，一边用手捂住了他脖子上的伤口。

方铁口眉头大皱："你们就这几个人守路啊？"

那协警冷汗淋淋，他们是协警，连配枪都没有，更没见过这样生死搏杀的阵势，看到这阵仗都露怯了。

黑子目露凶光，用看死人的眼神看着方铁口："老家伙，敢坑我们，我看你是找死！"说罢，黑子和哑巴俩人再度追杀上前。

方铁口也欺身向前，他的身手着实不错，以一敌二、空手对白刃还不落下风。对面俩人一点好都讨不到，还时不时被方铁口来上一下。

前面去打电话叫支援的那个协警，也大吼一声壮了壮胆，拿出了警棍，就冲了过来。这下子，黑子和哑巴彻底落入了下风。

"回来！"

只听一声冷喝，黑子和哑巴都顺从地往后一撤，退出了战圈。

货车上另外三个人贩子都下来了，毒蛇标站在最前，用阴毒的眼神看着方铁口。

"好啊，终日打雁，没想到被雁啄了眼睛。要不是我多了一个心眼，还真就入了你的圈套了。"毒蛇标声音冰寒，面沉似水。

方铁口看着毒蛇标，也不扮老农了，身上高人的气势毫无保留地散发出来。他笑道："人算不如天算，今日是被你们讨了巧了。"

此刻，方铁口心中也是忐忑得很，他怎么也没想到路障这里只有三个警察一把枪。就派这么点人守路，他真是服了。

毒蛇标看着方铁口身上的高人气势，脸色也越来越阴沉。

"老大，弄死他们。"老二大壮说话了。

闻言，边上的那个协警立刻抓着警棍，全神戒备起来。

方铁口闻言却笑了："呵呵，你敢吗？"

"你……"老二大壮大怒，就要上前，但是被毒蛇标拦住了。

毒蛇标阴狠地看了方铁口一眼。他也是个极为果断之人，不然当初在江县之时，也不会壮士断腕，立刻放弃五个小孩了。

"走。"毒蛇标沉声低喝。

边上几人都是一愣。

毒蛇标喝道："带上货走。"

"我看谁敢？"方铁口大喝一声。

毒蛇标目中凶光大盛："怎么，你难道以为我不敢杀你吗？"

方铁口扎了个马步，面色瞬间涨红，猛地大喝一声："哈！"而后，一掌拍在了货车后面的挡板上。

"砰。"只听一声巨响，再看那挡板，竟然凹陷下去了。

众人皆惊。这可是厚厚的钢板啊，这要是拍在人身上，那还得了。

毒蛇标一伙人都面色凝重，警方这边则是面露喜色。躲在不远处的张司机看了看自己的车，面露古怪之色。

方铁口收了掌："在下不才，但还有膀子力气，想来豁出老命去，留阁下众人片刻，应该不难。刑警队就在302县道上，他们赶过来只要十分钟。你确定能在十分钟内，杀掉我们这边五人？"

那协警闻言不由得挺了挺身，张司机也往前站了两步，捂着受伤交警的那个协警也抬头怒视过来。

毒蛇标面色变得极为难看，脸上满是阴狠怨毒之色。

他们逃跑的工具已经没有了，他本来是想抓两个孩子做人质的，可是对面的人不仅没有被吓到，还要跟他赌命。

赌命，他可赌不起，不说十分钟，他连五分钟都耽误不起，刑警队肯定是开车来的，可他们只有两条腿啊。

货车钥匙已经扔进河里了，这边的交警是骑三轮摩托来的，只能坐三个人，根本走不了他们五个，更别说带孩子了。

"好，"毒蛇标大喝一声，看着方铁口道，"今日我们算是栽了，可敢留下喝号来？"

方铁口摆了一个八极拳的拳架子，一身正气，大义凛然道："大丈夫坦荡做人，有何不敢？在下沧州八极门，王荣耀。"

302县道，包国柱用枪指着卢光耀。

那帮人半天都不过来，他早就觉得不对劲了。现在看来，这还真是个局啊，把他们的警力都调到302县道上来，县城里面没人搜查了，其他路上的警力也少了，他们全中了对方的调虎离山之计。

这帮人也真是狠啊，弃军保帅，牺牲一个老头儿，保着他们一群人逃出去。

包国柱面色相当不善，今晚要是被这帮人逃了出去，那真是一切都完蛋了。他拿枪指着卢光耀，嘴上喝道："小马，把他给我铐上，其他人立刻赶往支援，快！"

小马立刻拿出手铐给卢光耀铐上。卢光耀被枪指着，愣是动都没敢动，乖乖被铐上了。

刑警队的其他人也都钻进车里，连交警都跨上三轮摩托，随时准备出发支援。

"小姨夫，他不是坏人啊。"罗四两惊呼一声，赶紧拉住包国柱。

"干什么。"包国柱怒吼一声。

刑警队的副队长喊道："队长，集结完毕，随时可以出发。"

包国柱看了眼不依不饶的罗四两，皱眉喝道："你带队，立刻赶往支援，我马上就去。"副队长应了一声，带着人疾驰而去。

包国柱的枪口依旧抵着卢光耀的脑袋，罗四两急得大跳："干吗干吗？放开他，他是好人。"

包国柱收了枪，板着脸对罗四两道："四两，我不知道你怎么会在这里，这会儿也没时间多问。但小姨夫在出任务，你最好别捣乱，不然我揍你。"

罗四两急道："可他是好人啊，小姨夫，那老渣……那人贩子的窝就是他打电话告诉你的，那个婴儿也是他救出来的，就连今天的抓捕行动也跟他跟方先生一起制定的，他是好人啊。"

"什么？"包国柱一愣。

卢光耀苦笑一声，说道："我真不是人贩子。"

包国柱问罗四两："方先生又是谁？"

罗四两道："方先生是县城里面看相算命的先生，但他很厉害……"

还不等罗四两说完，包国柱已经变了脸色，对着卢光耀喝道："你不是说是老刑警吗？"

卢光耀被噎得够呛。罗四两也愣了，这老家伙又干吗了？

包国柱冷哼一声："鬼里鬼气的，是不是人贩子一伙儿的，回去审审就知道了。小马，带他上车。"

"是。"小马应了一声，把卢光耀也押上了车。

罗四两也不知道卢光耀又说了什么惹他小姨夫生气，可不管怎么说，卢光耀真不是坏人，更不是跟人贩子一伙的啊。

罗四两赶紧去解释，又拖又拽的，可包国柱是铁了心不理他，毕竟他还要赶过去支援呢。后来实在是被罗四两弄得烦了，他直接用膀子把罗四两夹在腋下带走，罗四两痛得大呼小叫。

四人最后还是上了警车。包国柱开车，罗四两坐在副驾驶上，小马在后面盯着被铐上的卢光耀。

"小姨夫……"罗四两还在哀求。

包国柱粗暴道："闭嘴，明天我就让你爷爷收拾你，你真是越来越不听话了。"

卢光耀也劝道："行了，铐上就铐上吧，又没打我又没骂我的，等回去说清楚就没事了。"罗四两只得住嘴。

大部队已经过去了，包国柱因为罗四两的缘故已经延迟了好几分钟，也得立刻赶过去了。车子刚发动，包国柱一脚油门就冲了出去。

罗四两心情既烦躁又郁闷，他不想再看包国柱，扭头看向窗外。

此时，天边已经微亮。还不等包国柱开出去多远，罗四两就瞧见路边上的农田里有几个人正往这边跑。

罗四两拿出随身带着的望远镜，赶紧看了过去。

"停车！"罗四两惊吼一声，"人贩子！"

包国柱一脚急刹，愕然转头："什么？"

罗四两手指窗外，惊叫道："是人贩子，他们五个都在。"包国柱也赶紧看去，农田里面真的有五个人。

这帮人正是毒蛇标一行五人。

毒蛇标也真是个人物了，为人既谨慎又果断还有急智。哪怕这次他们急于出城，方铁口给他设了局，他还是多番试探，还在半路上改了道，一下打乱了方铁口的布置。

至于现在，就是他的急智了。

他知道警察叫了支援，也知道302县道有警察埋伏，可他逃走的方向依然是302县道。

什么是调虎离山？这才是真正的调虎离山。

这边的警察都过去支援了，原本龙潭虎穴的302县道瞬间变成阳光大道了，他们便立刻走近路，往这边来了。

如果没有罗四两这一顿胡搅蛮缠，拖延了包国柱的步伐，还真让他们从这里跑了。可惜人算不如天算，机关算尽也挡不住天意难违。

现在，包国柱这边有两个警察，一个被铐上的卢光耀，外加一个初中生罗四两；而对面，则是五个亡命之徒。

局面不容乐观。

包国柱心中大惊，踩了刹车，大叫道："小马，赶紧叫支援，然后下车准备战斗。"

毒蛇标一群人看见包国柱的警车，被吓了一跳，可是再一看，警车只有这一辆。

警察落单了！毒蛇标眼中凶光大盛，喝道："杀老柴，抢警车，给我上！"

阴阳三转手

包国柱和小马毕竟是刑警，战斗力不是协警能比的，俩人一下车就躲在了警车旁边，一前一后。

拔枪，跪姿举枪。

包国柱蹲在车头边上，他下车匆忙，没关大灯，此时车灯太亮，周边太黑，他看不清楚那帮人。他喝道："四两，把车熄火了，然后待在车上别下来。"

"哦。"罗四两应了一声，赶紧蹿到驾驶座上把车子熄火了。

卢光耀在后面提醒道："把车钥匙拔出来，藏在你鞋子里面。"他跟方铁口一样，第一时间先把这帮人贩子的退路给断了再说。

罗四两依言藏了钥匙。

车灯猛地一关，光线急剧变化，反倒闪得包国柱眼前一黑。

小马此时已经拨通了电话："喂，赵队，人贩子逃到302县道，快来支援……"还不等小马说完，一个黑影便朝他扑来，他赶紧扔掉电话，举枪射击。

"砰砰砰砰！"连续四枪，全打中了，可那人却依旧视死如归地扑在他身上，死死地压住了他的枪。

"五娘。"黑子的惊怒声响起。

还不等小马把对方推开，他就觉得喉咙一痛，再后来，他就没有力气推开对方了。

五娘用自己的身体压住了要开枪的小马，哑巴紧跟其后，在小马喉咙上扎了一刀。

一命换一命。

"小马！"包国柱惊呼一声，立刻转身，持枪射击。

这哑巴也是个狠人，立刻就把五娘的尸体抓起来做盾牌了，包国柱那几枪全都射在五娘尸体上。

"啊……"哑巴嘶哑地叫了一声，然后铆足了力气，把五娘的尸体砸向包国柱。

包国柱赶紧往旁边一闪，可不料，他被人从后面踹了一脚，一个趔趄向前栽去。他还是吃了人少的亏，那帮人贩子一前一后不要命地冲过来，一举攻破了他的防守。

哑巴见状，立刻一脚踹到包国柱的手上，把他手上的枪踢飞了，然后持刀杀来。

包国柱毕竟是刑警队长，身手也不是虚的。眼见哑巴持刀杀来，他不仅不退，反而欺身上前，躲过哑巴的持刀一捅，随后身子撞进哑巴怀里，双手把住哑巴持刀的右手，然后一折，直接打掉了哑巴的刀。

正待他打算折断哑巴右手的时候，黑子持刀杀到了，包国柱无奈地放过哑巴，往旁边一躲。

哑巴端的是凶悍无比，直接一个虎扑扑倒了包国柱，然后立刻用手死死掐住包国柱的脖子，直掐得他快被憋死。

此时，黑子也持刀杀了过来。包国柱心中大为惊恐，仿佛感觉到了死亡浓浓的威胁，生死就在一瞬之间。

"你在车上别动，我去帮忙。"

戴着手铐的卢光耀也下车了，刚一下车，正好看见包国柱陷入了危机。他赶紧冲上前，一脚就把黑子踹倒，然后上前救包国柱。

包国柱这才确定，原来这老头儿跟人贩子真不是一伙的。他不由得暗自悔恨，真不该给他戴上手铐，不然多少也是个助力啊。可是现在，他戴着手铐就不是帮忙了，而是找死。

卢光耀两步就冲到了他们身边。哑巴也惊愕地看向卢光耀，可他的手还是死死掐着包国柱的脖子，半点不肯松开。

卢光耀双目一凝，戴着手铐的双手往哑巴掐着包国柱的双手那儿一送，然后一翻，他手上的手铐竟然在没有钥匙的情况下自己松开了，再一眨眼，居然套在了哑巴手上。

仅仅只是一翻手，手铐就易主了。被铐住的哑巴顿时就蒙了，连包国柱都傻眼了。

"去你的。"卢光耀一脚就把哑巴给踹飞了。

包国柱的反应也很快，一个翻身就扑在了哑巴身上，一拳把哑巴鼻梁骨砸扁了，再一拳敲在了哑巴头上，直接把哑巴敲晕了过去。

卢光耀甩了甩手，他已经解开手铐了，或者说那个手铐从来没有铐住过他。

解决掉一个后，他也不敢怠慢，赶紧转头。这一转头，他才发现黑子居然要抢包国柱掉在地上的枪。

卢光耀大惊，赶紧冲上前，用脚横扫。黑子不敢硬接，赶紧往旁边一躲。卢光耀趁机上前，眼见黑子已经杀来了，他一脚就把枪踢到旁边农田里面去了。

他得不到，谁也别想要。

卢光耀想继续追打黑子，可是往旁边一瞧，才发现毒蛇标已经捡起了小马的枪。他大吃一惊，赶紧往旁边一滚。

"砰。"枪响，子弹打在了地上。

卢光耀再起身的时候，穿在身上的外套已经拿在手里了，他伸手一抖，外套便朝毒蛇标飞去。

俩人距离很近，毒蛇标身子是退开了，可拿枪的手却被卢光耀的衣服盖住了。

卢光耀赶紧欺身向前，左手伸进衣服里，意图控制毒蛇标的右手，同时右手握拳砸在衣服上，大声喝道："枪来！"右拳一翻，手上多了一个黑色物件。

毒蛇标大吃一惊，可定睛一看，竟是一个黑色皮夹。

还不等毒蛇标松一口气，卢光耀又是一拳砸下去，再喝道："枪来！"右拳再度一翻，手上多了一串钥匙。

扔掉钥匙，再打一拳："枪来！"再度翻手之时，卢光耀手上赫然多了一把黑色手枪。

毒蛇标面色狂变，吓得声调都变尖锐了："阴阳三转手，你是天下第一快手，卢光耀！"

毒蛇标头皮都麻了，这可是枪啊！甭管你武功多么高强，也挨不过一粒子弹。再说了，他毒蛇标的武功还没那么好。

卢光耀握枪在手。活了大半辈子，这还是他第一次拿枪，沉甸甸的，冰凉凉的。他很想控制这把枪，可他终究是第一次摸枪，还不等他把枪抓好，毒蛇标的一双手就抓上来了。

毒蛇标双手抓着卢光耀的手，拼命往旁边一摔，卢光耀的枪顿时就被扔到地上去了。

卢光耀也不想着去拿枪了，他确实玩不惯这玩意儿，顺势一脚，又踢到旁边农田里面去了。

毒蛇标大松一口气，赶紧往后撤了一步，神情凝重地看着卢光耀。

卢光耀反倒笑了："你一个渣子行的人，倒是知道不少我们彩门的事情啊。"

毒蛇标缓缓点头，沉声回道："我叔叔正是立子行中人，所以我也多少了解一点。阴阳三转手，手背为阴，手心为阳，据说此手法三转之下可窃取两尺之内任何一物，这可是彩门手彩榜排行第三的传奇手法啊，几十年也不曾被人超越。今日一见，果然名不虚传。

"创出这套传奇手法的人，就是当年被誉为天下第一快手的卢光耀。几十年过去了，没想到您竟然还活着，我叔父可是对您推崇备至啊！"

闻言，卢光耀讥笑道："哼，立子行，推崇个鬼，他们恨不得我早死了。"

毒蛇标面色沉重，眼中狠毒的光芒却是半点不减。他知道卢光耀的手法很快，但他毕竟只是彩门中人，又不是专门的打手，再说他都六十多了，真正生死相搏，鹿死谁手还不知道呢。

"哈！"毒蛇标忽然大喝一声，挥拳向卢光耀打来。

卢光耀赶紧往旁边一撤，同时挥拳。他出拳时间比毒蛇标晚了不少，却后发先至，一拳就打在了毒蛇标的左脸之上。

毒蛇标被打了个趔趄，他的攻势也瞬间被瓦解了。

卢光耀赶紧欺身向前，连连出拳，双手化作了无数道幻影。毒蛇标不说防守了，他连看都看不见。才一瞬间，毒蛇标就挨了不少拳头，赶紧往后撤步，然后伸手摸向裤兜。

这一摸，他却愣住了。

卢光耀冷笑道："找刀是吧？"

毒蛇标愕然看向他。

"在我这儿呢。"卢光耀伸出右手，轻轻一晃，空空如也的手上瞬间多了一把弹簧刀。

毒蛇标一惊，这是他之前藏在裤兜里的刀，可这刀是什么时候跑到卢光耀手里的？还不等毒蛇标想清楚，卢光耀就持刀杀来了，毒蛇标顿时感觉不妙。

"老大，我来帮你。"黑子也过来帮忙了。

卢光耀一对二，尽管他的手法很快，但并不擅长打斗。打斗讲究的是手眼身法步的统一，卢光耀快的只有手和眼，真要论战斗力的话，还不如方铁口。

一对一的时候，他还能仗着手法欺负一下对方，现在一对二，他就渐渐有些不敌了。再加上年纪大了，体力也不在巅峰，他渐渐落入了下风，边战边退，倒是也没吃什么亏。

另一旁，包国柱则跟人贩子团伙里面的老二大壮打起来了，这俩人都是人高马大的壮汉，跟两头大狗熊似的，可谓是势均力敌。

卢光耀边打边退，退到了那俩人边上。他往后瞥了一眼，立刻吼道："包国柱，换人。"说罢，他一扔手上的弹簧刀。毒蛇标和黑子都闪身躲避，卢光耀趁机跑到包国柱的位置，一脚把大壮给踢开了。

包国柱赶紧抽身，去一对二打黑子和毒蛇标。

大壮凶狠地看着卢光耀，粗声粗气道："老家伙，你找死。"说罢，猛地扑了上来。

卢光耀毫不示弱，也追上前去，出拳如风。

大壮的力气很大，可速度跟不上，卢光耀正好克制了他。仅仅一个照面，他就挨了不少拳头。

"嗷……"大壮动了真火，喉头发出野兽般的粗吼声，也不躲避卢光耀的拳头了，直接就冲了过来。

卢光耀连连挥拳，可还是打不退这头疯狂的野兽。大壮举着拳头终于冲到了卢光耀身边，他大惊失色，可是已经迟了。大壮挥起铁拳，一拳砸在他身上，直接将他打飞了出去。这一拳太狠了，卢光耀痛得连青筋都暴了出来，从战斗到现在，他还是第一次吃这么大的亏。

这就是所谓的一力降十会。卢光耀捶那个大个子那么多下，人家都没怎么样，人家捶他一下，他就受不了了。

大壮见卢光耀被打倒在地，赶紧乘胜追击，像头野兽般冲了过来。

"妈的，真以为戏法打不了人是吧？"卢光耀恶狠狠地来了一句，然后就地一个翻滚，躲开了大壮的一踢。

他这一滚有讲究，这在彩门里面叫作跟斗月子，一般是传统戏法落活儿里面最后的节目。艺人脱了大褂，然后在地上翻一个跟斗月子，再起来之后，手上会多两个火盆。

卢光耀这一下也是跟斗月子，起来的时侯，他手上竟然也多了一个火盆，谁都不知道他什么时候在身上卡的活儿。

"我去你妈的。"卢光耀来了一句粗话，手上的火盆直接扣在了大壮头上，火油滚滚而下。

"嗷……"大壮发出不似人的惨号声，连黑子和毒蛇标都被吓一跳，赶紧看了过来。

包国柱敏锐地抓住了这个机会，冲入了他们的防守圈，一个抱摔，把黑子摔倒在地，然后再补上一脚，直接让黑子丧失了战斗力。

毒蛇标见状，赶紧往旁边逃去。

"还有一个人呢？"解决了大壮的卢光耀，扭头大声问包国柱。

"不好。"包国柱惊呼一声。

卢光耀赶紧看去，这一看，他却是眦眦欲裂。那毒蛇标竟在地上捡了一把弹簧刀朝着罗四两杀去。

四两出手

"住手。"包国柱大喝一声，他离罗四两还有段距离，根本来不及救援了。

卢光耀在怀中一摸，手上顿时出现了一块薄薄的刀片和一把折扇，他手持折扇轻轻一扇，这块薄刀片竟凌空飞了起来。

饶是在这紧要关头，包国柱还是一脸错愕地看着，脑子都蒙了。

"贼子休逃，看我凌空御剑，取你项上人头。"卢光耀折扇快摇，刀片凌空飞行，朝着毒蛇标而去。

毒蛇标猛地转头，只见一把飞刀在空中划过一道优美的弧线，直冲着他的脑袋而来。

毒蛇标脸色都变了，现在正是气功热的年代，媒体天天报道各种有着特异功能的气功大师，难道卢光耀也是气功大师？不然他怎么能凌空御剑？

这一迟疑，毒蛇标的动作就停下来了，而那把飞刀在空中划过一道弧线，直斩他的脖颈。毒蛇标不敢硬接，赶紧往旁边一躲，飞刀斩在了车窗之上。

预料中毁天灭地的场面并未出现，这飞刀的威力似乎小得出奇，连玻璃上都没留下什么印记。毒蛇标愣了一下，神色惊疑。

卢光耀再度摇动折扇，边扇边走，飞刀再度腾空。

毒蛇标试探性地踢出了一脚，飞刀直接被他踢飞出去。他这才明白过来，原来这所谓的御剑杀人竟然是银样镴枪头，中看不中用。

毒蛇标恼怒至极，不敢再耽搁时间，一刀砸在了车窗上，顿时便把玻璃砸碎，第二刀直奔罗四两而去。

这一刻罗四两眸子陡然睁大，里面填满了惊恐。

毒蛇标泛起了狰狞之色，他这一刀要让这个小子丧失反抗的能力，好让他挟持人质逃跑。

卢光耀的飞刀杀人拖延了毒蛇标，争取了时间，此时卢光耀已经赶到了，一扔手上折扇直接冲了过去。

毒蛇标却不管不顾，直接扎向罗四两。卢光耀面色一凝，为免罗四两受伤，他竟直接伸手抓刀。

卢光耀快若奔雷，只见一道幻影而过，他险而又险地抓住了刀片，尽管避开了要害，他的手还是被割得鲜血淋漓。

罗四两惊恐地看着这一切，卢光耀滚烫的鲜血顺着刀片滴在他脸上，这一刻，他的心都在发颤。

卢光耀神色不变，仿佛伤的根本不是他自己。

毒蛇标扭头看卢光耀，一膝盖顶出，直接把卢光耀给踹飞了出去。而卢光耀则是顺势用手一掰，夺走了毒蛇标手上的弹簧刀。

此时，包国柱也赶了过来，但毒蛇标已经趁机钻进了车里，挟持了罗四两。

天边已然微亮，现在正是黎明。

黎明前的黑暗是一天中最黑暗的时刻，但是当天边亮起第一丝曙光之后，黑暗就会如同潮水般退去。

刚刚还是漆黑一片，现在已然能看清周围了，这一看，他们却全都神色凝重。

毒蛇标已经挟持着罗四两从车上下来了。他将罗四两放在身前，左手把罗四两的右手反折过来，右手掐着罗四两细嫩的喉咙，只须稍一用力，罗四两就要命丧于此。

"放开他。"包国柱急得大吼。

罗四两被毒蛇标控制住了，他身子都忍不住发抖。这可是一伙亡命之徒啊，他可是亲眼见到他们和警察生死搏杀的，之前跟他坐一辆车的小马都被弄死了，更别说是他了。

在这种生死关头，不要说一个十三岁的孩子，就连成年人也得吓到尿裤子。

"呸。"毒蛇标朝边上吐了一口血沫，眼中充斥着疯狂的凶意，他扫了一眼这一地狼藉，眼中凶意更甚。

这才多大一会儿啊，他们兄弟五人除了他之外，竟全都折损在这儿了。他们做老渣可有年头了，像今天这样大的亏，他还是头一次吃。

毒蛇标喘着粗气，嘴里恶声恶气、骂骂咧咧的。

包国柱喝道："我劝你不要负隅顽抗，赶紧把人质放了，争取宽大处理……"

还不等包国柱说完，毒蛇标就怒喷道："老子的人都折在这儿了，我还处理个屁啊？"

包国柱喝道："你不要激动……"

罗四两心中怕极了，他的小命就攥在毒蛇标手里。看着卢光耀手上滴答的鲜血，他脑子里回荡的全是刚才卢光耀舍身救他的那一幕。

那个眼神，那个气势，他永远忘不了。

卢光耀面沉似水，不顾自己受伤的手，盯着毒蛇标冷喝道："江湖争斗，不伤家人，这孩子本就与此事无关，你放了他。"

毒蛇标阴冷地看过来："卢爷，既然是江湖争斗，你为何扯了老柴进来？"

卢光耀反驳道："难道不是你先捞过界的吗？这里是吴州江县。"

毒蛇标道："那也是我们渣子行的事，与你彩门何干？我也没时间跟你们废话，现在赶紧把我的兄弟们搬到警车上，三十秒内不把他们搬上车，我就掐死这孩子。"说着，毒蛇标手上轻轻一用力，罗四两顿时便呼吸不畅，脸色涨红，还大声咳嗽起来。

包国柱脸色大变。

卢光耀却是看得大怒："你竟敢动他？"说罢，他直接跳起来往一旁倒在地上呻吟的大壮脸上砸去。

"砰。"卢光耀整个人直接砸在大壮脸上，本来还哼哼唧唧的大壮立刻被砸晕过去了。

卢光耀还未解气，一双脚狠狠地往大壮头上疯狂踢去，嘴里怒吼道："打啊，打啊，你再打一下试试。"

包国柱看着状若疯狂的卢光耀，都快看傻了。这老家伙脾气这么大啊，人质都在对方手里，他还敢这么嚣张？

尽管罗四两现在很害怕，还是被眼前这一幕给震惊到了。

就连凶恶的毒蛇标都被惊到了，可他立刻就回过神来，急忙吼道：

"住手，不然我掐死他。"

罗四两觉得脖子仿佛被铁钳掐住了，连气都喘不上来了，他拼命挣扎，可根本挣脱不了。

包国柱急得大叫："快放开他。"

卢光耀这才停下踢踹，而壮得跟狗熊似的大壮，此刻已经被他踢得没人样了。他走过来，平心静气道："好了好了，不打了，你也别把他掐死了，不然你真跑不了了。"

包国柱惊诧地看了卢光耀一眼，这还是刚刚那个状若疯狂的老头儿吗，怎么才一眨眼，他就这么平静了？

毒蛇标嘴角狠狠抽了几下，他很想把手上这个小家伙掐死，可是他真的不敢。这小孩要是真死了，那他绝对没有半点机会逃出去了。所以，尽管卢光耀刚刚把老二打得都没人样了，他还是不敢动罗四两分毫，只得把手松开。

罗四两从鬼门关绕了一圈又回来了，正大口大口喘着粗气，喉咙疼得厉害。

卢光耀沉声道："好了，我们现在来谈谈吧。"

毒蛇标大声道："没什么好谈的，快把我的兄弟们搬到车上去，不然我就弄死他……"

卢光耀直接打断道："你不敢。"

毒蛇标被噎了个够呛，恶狠狠道："是吗，我现在就掰断这孩子的手给你看。"

卢光耀怒喝道："你敢，你敢动他的手，就是毁了我的传承。你就算弄死他，我今天也不会让你跑掉。不信，你就试试。"

毒蛇标心中一惊，他怕卢光耀真的发起疯来。这个老家伙在他手持人质的情况都敢把大壮打得不成人样，简直是个疯子。

毒蛇标现在完全处在下风，他不知道卢光耀说的是真是假，但他不敢赌。赌输了，他连命都没有了。

罗四两看着卢光耀，心中漾起难以言喻的滋味。

毒蛇标咬了咬牙，喊道："把我兄弟搬车上去，让我们走，这是我的底线。"

卢光耀大声驳斥道："不，我只能放你一个，走不走随你。不过我可提醒你，等会儿警察大部队来了，你想跑都跑不掉。"

"你……"毒蛇标气急，可他真的耽搁不起了，警察很有可能下一秒就来了。

"好。"毒蛇标怒吼一声。他是个果断之人，果断地放弃了自己的兄弟，独自逃命。

卢光耀微微颔首，他左手出现了一枚五毛钱硬币，在指尖轻轻翻动了几下。

罗四两看得眸光顿时一凝。

卢光耀道："放了他，我让你开车走。"

毒蛇标断然否决："不可能，放了他，我还能走吗？"

"除非，"毒蛇标话语一转，"你杀了那老柴。"他竟要卢光耀把包国柱给杀了。

卢光耀扭头看一眼包国柱，他看到了包国柱眼中的疑惑，很显然，包国柱并不懂江湖春点。

卢光耀转回头，看着罗四两的眼睛大喝一声："看我飞青子。"他染血的右手一抖，手中出现一把弹簧刀，正是前面毒蛇标手上的那把，他再一甩，直接一个飞刀朝毒蛇标飞去。

毒蛇标大吃一惊，他之前就觉得这老头儿像疯子，没想到他此刻又发疯了。

原先飞刀是凌空飞行，划着弧线过来的，这次是直接投掷，是扔过来的。前面虽然诡异，却是银样镴枪头；这次却很明显，扎中了是要死人的。

毒蛇标来不及反应，下意识就把罗四两抓了过来，他竟是要拿罗四两给他挡刀。

正因为这一挡，毒蛇标原本掐着罗四两脖子的右手，也挪到他肩膀上去了。此刻，罗四两的右手被毒蛇标抓着，肩膀被他的右手控制着，只有一只左手是空着的。

罗四两瞪大眼睛看着那把染着卢光耀鲜血的飞刀，呼吸声越来越重，心跳声也越来越重，重到连他自己都能听见了。

一下、两下、三下……那把飞驰而来的飞刀在罗四两的眼中也变得越来越慢，腾挪、翻滚、移动、飞行……

罗四两死死盯着，那把刀的每一次变化都被他牢牢记在心里，这一刻，他甚至看到了这把刀接下来的变换轨迹……

刀越来越近了，近在咫尺——

"咻！"

间不容发之际，罗四两抓住了飞刀，五指一动，这把弹簧刀竟然在他左手的手指间翻滚起来。

天边的晨光照射下来，弹簧刀反射出银辉，它如同一条银龙在罗四两指尖上腾飞，又如一只可爱俏皮的精灵在他的指尖上欢欣起舞，点滴殷红的鲜血更给它平添了几分妖艳之色……

仅仅一个眨眼的时间，罗四两已经持刀在手，银龙飞舞间，他的关节扭曲，以一个常人难以想象的角度送出了自己的凶刀。

银辉起舞，寒芒闪过——

"嗷……"

伴着一声凄厉的惨叫，罗四两翻身逃出了毒蛇标的控制。

在失去光明的那一刻，萦绕在毒蛇标脑海中的只有一个疑问："这个孩子的左手为何会如此诡异又如此灵活？"

第五章
拜师学戏法

噩梦缠身

"啊！"

一声惊呼，罗四两从床上惊醒，头上黄豆般大小的冷汗涔涔而下。他大口喘着粗气，整个身体都被汗水浸湿。

良久，他才平静下来，看了看时间，是凌晨三点多。

距离那件事发生已经二十四小时了，可罗四两仍旧忘不了那个可怕的画面。他梦到了毒蛇标抓着他的肩膀，把他从很高的地方扔下去，他一直在往下掉，一直在惊恐地嘶吼，还是停不住往下掉的趋势。

往下掉的时候，他还看见了他的父亲、母亲，他们也在往下掉，也在害怕地嘶吼着……再然后，他就被吓醒了。

罗四两擦了一把头上的冷汗，他摸了摸枕头，就连枕头都被他的汗水浸湿了。

他摇了摇昏沉沉的脑袋，起身给自己倒了一杯水，喝了口水，他的情绪稳定多了。

他坐在了床沿上，握着水杯。现在正是凌晨，周围都很安静，他那台随身听也没电了，停止了播放。

罗四两喘了几口气，又不可避免地回想起昨天凌晨那可怕的场景，忍不住害怕地颤抖了起来。

这就是超忆症患者的通病。他们的大脑已经失去了自我防护的能力，在安静的时候，总是不由自主地想起那些令人痛苦的可怕经历。

罗四两现在就是如此。

他很清晰地记得昨晚的每一幕画面、每一句对话、每一个人脸上的表情，还有倒在血泊里的那些人痛苦挣扎的样子。

他的喉咙好像被一双可怕的大手掐着，仿佛接下来的一瞬间，他的喉咙就会被人彻底捏碎。

"额……额……"

罗四两颤抖着，头上又冒出了冷汗。一幕幕可怕的画面在他眼前不断回放，他控制不了自己的想法，也掌控不了自己的精神，他好怕，真的好怕……

砰的一声，门被推开，罗四两忽然发出了一声惊叫。

"怎么啦？"罗文昌匆匆走上前来，关切地问道。他被罗四两前面那声惊呼惊醒了，披了一件外套就匆忙赶了过来。

"爷爷。"罗四两松了一口气。有人进来了，他脑子里面那些可怕的画面也全都退下去了。

罗文昌被罗四两惨白的脸色和满头的冷汗吓了一跳，紧张地问道："怎么了，生病了吗？"

"哎，怎么这么冰啊？"摸了摸罗四两的额头，他又是一声惊呼，连连问道，"怎么了？哪儿难受啊？头疼吗？说话呀你这孩子。"

看着着急得语无伦次的爷爷，罗四两的心情变得复杂起来。

罗文昌抓起罗四两的外套，披在他身上，说道："来，快把衣服穿上，爷爷带你去医院。"

罗四两摇了摇头："我就是做噩梦被吓到了，没事的。"

罗文昌又问："确定没事吗？"

罗四两再次摇了摇头。

"那行，那我给你倒杯热水吧。"罗文昌就要起身，罗四两赶紧拉住了他。

"怎么啦？"罗文昌回身问道。

罗四两有些欲言又止，他不知道怎么张口。

罗文昌反倒笑了："还真是被吓到了，你都大小伙子了，胆子还这么小？你都敢跑去赌博了，都社会人了，还怕做噩梦啊？"

罗四两挠了挠头，有些不好意思。

其实罗文昌到现在都不知道罗四两到底经历了什么。昨天晚上罗四两是先回家，等罗文昌睡着之后，才偷偷溜出去，跑到纺织厂监视毒蛇标一伙人的。后来发生了那么多事情，一直到清晨五六点，才把那帮人贩子全部抓获。

今天白天，罗四两在公安局里面录口供，忙了一天。他害怕罗文昌担心，还让包国柱打了个电话回家，说他在小姨家玩。

包国柱本来是打算告诉罗文昌这件事情的，可是卢光耀说罗文昌刚得了心脏病，怕是受不了这刺激，而且罗文昌要是知道罗四两干了这些事情，估计得把他活活打死。所以，身为罗四两小姨夫的包国柱也就徇了一下私，问了问昨天晚上的情况，做一份笔录就算了。

这样一来，罗文昌完全不知道，自己宝贝孙子居然干了这么多惊天动地的事情。

罗文昌在房间里面陪了罗四两好久，爷儿俩随便聊着一些家长里短，吃喝拉撒。

罗文昌也不禁有些感慨，他们爷儿俩好久没这么亲昵了。应该是自从四两父母双亡之后，他们爷儿俩就没有这么亲昵过了吧？

罗文昌叹气，心中有股说不出来的滋味，脸上的皱纹也越发深了。

次日，一个大晴天，罗四两陪着爷爷吃了早饭。

吃早饭的时候，罗四两突然意识到，自己好像已经好久没有跟爷爷吃过早饭了。一个星期？两个星期？反正好久了。

看着爷爷那笑容满面的样子，罗四两心中五味杂陈。

好在毒蛇标那伙人都落网了，孩子们也都被救出来了，他们罗家不必担心被人报复了，他和爷爷也能安稳地生活下去，这样就够了。

今天是周末，吃完饭后，罗四两没有像平时那样立马就跑出门，他在家里陪了爷爷好久，还帮着一起择了择菜，剥了几瓣蒜。

午饭也挺丰盛的，罗文昌熬了鱼汤，还炒了一荤一素两个菜。罗四两把午饭吃完才出门，出门之后，就到了县里的招待所。

现在卢光耀也搬到招待所了，因为接下来警察那边可能还要问话。之前他没有身份证所以住不进来，现在算是得了一个小福利。

"来，进来坐吧。"卢光耀把罗四两引进来，招呼罗四两坐下，房间里面方铁口也在。

罗四两乖巧地坐在座位上，神色有些拘谨。卢光耀和方铁口俩人都是成了精的人物了，一眼就看出罗四两身上的不对来了。

"怎么了，还没缓过来？"卢光耀问道。

罗四两沉默地点了点头，看见卢光耀手上缠着绷带，问道："您的手没事吧？"

"没事。"卢光耀随口应了一句，可就在这一刻，他脑海中突然闪过一个念头：有一个很严峻的问题，他好像一直没有意识到。

方铁口还在宽慰罗四两："没缓过来是正常的，毕竟你才十三岁，又刚刚经历了这么可怕的事情。这段时间多散散心，会没事的。"

罗四两点点头，也没有多解释，问道："人贩子那边怎么样了？"

方铁口道："都被抓住了，孩子们也都被救出来了，就是……警察死了两个……唉……"方铁口叹息一声，纵使他机关算尽，可还是避免不了伤亡。

卢光耀深深地看了罗四两一眼，然后对方铁口道："老方，你也不必自责，这帮人贩子太狡猾也太凶悍了，你已经做得很好了。就算换个人来，也不会比你做得更好的。"

方铁口苦笑着点了点头。

罗四两想了想，问道："方先生，那日您究竟是怎么把他们诓骗出城的啊？"

方铁口微微一笑过后，把整件事情的前因后果娓娓道来。

罗四两听得一愣，愕然道："刀疤？刀疤怎么会牵扯进来？"

卢光耀笑了："还不是因为你啊。"

"我？"罗四两更纳闷了。

卢光耀解释道："你上次不是赢了刀疤三百块钱嘛，刀疤正肉痛得死去活来呢。这回张司机上门找刀疤，说他想靠着给人顺路带货赚钱，但是又怕别人说他，想让刀疤帮他做个戏。

"张司机让刀疤对外散布消息，说张司机赌钱输了好几万，亟须赚钱补窟窿，他是跟张司机一起赌的，他就是见证人。张司机先给刀疤三百块钱，甭管谁问起，他都要这么回答，半个月后张司机再给他三百块。只是张张嘴，就能白赚六百块，刀疤能不干吗？"

"好吧。"罗四两也摇头苦笑，原来是这么一回事。

卢光耀叹了一口气，摸了摸罗四两的头，心疼道："真是难为你这孩子了。"

罗四两摇了摇头，又问方铁口："您是怎么知道人贩子他们要临时换路的呢？"

抓住了人贩子，方铁口今天心情也不错，就多说了几句："那晚，我在跟老渣的头儿毒蛇标聊天，我跟他说302县道很好走，我们经常走，县里的交警我们也都认识。

"他们当晚就要出逃，我跟他介绍路线的时候，他却有些心不在焉，根本没有仔细听。《玄关》有云：目散乱飘，呼气如注，嘴合而抿，必是不达其意也。所以我立刻就知道，他根本不想走302县道。"

方铁口有《玄关》在手，毒蛇标尽管掩饰得很好，可是又怎么骗得了他的眼睛。

罗四两听得心中肃然，原来《玄关》这么厉害！顿了顿，他又问：

"那您是怎么知道他想从城西走庄县的呢？他也可以走城北去乡下啊，然后从那边去邻省。"

方铁口微微一笑："你知道我们金点行里面有一种相术叫竹金吗？"

"竹金？"

方铁口点头："对，这是最没有技术含量的相术了。做这个也简单，从山上砍两个竹子枝条来，修剪好了，内部也打通了，然后放在炭火上烘干，使其变得很轻。

"在看相之时，让来看相的点儿一只手拿着一根烘干的竹条放在腰间，然后两根枝条的头部在前方，相隔一寸。看相的先生会问他话，一旦问到他心中所想，这两根竹条的头部就会碰到一起，这叫竹金。"

罗四两听得大为惊异："这是为何？"

方铁口笑道："人都是心虚的，一旦被说中心中所想，或者自己在撒谎的时候，身体必然会做出相应的细微反应。这两根竹枝本来就轻，又靠得很近，再加上人体肌肉下意识地一动，自然就合在一起了。"

罗四两明白了："就跟现在的测谎仪差不多？"

方铁口点头道："没错，只是测谎仪更加精准一些罢了。"

罗四两又问："那万一遇上那些心理素质特别好的点儿怎么办？"方铁口道："所以你得要学会推点儿，有些不合适的点儿就不能让他来看相。还有，我们这行收徒弟，第一点就是模样要正，要镇得住点儿，让点儿看到你就心中一震，不敢小视。要是长得跟老卢那样尖嘴猴腮的，那我们这行也别干了。"

卢光耀一挥手："去你的吧，好好的说我干吗？你长得那么好看，怎么不见你卖屁股去啊？"

"滚。"方铁口没好气地喷了卢光耀一句，这老家伙就是狗嘴里吐不出象牙来。

罗四两也无语了，赶紧打岔道："那方先生您当时手上也没竹条啊，您是怎么知道他们要去的方向的？"

方铁口也不想理卢光耀这个老货了，他跟罗四两解释道："看细节。我给了他一根烟，在他抽烟的时候说起出县城的这三条路。我一直在观察他的呼吸、吐烟、眼神等细节。

"唉，其实观察这些，产生的误差是很大的，很容易得出错误的判断。只是前晚，毒蛇标要闯出县城，心绪难平，所以多露出了一些破绽，不然我也无法这么容易就分辨出来。

"观相的误差还是大了些，你若是让我抓着毒蛇标的手，上下以一个恒定的速度晃动，再去试探他心中所想，我定然能准确断定出来，不会有误差。只是，不可能有这样的机会罢了。"

罗四两沉沉点头，昨夜说起来简单，但其实是十分凶险的。方铁口在知道毒蛇标等人离去的路线的时候，趁着车灯亮起，对着厂房那边嚅动了几下嘴唇，以唇语通知罗四两。

罗四两不懂唇语，但他有超忆症。普通人看一遍，没看明白，也忘了对方嘴唇是怎么动的。但是罗四两不一样，他看一遍就记得非常清楚了。

一遍没有分析出来，那两遍呢？三遍呢？三百遍呢？

所以前晚，罗四两只是片刻之后就分析出方铁口在说什么了，顿时大惊失色。再然后，他就去纺织厂的生活区偷了一辆自行车，飞奔报信去了。

彩门斗艺

昨晚的行动虽然有些波折，但至少人贩子都抓到了，孩子们也都被平安解救出来了，只是可惜了那两个警察。

房间内几人心头都有些沉重，尤其是罗四两，他是真的忘不了前天晚上那些血淋淋的画面。

罗四两甩了甩头，把脑子里面可怕的画面都甩出去。他顿了顿，又问：“卢先生，彩门手彩榜又是什么？”

那晚，罗四两虽然躲在车里面，但也听到了毒蛇标失声尖叫"天下第一快手"，还听到了彩门手彩榜排名第三。

可什么是手彩榜啊？他们罗家也是彩门里面赫赫有名的家族，但他从来没有听说过这个啊。

卢光耀想了一想，又和方铁口对视一眼，皱起了眉头。

罗四两心中惴惴，小心问道：“是……不方便说吗？”

卢光耀笑了一下：“也没什么不方便的，你想知道我就说给你听吧。黄镇九月庙会知道吗？”

“不知道。”罗四两摇了摇头。

看来罗文昌那个老顽固压根儿没跟罗四两提这回事。卢光耀苦笑一声，把黄镇九月庙会的情况跟罗四两大致讲了讲。

彩门用现代的话来说，叫作杂技一门，杂技包括魔术、戏法、杂耍、驯兽等等。中国有个杂技之乡，在沧州吴桥，彩门内也有无吴桥不成班的说法。吴桥旁边有一个镇，叫黄家镇，也叫黄镇。

黄镇每年九月都会举办庙会，庙会的历史可以追溯到明朝，几乎年年举办，其规模之大、人数之多、范围之广、会期之长，都是世所罕见的。尤其是现在，为了促进黄镇经济发展，黄镇的九月庙会都当作旅游项目来做了。

这是明面上的庙会，在明面之下，还有江湖彩门的内部斗艺。这斗艺从清末就开始了，但是新中国成立之后，彩门归了国家了，也就没人去江湖斗艺了。

罗四两一声惊叹，可谓是大开眼界，他还是第一次听说这些事情。

卢光耀点了下头，叹息一声：“唉，当年你爷爷也曾经在黄镇参加江湖斗艺，还拿下过搬运榜的魁首，没想到他现在连提都不提了，果然是个老顽固。还有你……”卢光耀有些欲言又止。

“什么？”罗四两又问。

卢光耀摇头：“还有你……你太爷爷，也曾光耀榜单，你们罗家的赫赫威名是打出来的，可不是求人求来的。戏法罗，传承百年的戏法世家，人丁不兴，却个个都是传奇。"

罗四两听了这话，心中五味杂陈。有一种感觉曾经是他非常排斥的，可听了卢光耀的话之后，这种感觉还是不可避免地浮上他的心头。

这种感觉的名字，叫荣耀。

他那惊才绝艳的父亲就是被这份荣耀压死的，他曾经恨极了这狗屁的百年荣耀，可是现在，当这种荣耀感萦绕在他心头的时候，他还是产生了难以言喻的感觉。

卢光耀道："自古以来，都是文无第一武无第二，像说相声说评书，很难分得出一个上下高低来。但是像咱们彩门手艺，属于武买卖，自然要排个名次了。

"只是彩门中人，后来纷纷都成人民艺术家了，都急着撇清自己身上的江湖身份，自然也就不可能再去弄江湖斗艺了。所以黄镇的九月彩门斗艺，也越来越少了。"

罗四两突然紧张问道："那现在还有吗？"

卢光耀道："有，人民艺术家居于庙堂之上，但江湖艺人仍在，他们不肯参加江湖斗艺，但是我们这些江湖艺人却不会排斥这些。"

江湖斗艺离罗四两很远，但不知道为什么，当他听到黄镇的彩门斗艺还在的时候，竟然大松了一口气。

他顿了顿，又问道："卢先生，那您是什么时候参加的黄镇彩门斗艺啊？"

卢光耀目露回忆，眼神变得复杂了起来："我参加过两次，第二次是在1948年，新中国成立前夕。"

罗四两忙问："那第一次呢。"

卢光耀眉头皱了皱，又很快松开了，但这些细微的动作还是被罗四两尽收眼底。

"第一次我还是个孩子，比你还小，只是观看，并没有斗艺的资格。"

"哦。"罗四两应了一声，但他总觉得卢光耀没有把第一次的经历完全说出来，好像还隐瞒了什么。罗四两又道："所以您在第二次去参加黄镇斗艺的时候，拿了第三？可您为什么又是天下第一快手呢？我觉得您已经很厉害了，难道在您之上还有高手？"

卢光耀微微一笑："彩门的手彩榜排名，分节目排名和艺人排名。手法是文斗，艺人之间可就是武斗了。我自创的阴阳三转手在当时排名第三，但在手彩榜的艺人中我排第一，所以被称为天下第一快手。"

罗四两这才明白："原来是这样，那排名第一第二节目的老先生呢，他们没来参加艺人之间的排名吗？"

卢光耀道："来了。"

罗四两更疑惑了："那您怎么还能排名第一？"

卢光耀笑道："傻孩子，因为排在第一第二的两套手彩，也是我的啊。"

罗四两惊道："啊？您一个人包揽前三啊？"

卢光耀呵呵笑道："错了，是前五。"

罗四两倒吸一口凉气。卢光耀和方铁口都觉好笑，这孩子怕是被吓到了。

卢光耀还补了一句："从1948年到现在，已经过去四十多年了，其他榜单都在变动，但我这五套手彩迄今无人能超越。"

罗四两心中一凛，原来卢先生这么厉害啊！

唐再丰的《鹅幻汇编》把戏法分成了六种，黄镇的江湖斗艺也是根据这六种形式来比的。只是，药法门和符法门中骗人的比较多，所以真正比试的只有手法门、彩法门、丝法门和搬运门。

卢光耀占据手法榜榜首之位快半个世纪了，他的五套手彩至今没人能超越。都说江山代有才人出，可在这儿，卢光耀一人就旷古烁今了。

卢光耀会的戏法，远不止于此。

昨晚卢光耀用扇子御刀飞行，其实就是丝法门的戏法，叫作扇戏；

用火盆扣在了大壮头上，让大壮丧失了战斗力，是落活儿的戏法。

其实对玩了一辈子戏法的卢光耀来说，用枪用刀，还真不如戏法的火盆子好用。身上卡着火盆，翻滚打斗也不抛托，这才是真功夫。

一想到昨晚的事情，罗四两又不可避免地回想起了那可怕的一幕，他被毒蛇标掐着脖子，浑身战栗的那一幕。

他记得毒蛇标右手冰冷的温度，记得自己每一次恐惧的呼吸，记得小马倒在血泊里的无助，记得大壮在火中被烧的凄惨，记得毒蛇标的鲜血喷在他脖子上的灼烧感……

全都记得，根本忘不了。

罗四两的身体又无法抑制地颤抖起来。对于普通人来说，那些恐怖都是前天晚上发生的，可是对罗四两来说，所有的恐怖都是现在，而且永远都是现在。

他脸色苍白无比，额头上渗出了豆大的冷汗，双手抱着自己不住地颤抖着。

"怎么了？"方铁口吃了一惊，这孩子刚才不是还好好的吗，怎么突然就变成这样了？

卢光耀赶紧起身，快步走到罗四两身边蹲了下来，抓着罗四两的双肩叫道："四两，四两……"

罗四两抬头看他，眼神中满是惊恐。

方铁口也站了起来，皱眉问道："怎么突然变成这样了，他还这么害怕吗？这孩子胆子没这么小吧？"

卢光耀急忙道："你忘了他的记忆力了？"

方铁口微微一滞之后，也很快想通了，震惊且凝重地看着罗四两。

卢光耀抓着罗四两的肩膀，大喝："罗四两，你是人，不是野兽。你要控制你自己，不仅要控制你的手、你的脚，更要控制你的精神。你是人，不能做精神的奴隶。"

"啊——"罗四两大叫一声，神情惶恐无比。

控制自己

"张居士。"

"方大师。"

方铁口跟张司机见礼。

张司机客气地给方铁口泡上一杯茶，方铁口点头致谢。等主客都入座了，方铁口才问道："张居士，前日受惊了，今日可曾好些了？"

张司机摆了摆手："嘿，糙老爷们儿的怕什么，早就没事了。"

方铁口点了点头："那便好，前晚情况紧急，我将车钥匙扔进了河中，倒是唐突了。"

张司机洒脱道："没事，没进河里，在边上呢，我昨儿去捡回来了。只要能抓到人贩子，一切都是值得的。"

张司机对方铁口可谓是佩服至极，他一直是把方铁口当活神仙一样对待的。

只是，前天晚上，方铁口装神弄鬼的，让他觉得有点怪异。

前晚，方铁口一掌拍在了他货车的后挡板上，后挡板顿时凹陷了进去，众人皆惊。张司机却知道，这个凹陷是他上次运货的时候不小心撞到的。那天晚上很黑，谁都没有发现这挡板是早就凹陷进去的，所以都被方铁口吓了一跳。

不过张司机后来也想通了，或许方先生只是看相很厉害，打起架来也不会很强，毕竟他不是真的神仙啊。

想了想后，张司机问道："方大师，你前晚报名说的……王荣耀是……"

方铁口微微一笑，摆了摆手道："那是我的一位老友，他常行走江湖，行侠仗义，而且疾恶如仇。我对他非常佩服，所以有些时候也会借他的名号来除恶，一来能震慑宵小，二来也是为我的老友扬名。"

张司机佩服道："大师，您真是不拘名利，高风亮节啊。"

方铁口摆了摆手，示意不客气。

其实王荣耀是真有其人的，而且还就在沧州，也的确是八极拳的传人，只是他是敌非友。

早年间，王荣耀跟卢光耀结下了一点梁子，卢光耀打不过他，还在他手上吃了点亏。后来卢光耀闯荡江湖的时候，只要结了仇，一准报沧州八极门王荣耀的名字。方铁口是卢光耀的好兄弟，这些年他也没少往王荣耀头上扣屎盆子。

所以别看王荣耀同志不怎么出沧州，他的名号可谓是响彻江湖啊，至于仇人，当然也遍地都是了。这都是卢光耀和方铁口帮他扬名立万。

老王同志，不客气。

包国柱现在也很忙。人贩子死了一个，活捉了四个，十一个被拐孩童，全都被解救出来了，可以说这次的打拐行动，大获成功。

在审问的过程，毒蛇标一行人知道自己活不了了，所以交代得特别痛快。不仅把自己的罪行全交代了，还把合作的穷家门和几个地下娼窑说出来了，就连曾经卖到深山里的妇女孩童的下落也交代清楚了。

真是不审不知道，一审吓一跳。

包国柱也没想到他们竟然犯下了如此累累罪行，真是枪毙十次都不嫌多。这要是再往下查，就是一桩天大的案子，他们县里的公安局做不了主，只能把情况上报到吴州市公安局。最后，这桩看似普通的打拐案子竟惊动了省领导，引起了巨大的波澜。

省领导亲自发话，要求吴州市成立打拐办，还要成立专案组，从速从严侦破毒蛇标、黑子等人拐卖妇女儿童案，不仅要抓到这帮人贩子，还要抓到下游的那些地下娼窑和乞丐，把被拐卖的妇女儿童都解救出来。

包国柱也因为这次的出色表现，被打拐办上调征用了，在打拐办里担任要职，还在专案组破格担任了副组长。原来还担心被撤职的包国柱，一下子就红得发紫，等这次打拐的案子做完，他的位子也要动一动，这次就不是往下动了，而是往上升了。

包国柱一天也没来得及休息，立刻又忙疯了。

吴州市乃至全省的打拐行动轰轰烈烈地展开了，并且取得了巨大成功，不久之后，全国的打拐行动也都上演得如火如荼。

罗四两回到了家中，和爷爷吃了晚饭。

今天罗文昌挺开心的，还开了一瓶酒，他兴奋地说，县里的人贩子被抓住了，孩子们也全都救出来了。

罗四两笑了笑，没有接话。

罗文昌却是没在意那么多，自顾自地喝着小酒，一直在感叹警察真不容易，听说还有两个牺牲了，还好罗四两的小姨夫没事。

罗四两听得肝疼。

本来警察那边说要公开表扬卢光耀和方铁口，可这两个人打死不肯。卢光耀还偷偷跟包国柱说，把所有功劳都推在他上，弄得包国柱哭笑不得。

虽说卢光耀和方铁口不肯居功，但是向外宣传的时候，还是需要有个名字的。他们俩人就像所有做好事留雷锋名字的好人一样，共同留下了王荣耀的名字。

罗文昌灌了一口酒，又夹了一片卤牛肉，感叹道："哎呀，那王荣耀真是英雄啊，不惧危险，行侠仗义，不愧以荣耀为名。四两啊，你要向人家好好学习，咱们做人，一定要持身而正，不愧于心。"

罗四两嘴角抽搐半晌，木然地点了点头。

是夜，罗四两坐在床沿上出神，随身听里依旧放着那几段老掉牙的传统相声。

罗四两不敢让自己安静下来，他眉头紧锁，身子又忍不住颤抖起来，那些恐怖的画面又开始出现在他脑海里面。

就在此时，一个声音响起——

"罗四两，你是人，不是野兽。你要控制你自己，不仅要控制你的手，你的脚，更要控制你的精神。你是人，不能做精神的奴隶。"

这个声音如黄钟大吕一般，瞬间荡涤了罗四两心中的负面情绪。

"啊！"罗四两惊叫一声，从惶恐中挣扎了出来。他吐了一口气，擦了擦头上的冷汗，他差一点又陷入到那可怕的负面情景之中。

他仔细地注视着自己右手，眉头锁着，喘着粗气。他翻看着自己的右手，握紧又张开，来回好几次，手指一根一根地活动着。

"控制自己的身体，更要控制自己的精神。"罗四两眉头锁得很紧，眼神中满是沉重。

次日，罗四两又跑去找卢光耀。

卢光耀笑着问："怎么，昨晚睡得还好吗？"

罗四两情绪比较低落，强笑道："还好。"

卢光耀又问："今天还不去上学吗？"

罗四两低眉，沉默了半晌，道："明天才去。"

卢光耀点了点头。

罗四两沉默了，少顷，他道："卢……卢先生，我……"

卢光耀沉静地看着罗四两。

罗四两的眉头皱得越来越紧，双手也下意识地攥紧了，他咬着牙，连脑门上的青筋都出来了。

他此刻很挣扎也很痛苦，情绪也渐渐崩溃，终于，他颤着声音道："我……我真的受不了了，六年了……我受不了了，我好痛苦，好难受，我真的忘不了。我控制不了，我真的好痛苦……"罗四两的眼泪滚滚而下，哭得不成样子。

卢光耀长叹一声，这才是一个十三岁的孩子啊，可他身上背负的东西太多了，承受的痛苦也太多了。

好半晌过后，罗四两才停止了哭泣。他擦了擦眼泪，希冀地看着卢光耀："卢先生……您有办法吗？我……我真的受不了……我……我怕再这样下去，我可能会变成疯子，甚至会自杀。"

闻言，卢光耀眉头也皱起来了。他原先就怀疑罗四两的心理负担很重，现在看来，情况比他想象得还要严峻。

卢光耀看人很准，知道以现在这样的状态，要不了几年，罗四两就会彻底崩溃。

卢光耀神色凝重地和罗四两对视着，皱眉想了想，才撸起袖子，露出修长黝黑的双手和干瘦的手肘。他的右手手掌还缠着绷带，此时，他张开五指，在罗四两面前翻了几下。

罗四两神色一凝。

卢光耀左手打了一个响指，指尖顿时多了一个玻璃弹珠，就是小孩子趴在地上玩的那种。

卢光耀左手摊开，那枚小小的弹珠就静静地躺在他手上，他对着罗四两一笑，左手托着弹珠猛地拍向左眼珠。

罗四两顿时一惊。

卢光耀却只是微微一笑，拿下了左手，空空如也。然后他右手在右眼珠上一抠，手上顿时多了一枚弹珠，道："二龙戏珠。"

罗四两神色一怔。

卢光耀又拿起弹珠往自己耳朵拍去，右手拿开，空空如也，左手在耳朵旁一抓，抓出一个弹珠来，道："松风灌耳。"

罗四两皱起眉头，他看得出来，卢光耀玩的就是小戏法。

戏法四大基本功，剑丹豆环。丹有月下传丹和气吞英雄胆两种，其中，月下传丹就是依仗手法用小球在身上做出不同的变化。豆指的是仙人栽豆，是用小豆子和两个小碗完成的变化。

月下传丹和仙人栽豆的表演方式很类似，两者最大的区别就是传丹用的球大一些，栽豆用的小一些。从技法上来看，仙人栽豆比月下传丹更快、更灵活。

卢光耀刚刚用的弹珠算是比较大的球了，应该归属到月下传丹里面，但他的技法又很像仙人栽豆，灵活而干净。

罗四两也没心思去分析里面的具体区别，他不明白为什么卢光耀要给他表演这个。

卢光耀却并未停止，他拿着弹珠一拍脑袋，手上一空，嘴里却吐出一颗来，道："铜壶滴漏。"

他把嘴里的弹珠抓在手上，一握一开，一颗弹珠顿时变成了两颗，道："并蒂莲花。"

然后一手抓着一颗弹珠，相隔一尺左右的两手一开一合，手上弹珠数量也在不断变化，两颗弹珠仿佛蕴含着奇异的空间魔力，在狭小的空间里面肆意遁去。

罗四两看得嘴巴都张大了，卢光耀却只是淡淡说道："二郎担山。"

罗四两惊叹不已。二郎担山是仙人栽豆的技法，用两颗红豆在两只小碗里面来回变动，若隐若现。但用上了小碗，表演难度就降低了，因为戏法师会在掀碗盖碗的时候，趁机把小豆取出来和放进去，观众无法分辨，所以觉得很神奇。

卢光耀却是拿手当碗，双手相隔一尺，仅仅只在开合之间就完成了二郎担山。这技术，比当初的金钱飞渡都要强。

"三星归洞。"卢光耀继续使用仙人栽豆的技法，两颗弹珠变三颗。

"流星赶月。"三颗变四颗。

"五豆连飞。"四颗变五颗。

接着，卢光耀左手握拳，把弹珠一颗一颗塞进去，然后左手一张，全都没了。最后，卢光耀把双手握在一起，看着自己的双手。

罗四两也在看，并在心中默念："秋收万颗子。"

卢光耀亦是如此念道："秋收万颗子。"双手打开，里面堆满了弹珠，满满当当，四散溢出。

罗四两默了默，问道："你为什么要表演这个？"

卢光耀伸出手，回答道："控制精神就是要控制自己，控制最不容易控制的自己。"

拜师学艺

罗四两眉头锁得很紧，卢光耀也不说话，只是看着他。

半晌，罗四两嘴角抽搐了一下，嗫嚅道："一定……要学戏法吗？我不想学。"

卢光耀反问道："那你的超忆症又是怎么来的？"

罗四两沉默。

卢光耀道："解铃还须系铃人，你不可能背负这些过一生。"

罗四两还是沉默。他不学戏法，一是不愿意，二是不敢学。

卢光耀轻叹一声，沉声道："戏法本无对错，用之善则善，用之错则错。我们刚刚就用戏法解救那么多孩子，也救了你，你说你排斥戏法，可你却是因为戏法才活下命来。"

罗四两把头低下来，沉默得更厉害了。

卢光耀盯着罗四两道："我知道你不愿意学戏法，是因为你父母的逝去跟戏法有解不开的关系，所以你恨戏法，甚至恨你们戏法罗家。可……可是你知道你父母是怎么想的吗？他们是被迫做这些的吗？他们怨恨这一切吗？你理解的都是你自己理解的，而不是他们所想的，你在用你那可笑的思维去丑化你父亲那崇高的理想。你说戏法害死你父亲，戏法罗逼死了你父亲，其实是你罗四两在用自己那肮脏的思想彻底泯灭你父亲。"

"我没有！"罗四两猛地抬头看着卢光耀，呼吸顿时不稳起来，胸腔剧烈起伏。

卢光耀看着罗四两，仿佛能看透罗四两的心："你说你没有学过戏法，其实你根本就会。"

罗四两震惊地看着卢光耀。

卢光耀道："你瞒不了我，你表现出来的种种，都证明你的戏法基本功非常扎实，所以我才敢向你扔出那把小刀，因为我知道你可以。而你也没有让我失望，你手指的灵活度不比普通戏法艺人差，你关节扭曲的弧度也证明你的缩骨功已经练得很好。你不是说你讨厌戏法吗，为什么还要偷偷学？为什么连吃饭的时候都要用左手拿筷子，来锻炼手指的灵活度？"

罗四两低下头，浑身颤抖。

"其实连你自己都不懂你自己，对吗？"看到罗四两不搭腔，卢光耀微微一叹，"四两，每个人都有自己的责任和使命。"

罗四两红了眼睛，猛然喝道："不要跟我谈这些，我不要那些狗屁的责任。"

卢光耀也大声喝道："那你为什么要救那些孩子，仅仅是为了解决你们罗家的后顾之忧吗？你又为什么要练手法和缩骨功，是因为你闲得无聊吗？"

罗四两颤抖着嘴唇，却无话可说。

卢光耀道："每一个人都有自己应该做的事情，总有些事情值得我们奋不顾身，甚至牺牲性命，这就是责任和使命。你父亲找到了，所以他荣耀一生，哪怕死，亦有万人敬仰。你没有，所以你成为不了你父亲，你父亲死了，但他还活着，只要戏法罗还荣耀一天，他就不死。而现在，戏法罗要没了，你父亲才会真正死去，彻底死去。"

罗四两眼睛瞬间通红，眼泪滚滚而下："不……不是这样的，你根本不懂，你根本不知道那些个日日夜夜我是怎么过来的，一个孤苦伶仃又有超忆症的孩子，是怎么熬过来的，你根本不懂……"

卢光耀打断道："我懂！"

罗四两诧异地抬起头，却听见卢光耀继续说道："我出生后不久，家道中落，几个哥哥姐姐相继夭折，母亲也因病去世，只有我父亲拉扯着我长大。那些年，几乎每一日都有人上门斗艺砸窑，我父亲日日受辱。我们快手卢家族已然成了立子行的反面教材，我就是在讥讽、欺辱和嘲笑中长大的。

"你不是在问我第一次参加彩门斗艺时发生了什么吗？我告诉你，那是我跟着我父亲去参加的，我亲眼看见我父亲被人当众轮番羞辱，而羞辱他的就是你们立子行的人。"

罗四两瞪大了眼，泪水犹未干去，心中却是震惊无比。

卢光耀瞪着眼睛："而我呢，跟你一样吗？去怨恨戏法，怨恨我爷爷毁了快手卢的名号，还是怨恨我父亲是一个没有用的废物？"

罗四两心神巨震。

卢光耀道："十一岁，我认识我师父。十二岁，我父亲去世。十五岁，师门几百口人全部被杀，直到现在还背负着污名。我知道我要做什么，我从未逃避，我有自己甘愿为之付出一切的事情要做。你没有，你一直在逃避，你的超忆症给了你一个完美的逃避的借口，你是懦夫。"

"我没有……"罗四两想嘶吼，可心中的底气却是不足。

卢光耀道："所谓责任，不是要你做，而是你要做。你自己回去好好想想，想清楚了，再来找我。"

罗四两走了，卢光耀在二楼看着罗四两离去的背影。

方铁口不知道什么时候走了过来，方铁口看了看卢光耀的右手，说道："我还以为你打算携救命之恩让他相报。"

卢光耀微微眯起了眼睛，悠悠道："我虽然卑鄙，但并不无耻。"

罗四两失魂落魄地回到了家中。

他今天受到的心灵冲击，无疑是巨大的。他那个刚正到了极点的爷爷从来不会跟他说这些话，可这些话却偏偏击中了他内心最深处，让他不禁扪心自问：难道自己真的是懦夫，难道自己一直在欺骗自己？

罗四两心中没有答案。

家里，罗文昌正在准备晚饭。他兴致挺高，因为今天他们爷孙俩的关系缓和了不少，孙子中午还帮他做饭烧菜。

"四两，洗洗手准备吃饭了。"罗文昌招呼罗四两。

罗四两却没有动作，他看着罗文昌，突然问道："爷爷，戏法对你意味着什么？"

罗文昌手上的动作顿时一停，愕然转头看着罗四两。

罗四两却只是看着爷爷，等着他的答复。

罗文昌停下了手里的活儿，稍稍思考了一下，才道："戏法，是我所有的人生价值，也是……我们罗家存在的证明。"

罗四两看着他，他亦回望着罗四两："我从小学艺，也跑过江湖，吃过无数苦头，受过无数欺压，那时我就是一个人人看不起的下九流艺人，毫无尊严，耻辱度日。后来抗战爆发，我就去大后方给我军演出了，在那里，我由一个下贱的戏子变成了一个真正的艺人，找到了艺人的尊严。

"新中国成立之后，我成了中华杂技团的副团长，50年代出国做了无数次交流，也跟外国同行斗了无数次艺，那时候我找到了除了尊严之外的东西，那就是荣耀。这种荣耀跟江湖同行给的不一样，是切身感受到自己在为这个国家做着贡献，是国家给予的荣耀。

"这荣耀亦是我们罗家的荣耀。我们罗家的荣耀不仅仅是同行口中对于戏法的赞誉，更是我们为了国家尊严和传统艺术不顾一切地拼搏、付出的那颗心，那种义无反顾的使命感。从你太爷爷、我到你父亲，我们罗家三代人都是如此。这就是我们罗家世代传承的荣耀，也是值得我们付出一切的东西。"

说着说着，罗文昌神色也变得有些暗淡，罗家的荣耀传承就要断绝了啊。

罗四两一言不发，转身上楼了。罗文昌看着罗四两的背影，也是深深一叹。

房间里，罗四两倒在床上，看着自己束发绳上的小铁片怔怔出神。

晚上，梦中一直有一双眼睛在盯着他，这双眼睛是他父亲的，眼神却盯得罗四两直发慌。卢光耀和罗文昌的话语一直在他耳旁吵着，吵得他脑袋发疼。

终于，一晚上过去了。这天晚上，他罕见地没有梦到那日那些可怕的场景。

罗四两醒来之后，就跑去找卢光耀。

卢光耀看到他匆匆而来，问道："想清楚了？"

罗四两点了点头，却又摇头，招来卢光耀疑惑的目光。

罗四两道："我知道了我们罗家世代传承的荣耀，也知道我并没有真正了解我父亲是怎么想的，可我依然很痛苦。我还是想不清楚，我还是不能去接受。"

卢光耀又问："所以呢？"

罗四两顿了顿，问道："戏法真的能治好超忆症的弊端？"

卢光耀道："学会控制自己，才能控制精神。"

罗四两又问："我也会戏法，可为什么我还是控制不住自己？"

卢光耀毫不客气地说道："你会的只是皮毛，太浅显了，比杂技团的普通艺人强不到哪里去。"

罗四两脸上闪过挣扎之色，最后才咬咬牙，下定了决心："那您教我戏法吧，我要控制我的精神，我不想再日日苦恼、夜夜失眠了。另外……我也想了解我父亲，我想看看他们甘愿为之付出一切的戏法，到底是什么样子的。"

卢光耀反问："你不跟你爷爷学吗？"

罗四两神色有些痛苦："我不知道怎么面对他。如果我说要学戏法，他肯定会让我传承戏法罗名号，可是我还没有做好这样的准备，也没有这样的想法。我不想伤他的心，让他有了希望却又失望。"他抬头看着卢光耀，问道："您能教我吗？"

卢光耀颔首。

罗四两又问："那您有需要我做的事情吗？"

卢光耀有些惊讶地看着他。

罗四两低着头，用稚嫩又倔强的声音道："我不傻，没有人会无缘无故靠近我、帮助我，您一定有您的目的。您救了我的命，没有挟恩图报，我却不能无视。所以，您的目的到底是什么？"说罢，他抬头直视卢光耀。

卢光耀眼中闪过一丝异色，然后慢慢挪开了目光，缓缓道："帮我修复一套戏法。"

罗四两道："好。"

"很难的。"

"我知道，不然你也不会找我。"

卢光耀再次看向罗四两，露出了微微笑意。

天赋奇才

夕阳下，少年扎着马步，两条大腿上还挂着沙包，大腿止不住地发抖，头上更是汗如雨下。

今天是周一，罗四两是放学后才到卢光耀这里来的。今天是他第一天学戏法，也是第一天练习控制自己的身体。

卢光耀让他学的就是扎马步。罗四两心里清楚，扎马步是在给落活儿打基础。传统落活儿会在身上卡二十多样东西，总共有一百五六十斤，需要艺人有很好的体力。

卢光耀端着小茶壶晃晃悠悠走过来，瞧了瞧罗四两满头大汗的样子，反倒是笑了："怎么着，还吃得消吗？"

"还行。"罗四两憋着气回答，脑门上的青筋都快出来了。

卢光耀笑笑，从兜里面拿出两个胶皮球来，这胶皮球的个头比乒乓球要小一点。

"来，一手拿一个。"卢光耀把胶皮球递到罗四两手上。

罗四两拿着球，问道："这是要干吗？"

卢光耀说道："用五指过球，让球在五指之间来回滚动。"

"哦。"罗四两应了一声，就要起身。

"哎，别动——"卢光耀赶紧拦他，"就这样，蹲着马步来。"

"啊？好吧。"罗四两郁闷地应了一声，然后用五指滚动胶皮球。

让球在指缝间滚动，在戏法行叫作爬楼梯，这是戏法艺人锻炼手指灵活度的方法。戏法行把球称为苗子，玩小球或者红豆，叫小苗子；大一点的球，叫大苗子。

老艺人常说，手彩是基础，苗子是基础中的基础。

罗四两现在用的胶皮球就是大苗子，他基本功打得很扎实，平时玩起球来并不觉得费劲，只是现在扎着马步，浑身的力气都用在腿上，手指的力度就控制不好了，所以球的滚动也不是很流畅。

卢光耀看了一眼罗四两聚精会神的样子，眉头一挑："左手的苗子从小拇指往大拇指方向滚，右手的苗子从大拇指往小拇指方向滚，一正一反，同时来。"

罗四两闻言，只得把滚动起来的胶皮球稳住，两手朝着相反的方向，重新开始。若是在平时，一心两用对罗四两来说也不算难，但此时他已经很累了，手上力度控制不住，胶皮球时不时就掉落在地。不消片刻，他就汗流浃背了，反向运球却一次都没成功。

"怎么？这样就不行了？"卢光耀出声喝问一句。

罗四两擦了擦头上的汗水，喘着粗气道："我太累了，两条腿都在抖，也控制不住手上的力道。你让我歇一会儿，我一定能行。"

卢光耀讥讽道："还歇一会儿，要不要我给你搬个床过来让你睡一觉啊？这么一会儿就想歇着？歇够力气了，这玩意儿连狗都能来。"

罗四两被喷了个够呛，也不敢反驳，只能勉力维持，手指也渐渐地不听使唤了。

卢光耀看得大怒："连手都控制不了，还想控制脑子吗？你想下辈子都活在那些噩梦里面吗，啊？罗四两，你能不能控制你自己？"

"能！"罗四两不甘地吼了一声，提了下精神，然后盯着自己的双手，强行稳住十指，同时朝相反的方向运球。

一下，两下，三下，四下……成了！好不容易成功了一次，罗四两忍不住露出了开心的笑容。

卢光耀脸上也露出了一丝微笑，但很快又恢复了严师模样，继续喝道："笑什么笑？这么半天才来一圈，你那记忆力喂狗了啊？你记得毒蛇标掐你脖子，怎么就记不住你手指每一处细微的变化？

"要你练苗子，就是要你记住苗子在你手上滚动时的每一次挤压，你手指每一处的受压力度和你每次用上的力气。这些东西，就是你成功的关键。

"你不是要控制自己的精神吗？等你的脑子能控制你身上任何一处肌肉变化的时候，你就差不多了。控制手脚大起大落不算本事，控制细微才叫能耐。等到那一天，你也就能控制你自己的精神了。"

一席话说得罗四两心潮澎湃，他死死盯着这两枚胶皮球，用心去感受胶皮球每一次、每一秒细微变化时自己身体的反应。

一次，又一次……罗四两的双腿依旧在抖，手上的胶皮球依旧时常掉落，但很快，胶皮球落地的次数越来越少，他也越来越熟练，直到彻底掌握，他花的时间也不过几分钟而已。

卢光耀也是老怀大慰，不愧是最变态的超忆症啊。想当年，他可是花了半天的时间才彻底掌握这种运动方式，就这样都被师父称为天才。这会儿跟眼前这小子一比，天下第一快手的卢光耀也觉得自己不算什么了。

戏法罗家人丁不兴，却个个是传奇。超忆症给这孩子带来了很多痛苦，可也给他带来了无与伦比的天赋啊。

卢光耀嘴角泛起了一丝苦涩，心中亦是感慨万千。

也许，罗四两在戏法上的成就会超越自己的师父吧，也许他真的能修复那套传奇的戏法。如果真是那样，也不枉自己奔波半生了。

罗四两一边操作着胶皮球，一边问道："卢先生，您当年学艺的时候应该比我厉害很多吧？"

卢光耀的表情瞬间就僵住了："也……也……强不了多少，你认真学，总会赶上我的。"

"好。"罗四两重重地答应一声，球的运动轨迹也越来越流畅，不多时就如行云流水般信手拈来。

卢光耀心中也很震惊，这才教了几个小时而已，他的手法就堪堪达到入门的水平了，这也太快了吧？

别人锻炼手法，靠的都是熟能生巧，等肌肉形成了惯性记忆，手也就足够灵活了。可罗四两不一样，在超忆症的帮助下，他很快就能记住手指的每一次细微变化，并在最短时间内提高熟练度。他现在唯一的缺点，就是脑子是记住了，手部肌肉不一定能反应过来。但假以时日，他对自己身体的掌控将会更加准确，成长速度也会快到无法想象。

卢光耀很快就想通了这个关节，他早就知道罗四两是个宝贝，但没想到这个宝贝比他想象得还要珍贵。

罗四两很有可能会成为戏法行旷古烁今的戏法大师啊！想到这里，卢光耀眼睛都要放光了。

卢光耀沉浸在对未来的美好期待中的时候，罗四两也练得差不多了，便坐下来休息了一下，喝点水。

少顷，回过神来的卢光耀拍了拍罗四两的肩膀，脸上有压不住的喜悦："来，起来练功了，别坐着了。"

"哦。"罗四两赶紧扎好马步，拿出胶皮球来，准备开始。

这时，卢光耀却道："不用胶皮球了，把球给我。"

"那练什么？"

卢光耀从怀中拿出两个玻璃球："练小苗子。"

罗四两一愣，这不是小孩子最喜欢玩的弹珠吗？

卢光耀点点头："对，就是弹珠，还是一样，一手一个……算了，一手两个吧。"

卢光耀拿出四颗弹珠，分别放在罗四两两手的虎口处，和小拇指、无名指的夹缝间，道："现在，虎口的弹珠朝小拇指方向滚动，小拇指的弹珠朝大拇指方向滚动。两只手，四颗弹珠，同时来。"

罗四两顿觉压力好大。

上一次一只手控制一颗球，反向运动，他还勉强能搞定。现在一只手就有两颗反向运动的球了，还要同时进行，这难度可大多了！

而且玻璃球体积更小，摩擦力更小，质量又更大。真要控制起来，可比大苗子里的胶皮球难多了，更别说是四个一起来了。

罗四两马步还是费力地扎着，手上的玻璃球也在艰难地动着，球一次又一次地掉在地上，卢光耀一次又一次地给他捡回来。

一旦开始练功了，卢光耀就会变身成严师，毫不留情地训道："别老想着如何去控制苗子。你有十根手指，每一根手指都是独立的，它们都有自己的灵魂，都有自己的思想，你首先要做的是让每一根手指都独立出来。"先前靠的是熟能生巧，现在看的就是悟性了。

罗四两紧紧盯着玻璃球，努力地感受着手指和玻璃球的每一次变化。记住倒是容易，可他还是掌握不好。时间已经过去半个多小时，罗四两已经快筋疲力尽，可还是无法让这四颗弹珠同时翻滚一圈。

太难了！

卢光耀倒是不以为意。这玩意儿本来就不容易，真要是把这个练熟了，手指就能达到上台的标准了。他也不强求，准备让罗四两歇一会儿再来。

就在这时，罗四两突然把眼睛闭上了。

卢光耀一脸诧异，睁着眼睛都搞不定，这会儿怎么还把眼睛闭上了？他好奇起来，紧紧地盯着罗四两接下来的动作。

只见罗四两闭着眼睛，两只手抓着四颗弹珠，抿着嘴唇一派沉静。他满脸都是汗水，但呼吸依旧平稳，半晌没有动作。

此刻，罗四两脑子里回想的是当初他用手指转着弹簧刀，划瞎毒蛇标的那一幕，和之前卢光耀出摊的时候，用五毛钱硬币在手指上翻滚的那一幕。

罗四两细细回想、相互比较，半晌过后，他睁开了双眼，眼中满是自信的神色。

卢光耀目光一凝，继续观察。只见罗四两低头看了看自己的手，双手摊开，左右手各躺着两枚弹珠，而后轻轻一抖，手心的弹珠就滚到虎口和小拇指和无名指的夹缝中了。

"呼……"罗四两长呼一口气之后，呼吸变得细微而平稳。

卢光耀也有些紧张地看着罗四两，连呼吸都放轻了不少。

罗四两看着手指间的四颗弹珠，顿了一顿，深吸一口气，然后十指同时动了起来。

双手虎口的弹珠朝着小拇指方向滚动，小拇指指缝里面的弹珠同时朝着大拇指方向运行。

两只手，十根手指，四颗弹珠。

罗四两只觉得指间闪过了一阵细微的酥麻，酥麻过后，手指竟然好像完全独立出来了，仿佛被赋予了新的灵魂，变成了十个独立的生命体。独立，又相互依偎，一种玄而又玄的感觉。

罗四两轻呼一口气，细细品味着这种感觉，然后翻滚小球。

他十指灵活地动着，四颗弹珠同时朝着相反的方向滚动。十根运动着的手指跟四颗弹珠联在一起，像一个精准的机械运动。罗四两十根手指白皙修长，四颗弹珠俏皮翻滚，达到一种完美的平衡，美得如同精心制作的动画。

此刻，卢光耀内心无比震撼。他原认为以罗四两的天赋，至少也要三五天才能彻底掌握。这就已经很厉害了，换作平常人，能在半年之内练熟就算不错了。可罗四两仅仅是闭眼想了想，就能全部掌握！

才情无双，天赋无双啊！要不是之前就清楚罗四两的真实水平，卢光耀都要怀疑这小子在藏拙了。他终于确信，如果这世上还有人能复原那套传奇戏法，那么这个人一定是眼前这个孩子。

卢光耀的眼睛酸涩，万千感慨涌上了心头。为了复原这套戏法，他已经奔波了大半生，今天，他总算见到希望了。

"师父啊……"卢光耀红了眼眶。

这时，罗四两也收起了弹珠，对卢光耀欣喜地叫道："我做到了，我做到了！"

卢光耀赶紧揩去眼角的晶莹，看着罗四两，欣慰地点了点头："好，好，休息一下。"

"唉！"罗四两赶紧坐了下来，捶了捶自己发酸的腿，然后端起桌子上的茶杯灌了一大口。

卢光耀稍稍平复了心情，才对罗四两说道："四两啊，你先练正反苗子，熟了之后再换苗子。小苗子、大苗子，最小小到红豆，最大大到乒乓球大小的铁球，全套练下来，你的手指就足够灵活了。然后就是练速度，不是练快，而是练慢。等你的苗子滚动的速度慢到像蚂蚁爬的时候，你的指法就登堂入室了，慢到像蜗牛爬的时候，你的指法就臻至完美了。"

"蜗牛一样爬？"那得多慢啊！罗四两有些讶异。

"就是这样。"卢光耀五指并拢、手心朝上，拿起一颗弹珠放在指间，手指肌肉微微而动，这颗弹珠就在他指间蠕动起来，如同一只负重前行的小蜗牛，艰难而坚定地沿着固定的线路慢慢爬行。

一颗光滑的玻璃弹珠，在卢光耀手上以慢到极致的速度滚动，并且丝毫不乱，几乎是一条直线。

罗四两惊呆了！

卢光耀看他一眼，微微一笑，然后手指一动，弹珠就滚到了手背上。这只笨拙的蜗牛又爬上了卢光耀的手背，这次的运动轨迹不再是直线，而是绕圈。在肉眼观察不到的地方，卢光耀手背的肌肉和骨骼正在细微又疯狂地运动着，控制着这颗小球在规划好的线路上滚动。

卢光耀道："等你把手心尤其是手背都练到这个程度，你的手法就大成了，立子行里恐怕也不会有人是你的对手了。哪怕和老荣行里的各省贼王相比，你也绝不会输给他们。"

"我知道了，我一定会练到这个程度的。"罗四两重重点头。

卢光耀一脸欣慰。这孩子压根没发现，见到这样神奇的手法，他心中想的不再是用戏法对抗超忆症，他为之激动和兴奋的就是精妙的手法本身。

罗四两表完决心，又迫不及待地问："那我现在练到什么程度了，练到这样子还需要多久啊？"

"你现在入门已有，也快到上台的程度吧，离这个完美的手法境界，还差得远呢！"

罗四两闻言却丝毫不气馁，这么高深的手法难练才是正常的，又问道："那手法的境界是怎么分的？"

卢光耀笑了："境界？什么境界？武侠小说看多了吧？"

罗四两尴尬一笑，不好意思地挠了挠头。

顿了顿后，卢光耀又说："境界是没有，不过按照学艺的阶段划分，倒是也有几个程度的区别。"

"哦？"罗四两来了兴趣了。

境界之分

卢光耀解释道："学艺，要先迈过入门的这道门槛，所以有未入门和入门之分。接着慢慢学艺，直到能上台演出，并且不让人看出破绽，这个阶段叫上台。再继续练手艺，练到炉火纯青，这时候你在外面也是个大角儿了，自己组班子也不怕别人来砸窑，这就叫登堂入室。现在各省的杂技团或者魔术团里面攒底的戏法艺人，也不过这个水平，但这就已经是镇团之宝了。

"到了登堂入室之后就要看天分了，天分不足的再怎么练也没用。有那天赋好、肯努力，又有个好师父带着的，手法还能再上一个台阶，到达大成阶段，可以开宗立派，成为万人敬仰的大师。这时候，就算四周有万人观瞧，他也不会怕，因为不会有人能看穿他的手法。现在彩门那几大门派和几大家族的当家人，大多都有这个功力。

"突破大成阶段，到达完美境界的，那就少之又少了，纵观戏法行千年历史，能达到这般境界的也屈指可数。这样的人物绝对可以在黄镇的江湖斗艺上大放异彩，拿下手法榜榜首之位也不费吹灰之力，足可以称为一代宗师、泰山北斗了。"

这一番话听下来，罗四两内心也很震撼。他们罗家是立子行赫赫有名的家族，他从小就听说这个人厉害、那个人有天分，国家一级演员、二级演员什么的，但都是些虚词，没有一个很清晰的比较。

可是现在，罗四两心中突然有了一个等级——未入门、入门、上台、登堂入室、大成、完美。这套划分不仅能用在手彩上，也能用在别的戏法类型里。

入了门，是普通学徒；上台，是普通演员；登堂入室，是镇团之宝；大成，可以开宗立派，也能做一个戏法门派或者大家族压箱底的戏法大师了；至于完美，那就是一代宗师，立子行的泰山北斗了。

艺术没有精确的衡量标准，卢光耀的划分自然也不够精确，但是对罗四两来说已经足够。他终于知道自己离完美境界的距离，也对立子行众多大师的艺术等级有了更清晰的界定，比如他爷爷罗文昌。

他们罗家是靠落活儿纵横江湖的，罗四两虽然没学过，但是看过他爷爷的演出。说实话，他看不穿其中的门子。

身为第二代戏法罗，又是戏法界的传奇人物，他爷爷的落活儿水平肯定已经大成了，甚至有可能达到了完美境界，成就一代宗师。而他那英年早逝的父亲，罗四两可以肯定，他的落活儿水平绝对已经达到完美境界了，甚至有可能在这个境界之上。

至于他爷爷的手法，罗四两估摸着勉强能有大成之境吧，毕竟他们罗家最擅长的并不是手彩。

那么，卢光耀呢？罗四两忽然问道："卢先生，那您的手法是已经到完美的境界了吗？"

卢光耀呵呵一笑："我还不止这个境界。"

罗四两忙问道："完美之上还有更高的境界？那是什么？"

卢光耀答道："很完美。"

立子行的基础手彩有十种，叫十大手彩，用到的工具分别是球、牌、针、香烟、钱币、巾旗、绳索、彩纸、抢彩、连环。卢光耀就是根据这十大基础手彩来对罗四两进行系统化的训练，此外，还用到了一些京城单义堂不外传的手法。

罗四两天资极好，无双的天赋和无敌的超忆症，再加上卢光耀这个天下第一快手亲自训练，前途不可限量。

日子一天天过去，罗四两也在疯狂地训练着。

卢光耀原本还有些担心，毕竟他以前那么排斥学戏法。令他感到意外的是，罗四两对训练表现出了前所未有的热情。

正所谓，不疯狂不成活。几个月的疯狂训练中，从手指到手心，从手背到手腕，罗四两的进步可以说是突飞猛进。

夏天到了，罗四两也放了暑假。

炎炎烈日下，罗四两被晒得满头大汗，十根手指上却依旧稳稳地弹动十颗弹珠。

弹珠放在手背上，弹上去，落下来。罗四两只能用一根手指来接，而且接的还不是一颗弹珠，而是十颗！

罗四两的衣服被汗水浸透，双手却稳得出奇。十颗弹珠上下飞舞，在日光的照射下折射出绚烂的光芒。

比起罗四两，卢光耀就惬意多了。他在院子里面搭了一个凉棚，这会儿正坐在凉棚下面吃西瓜呢。西瓜是早就放在井里面镇好的，冰凉解暑，这会儿吃起来正好。

桌子上还有一罐绿豆汤，卢光耀时不时来上一口，好不惬意！

方铁口还是跟卢光耀住在一起，睡完午觉的他刚走出门，看到这一幕当下就急了："我的西瓜！我放井里冰了半天的，还没吃上一口，就被你这个孙子给偷吃了。"

卢光耀脸一板，不满地呵斥道："你这叫什么话？什么你的我的，说得这么见外，你再这样我要生气了。"

说罢，卢光耀又当着方铁口的面咬了一口西瓜。方铁口被气得两眼一黑，赶紧快步走了过来。

卢光耀推了推桌子上的西瓜，大方道："吃吧，别客气。你看，我就没你那么小气。"

方铁口的口水都要喷到卢光耀脸上了："这是我的，我的！"

"都说别这么见外了，要不然绿豆汤给你喝一口？这是我做的，你看我就不跟你见外。"卢光耀尝了半勺，又把夹杂着口水的另一半倒回罐子里，最后还把勺子舔了个干净，塞到罐子里面去，美滋滋道，"嗯，还挺甜。"

"来吧，尝尝。"卢光耀把罐子往方铁口那边推了推，笑出了一嘴大黄牙。方铁口的脸顿时变得和绿豆汤一个颜色。

方铁口是不敢喝了，可是一旁的罗四两却渴得不行了。罗四两转过头，咽了咽口水，说道："给我喝一口，我快渴得不行了。"

卢光耀瞄他一眼，只见罗四两的脑袋转向他们这边，但手却依旧保持不动，十颗弹珠还在稳稳地弹动着。

卢光耀露出一点笑容，说道："花式会了吗？就想吃东西了。"

罗四两忙答道："会了。"

只见他十指相互一顿，弹动的频率就不一样了，十颗弹珠从同时弹起变成交错弹起，忽上忽下，有大珠小珠落玉盘之景。

少顷，罗四两又变了新花式，弹珠时而一两个飞上去，时而三四个同飞，其余的弹珠都稳稳地停在他的手指上，就像用胶水黏住似的。

方铁口也看得甚是惊讶："四两进步很快啊！"

卢光耀也老怀大慰，这才仅仅过去三个月，罗四两的进步简直超乎他的想象。

卢光耀这一支的手法练习分成四种：手指，手心，手背，手腕。现在，罗四两手指的功法已经练到登堂入室了，手心只练到了上台有余，不过也快到登堂入室了。手背和手腕，他现在才练到上台的阶段。

手指和手心比较容易练习，手背和手腕是最难的。即便罗四两如此天资，手背和手腕也不过练到堪堪上台的地步。

"怎么样？"罗四两冲着卢光耀一笑。

"还行，来，赏你一块西瓜。"卢光耀也笑了笑，抓起一块西瓜就朝罗四两扔了过去。

"嚯。"罗四两叫了一声，十指同时把弹珠往上一弹，双手得了空，这才伸出右手，使了个巧劲儿稳稳地接住了西瓜。

西瓜瓤可不牢靠，碰撞的力度稍微大一些，瓤就得碎了。卢光耀这一扔就是在考教罗四两，他要是硬接，今儿就只能吃半块西瓜了。幸好，罗四两并没有让他失望。

罗四两埋头啃着西瓜，左手微微一动，只听得噼里啪啦一阵清脆的响声，之前被他弹飞的十颗弹珠，在空中汇聚成了一条线，径直落在了罗四两左手之上。

"嚯，了不得了。"方铁口惊叹一声。

卢光耀灌了一大口绿豆汤，含混不清道："干吗，羡慕啊？不然你收他为徒好了，把你的那身本事教给他，省得被你带进棺材里面。"

方铁口摆了摆手："带进棺材就带进棺材，反正我不收徒。"

卢光耀无奈地摇摇头。

罗四两三两口就把西瓜吃完了，他擦了一把头上的汗水，抻了抻手，得意道："怎么样，我练得还可以吧？"

卢光耀没好气道："差远了，等你手上弹着十颗弹珠，还能把这一大块西瓜一口一口吃了，那才叫可以。"

罗四两一脸悻悻然。方铁口有些看不过去了，说道："我觉得四两练得挺好的，像他这个年纪，恐怕没人比他更厉害了吧？"

罗四两顿时便露出得意的笑容。

卢光耀扭头喷方铁口："你懂不懂规矩了？我教孩子，你在一旁看什么看，想荣活儿啊？哪儿凉快哪儿待着去！"

江湖授艺有个规矩：师父教徒弟，外人是不能看的，不然就当你是想偷他们的手艺。

"得，你自个玩去吧。"方铁口气得鼻子都歪了，抱起桌子上的半个西瓜就走了。

第六章

戏法罗受辱

出托回托

学艺至今已经三个多月，罗四两身上也发生了巨大的变化。

之前一直困扰他的负面记忆，已经很少出现在他的脑海里了，偶尔出现时，他也能够很快转移自己的注意力。现在，他不用每天晚上开着随身听睡觉，也不会每天都噩梦连连了。

正如卢光耀所说，学会控制身体最细微的部分，才能掌控住自己的精神。现在，罗四两就已经能够掌控自己的精神。

罗四两的精神面貌也有了很大的改变。原先他的性格有些孤僻，没什么朋友，跟爷爷的关系也处不好。现在，他的性格却开朗了许多，跟爷爷的关系也缓和了不少，整个人洋溢着年轻人的活力和朝气。

这才是一个正常的少年人嘛！

卢光耀看了好一阵儿，心中颇感安慰，对罗四两说道："你的天分确实不错，锻炼的办法都教给你了，接下来就是磨功夫了。基本功可以练一辈子，而且必须练一辈子，以后你就自己慢慢练吧。现在，我来教你几套好玩的手艺。"

罗四两露出了感兴趣的神色，打趣道："什么手艺啊？是阴阳三转手吗？我怎么越看越觉得这玩意儿像老荣的手艺啊，学会之后我是不是能做老荣，上街出活儿去？"

卢光耀没好气地骂了一句："闭嘴吧你！我的阴阳三转手是让你偷东西去的啊？再说了，你以为老荣那么好当啊？"

罗四两抖了抖手指，嬉皮笑脸道："就凭我这手法，很难吗？"

卢光耀却道："手法不是关键。我们彩门手法高超的艺人有不少，但很少有适合做老荣的，你知道为什么吗？"

罗四两一愣："为什么？"

卢光耀道："因为胆子。并不是什么人都适合做老荣的，你有手艺没胆子也做不了。"

罗四两点了点头，又问："那要是碰上胆大的呢？"

卢光耀冷笑一声，目光灼灼地盯着罗四两："那就做了呗！民国时候，你们立子行有个叫高奇峰的，手法差不多到大成的境界了，他就去做了老荣。"

罗四两来了兴趣，忙问道："那后来呢。"

卢光耀道："自然是大放异彩了，在齐鲁大地上留下了赫赫名声，比起山东省的贼王也丝毫不落下风。"

罗四两听得两眼放光，卢光耀却冷声道："再后来，他就被人扔进渤海喂了鱼了。"

"啊？"罗四两面容一僵。

卢光耀盯着罗四两的眼睛，认真说道："江湖路是一条不归路。不管你学艺学到什么程度，不管你的手法有多精妙，跑江湖做生意、做演出都可以，但切不可以此为恶，不然是不会有什么好下场的。"

罗四两神色一滞，心中一惊。沉思半晌，他点了点头，认真道："我明白了，我不会为恶的，我……我不会的。"

卢光耀脸上露出微笑："我知道，不然我也不会把我的手法传给你。来，现在教你一套手法吧。"

罗四两问："什么手法啊？"

卢光耀朗声一笑，傲然道："阴阳三转手。"

罗四两满心欢喜。他可是亲眼见到过卢光耀用阴阳三转手，在三翻三转之间，变出了毒蛇标手里的枪啊。这套手法太神奇了！

卢光耀接着道："立子行变戏法有出托和回托之说，我这阴阳三转手，就是出托最好的手法。无论是出自己的托，还是偷别人的托，三转之下，可出两尺以内任何一物。"

"看好了。"卢光耀大喝一声，抓起他之前放在桌子上的一块布，朝着罗四两扔了过去。

罗四两吓了一跳，还没来得及躲开，布就落在了他的身上。

此刻，卢光耀已然近身，右掌拍在了罗四两胯部，大喝："一转，天地而动。"右手一翻，他手上多了一条五分短裤。

卢光耀气势如虹，毫不停歇，第二掌又拍在罗四两的胸前："二转，鬼神也惊。"手上赫然多了一件汗衫。

这时，罗四两终于挣脱了绸布，吓得赶紧往后退。

卢光耀动作却丝毫不慢，抓起绸布就按到了罗四两臀部，大喝："三转……噫……真小。"右手一翻，罗四两的四角平底裤也变到了他手中。

再看罗四两，身上的三件衣裤全被卢光耀变没了，正捂着裆部失声尖叫："啊——"

罗四两气得肝都疼了，说了学手艺就好好学手艺嘛，扒别人衣服干吗？幸亏旁边没别人，不然罗四两想死的心思都有了。

不过，这套戏法的门子，罗四两也看出来了。

卢光耀把衣服裤子还给他的时候，他就发现，衣服是他的衣服，但裤子不是他的裤子。虽然颜色、款式、大小都一模一样，但依旧瞒不过有超忆症的他。

这裤子确实不是罗四两的，而是卢光耀另外给他准备的。

卢光耀表演的这套戏法叫脱衣术，并不算稀奇。一般来说，这套戏法的门子是在上台配合演出的观众身上，这人是戏法师的敲托，身上的衣服是特制的。

但卢光耀这手脱衣术的门子不在衣服上，而在他的手上——他指间藏了半枚刀片。在拍罗四两胯部和臀部的时候，他用刀片割破了罗四两的裤子，然后脱了下来。夏天的裤子又短又薄，很好动手。

把罗四两的裤子割了扒了，藏好了，这叫回托；然后把事先准备好的裤子拿出来，这叫出托。

戏法用四个字来概括，其实也就是"出托回托"。

卢光耀的阴阳三转手是天底下最好的出托手法，不管是出自己身上的托，还是去拿别人身上的东西，都是玄妙无比的。

裤子是这样变没的，衣服则是卢光耀从罗四两身上扒下来的，这就更考验真功夫了。

前面罗四两被扒了裤子，吓得哇哇大叫，直往后退。卢光耀冲上去，用绸布一挡，在他胸前一拍。他可没收力啊，罗四两被拍得一疼，眼珠子都快瞪出来了。卢光耀就趁机晃了一下罗四两的眼睛，趁他手舞足蹈的时候，一把把衣服扒了下来。

卢光耀的手多快啊，等罗四两回过神来，衣服早被扒干净了。然后，他再把事先准备好的衣服还给罗四两。

脱衣术就是这样了，也幸亏罗四两有超忆症，能看出并记住常人注意不到的细节，不然他还真不知道自己衣服被调包了。

卢光耀喊的招式名字，颇有几分武侠的味道，其实是戏法行常用的垫话儿。

戏法艺人在变戏法的时候，常常会念咒语："一请天地动，二请鬼神惊，三请茅老道，四请孙白令……"垫话儿就是从这儿来的。

罗四两回到家中已经是傍晚了，刚进家门，就发现家里来了客人。

这客人约莫四十岁的样子，穿着一件真丝短袖上衣和黑色西裤，鞋子也是皮鞋，商务范很足的一身打扮。这人脸上还戴着一副黑框眼镜，看起来文质彬彬，眼镜压眼盖鼻，看起来颇有几分憨厚老实的样子。

"爷爷，我回来了。"罗四两在门口喊了一声。

罗文昌抬头看来，脸上还带着灿烂的笑容，想来是相谈甚欢。他看了罗四两一眼，没好气道："一天到晚也不着家，你看看你这一身臭汗，也不去洗洗。"

那个黑框眼镜男人见到罗四两，微笑着问道："这位就是令孙罗四两吧？"

罗文昌笑着点头，招手让罗四两过来："来，这位是周叔叔，叫周叔叔。"

罗四两上前两步，看着黑框眼镜男，有些敷衍地打了个招呼："周叔叔好。"

周德善露出了温和的笑容，客气道："你好，罗四两同学。"

罗四两扯了扯嘴角，对罗文昌道："爷爷，我去洗澡了。"

"去吧。"罗文昌笑着挥了挥手。

等到罗四两上了楼，罗文昌才稍带歉意地对周德善道："孩子比较贪玩，见笑了。"

周德善温和地笑着："贪玩才是孩子的天性嘛，我看四两身体也挺矫健的，长得极有灵气，颇有其父之风啊，您没打算带他入门吗？"

罗文昌摆了摆手，脸上有掩饰不住的落寞，苦笑道："算了，戏法罗的名号就此而止吧。"

周德善叹了一声，感慨道："唉，百年戏法罗，曾留下多少传奇的故事啊，是有些可惜了。不说别的，就说50年代您跟各国魔术高手……"

罗文昌摇摇手，打断了周德善的话："算了算了，好汉不提当年勇，都过去了，我们还是谈谈接下来的合作吧。"

周德善从善如流地道："好，等合作敲定之后，我们的编剧团队会过来跟您做一次详细的交谈，主要是想了解一下百年戏法罗的发展历史，还有那些传奇故事，到时候您可不能像现在这样好汉不提当年勇啊。"

"哈哈哈……"罗文昌笑了起来，忙道，"好好，到时候我一定知无不言，言无不尽。"

周德善拊掌大笑："那自然是极好的，我们这次的影片不仅是宣传戏法罗，更是想推广戏法文化。现在外界崇尚的都是西方魔术，咱们老祖宗留下来的东西却都被人抛诸脑后了，这样实在是太不应该了。"

罗文昌深以为然地点头："所以你们要拍摄戏法题材的纪录电影，我是真的很开心，文化需要传承，更需要推广啊。"

周德善道："是啊，我一直都觉得我们的传统文化不是没有魅力了，而是我们没有把它的魅力发掘出来。

"到了现代了，人们的生活方式变了，娱乐方式也变了，欣赏角度也变了。传统艺术内容是好，但是咱们不能还是按照传统方式来推广它啊，还是要适应当代，要符合现代人的审美。

"所以啊，等这部纪录片推出来之后，我们还会出相应的戏法题材的电视剧和电影，我们要打造一个戏法的文化品牌。就跟健力宝一样，东方神水、女排精神深入人心啊。咱们戏法也应该这样，既要民族化，也要世界化，民族的就是世界的，这是不冲突的。"

"是啊。"罗文昌点了点头，脸上的喜色更甚，看向周德善的眼神也充满了赞赏之意，"没有想到，周总对我们戏法行也这么了解。"

周德善却道："要做戏法品牌自然是要对戏法有些了解的，不然怎么敢来做呢？百年戏法罗，代代是传奇；莫式三父子，名震大江东；穆派韩家门，门徒遍天下……"

"哈哈哈……"罗文昌畅怀大笑，"都是早年间行内人编的顺口溜罢了，没想到竟然入了周总的耳了。"

周德善客气道："您也别周总周总地叫我了，显得太生分，您就叫我一声德善好了，我也叫您一声罗叔。"

"好好好。"罗文昌答应得很爽快。

此时，罗四两也洗好澡、换好衣服了，他擦着湿漉漉的头发下了楼。今天练了一天功了，他都渴死了，特想来块西瓜吃。他家的西瓜是放冰箱的，跟方铁口塞井里的可不一样。

罗四两下了楼，见他们还在谈，他也没在意，就自己去厨房冰箱里面拿了一块西瓜，自己吃了起来。

客厅里面，周德善依旧笑着对罗文昌道："罗叔，那接下来可全要看您了，您可不能推托啊。"

罗文昌道："放心，只要是为了戏法好，我一定鼎力相助。"

周德善道："好，我们的编剧明天应该就能到江县了，到时候我让他们跟您详谈。"

"好。"罗文昌应了一声，顿了顿，又问，"那摄制团队呢，什么时候能开拍？"

罗四两抱着西瓜晃到客厅来了，正好瞧见了和罗文昌聊着天的周德善，以及他的动作、表情。

只听周德善回道："快一点……应该就是这个月了吧，慢一点下个月，等那笔资金到位就可以了。"

罗文昌含笑点头。

周德善端起桌子上的茶杯，眼睛往两边瞥了一下，抿了抿嘴，把茶杯放到嘴边上，鼻子出了一团气，吹得茶杯的水雾四散飘逸。而后，他轻轻呷了一口茶水。

看到这一系列动作，罗四两顿时一愣，连咬进嘴里的西瓜也忘记嚼了，看着周德善怔怔出神。

此时，周德善也放下了茶杯，对着罗四两露出一个温和的笑容。

初次交锋

等周德善走了，罗四两走到爷爷面前，皱着眉头问道："爷爷，这人是谁啊？"

罗文昌笑着回道："一家影视公司的老总，他准备拍戏法题材的电影，明天编剧就过来做访谈写剧本了。"

"哦。"罗四两轻轻应了一声，紧锁的眉头还是没有松开。

他看到了周德善喝茶时的那些表情，虽然之前并没有注意过类似的表情，但是他听方铁口说过。当初抓捕人贩子的时候，方铁口及时察觉了毒蛇标想改道出城的心思，事后还跟他说过这件事情。

方铁口说："《玄关》有云：目散乱飘，呼气如注，嘴合而抿，必是不达其意也。"

刚刚周德善脸上的表情就是如此，那么是什么话不达其意？刚刚爷爷问什么时候能开始拍摄，是这句话吗？周德善回答说这个月或者下个月，等资金到位就好，难道他说的不是心里话？

罗四两大惑不解，晚饭也吃得心不在焉。但是他心里也没底，所以只能把疑惑藏在心里。罗文昌却喜气洋洋的，晚上吃饭的时候，还多喝了两杯酒。

罗四两看着自己爷爷，深深叹了口气。

当晚，罗四两思索了好久，也没什么头绪。第二天天刚亮，他就跑到卢光耀那边去了。

他把这件事情跟卢光耀一说，卢光耀立刻皱起了眉头，思考了半晌之后，才微微颔首。

罗四两紧张地看着卢光耀，期待地问道："怎么样？"

卢光耀皱眉看他一眼，然后回头喊道："老方，早饭弄好没？"

罗四两走岔了一口气，差点没憋死，急道："都什么时候了，还早饭早饭的。"

卢光耀却反驳道："什么时候也得吃早饭哪！"

罗四两无语了，他是急得团团转，可人家却是淡定得很。

很快，方铁口就端着早饭出来了。

罗四两又张口："方先生……"

方铁口却打断道："先吃饭。"

罗四两的话硬生生被噎了下去。

这一顿早饭，卢光耀和方铁口吃得那叫一个慢条斯理啊，罗四两都急得抓耳挠腮了，这两人却没有理他的意思。

好不容易，他们才把早饭吃完了。卢光耀擦了擦嘴，这才慢悠悠道："行吧，有什么事情你说吧，趁着老方也在。"

得，他前面一个字也没听进去，白说了！罗四两也没工夫跟卢光耀置气，赶紧把昨天观察到的事情，都仔细说了一遍。

卢光耀道："就罗文昌那不会拐弯的脑袋，被骗子找上门也正常，谁让他那么耿直呢。哎，老方，这事儿你怎么看？"

方铁口是金点行当代门长，有金点十三簧和《玄关》傍身，还真没什么人能骗得了他。

他皱眉想了一下，说道："你只看到了一眼，而我更是一眼都没看到，所以这件事情就有些不好说了。"

"那怎么办呀？"罗四两有些着急了。

卢光耀道："简单哪，让老方把看人的法子教给你，你再回去仔细看看不就得了，授人以鱼不如授人以渔嘛！"

罗四两微微一愣，然后扭头看向方铁口。

方铁口脸一黑："不行，我可以上门帮这小子跟人家盘盘道，但是教本事就算了，我们这一支的能耐不传了。"

闻言，罗四两神色微黯，他对金点十三簧和《玄关》可是好奇得很，但方铁口不肯教他。

卢光耀立马怒了，拍着桌子骂道："你这叫什么话？人家孩子一片真心对你，你就当喂狗了啊？"

方铁口被吼得一愣，又听卢光耀喋喋不休地骂道："人家孩子的超忆症，这么大的秘密，没瞒你吧？你以为他是普通孩子吗？他是个宝贝啊，别人要是知道他有这记忆力，万一抓住他控制他违法犯罪怎么办？被那些黑暗的研究机构切片研究了怎么办？你不得负责啊？"

"跟我有什么关系？"方铁口都蒙了，他负什么责啊？

卢光耀更是大怒："怎么没关系？怎么就没关系了？人家孩子的超

忆症连自己亲爷爷都没告诉，却跟你说了，这是把你当作最亲近的人啊。可你呢？把人家当什么了？你要知道，这事情多一个人知道，就多一百倍的风险，人家孩子如此信任你，你竟然把这份信任喂了狗了。"

罗四两听得傻眼了。他的超忆症当初被看出来了，只能直说了啊。他不愿意把超忆症告诉别人，只是因为不想回忆过去的事情，也根本没什么危险啊！

方铁口也被卢光耀这一番话给吼傻了："那他不是也告诉你了。"

卢光耀立刻反驳道："所以我把我这一身能耐都教他了，让他能有一技傍身啊。他是我的传人，我总不可能害他吧，那你呢？"

方铁口愣了好几秒才反应过来，瞪着卢光耀道："好哇，我当初就觉得有点不对劲了，原来你竟然憋了这么久，就在这儿等我是吧？"

卢光耀低眉，嘴里嘟囔道："谁让你非得听不可了。"

方铁口气得鼻子都歪了。

卢光耀摊摊手："那没办法了，能耐在你脑子里面，教不教都是你说了算。你不教我们也没办法，只能当这孩子一片真心喂了狗呗。"

卢光耀长叹一声，跟罗四两说："孩子啊，江湖险恶，以后切不可随便相信人哪，吃亏了也别哭，都是你自己造的孽。以后你的超忆症被人知道了，被别人害了，也别怨，都是你年轻不懂事，信错了人啊。"

罗四两看着卢光耀，不由得叹道：高人哪！

方铁口嘴角抽搐不止，实在受不了了，就拍着桌子没好气地骂道："行了，闭嘴吧你，我……我迟早被你气死！罗四两，跟我过来！"

"啊？"罗四两愣了一下。

卢光耀一脚踹在罗四两屁股上："愣着干吗？还不快跟过去。"

此刻他脸上哪儿有什么心酸惆怅的表情啊，分明堆满了黄鼠狼偷到鸡吃的那种狡猾兴奋之色。

谁也不知道方铁口在房间里面跟罗四两说了什么，反正这爷儿俩把门一关，从早上一直说到下午才出来，连中午饭都没吃。

出来的时候，罗四两两眼放光，兴奋得要飞起来了。

这大半天时间，他可是往肚子里面填了不少货，学够了之后，他收拾东西立刻就往家走了。

卢光耀还在对着他的背影喊："别忘记练功啊。"

罗四两一溜烟儿的工夫就不见人影了，方铁口这才从房间里面出来，神色有些疲惫，但更多的是兴奋。

卢光耀瞧他出来了，忙过去问道："哎哎，孩子学得怎么样啊？"

闻言，方铁口的脸立马就黑下来了，没好气道："关你屁事！"

卢光耀却一点儿也不知羞，还死皮赖脸凑上去："不是，你教他的是《玄关》还是金点十三簧啊？"

方铁口理都没理他，转身就往厨房走。

卢光耀还在后面跟着，喋喋不休地问道："说说嘛，说说嘛！"

方铁口被烦得不行了，猛地停下脚步，转过身，对卢光耀喝道："方氏《玄关》只传方家族人。"说完，转身进了厨房。

卢光耀愣在当场，半晌才摸了摸鼻子，神色尴尬地嘟囔道："几百年前就被赶出家族了，传哪个方家族人去啊？一把年纪也没个后人，《玄关》怕是真要失传。"

罗四两是一路跑着回家的。这段时间他在卢光耀手底下可没少锻炼身体，所以现在身体素质很好，就是天热得让人受不了。

罗四两到家的时候，一身的臭汗。家里的空调已经开起来了，进门之后，冷风吹得罗四两打了个激灵。

今日，周德善果然又来了，与他同来的还有他带来的编剧，那编剧正在跟罗四两的爷爷做访谈呢。

周德善看着刚回到家的罗四两，露出一个温和的笑容："四两，回来了啊。"

罗四两心脏扑通扑通跳得厉害，他扭头看了一眼，爷爷与那人正相谈甚欢。他重重吐出了一口气，强行稳了稳心神。

今天还是他第一次运用金点行的学问，方铁口教他的第一句话就是：不管眼前站着的人是谁，如果你连直视他的勇气都没有，之后的事情也就不必再谈了。

罗四两缓缓抬头，直视着周德善的眼睛。周德善被他这灼灼的眼神盯得有些不自然，问道："有事吗？"

方铁口说：攀谈之时，语言宜缓不宜快，宜稳不宜飘。语言的力量从来不在于快，而在于稳，要把自己说的每一个字都打进对方心里，这才是力量。要用眼把簧，用耳听飞簧，用心抓现簧。

是的，方铁口今天教给罗四两的并不是方氏的《玄关》，而是金点十三簧。金点十三簧总共十三道簧口，数量不多，却包罗万象，是跑江湖时金点行人的必备法门。

只有大半天时间，方铁口也教不了罗四两太多，就连这三道簧口，他也只教了这孩子一些皮毛。这也就是罗四两了，换作别人，连这点皮毛都掌握不了呢。

罗四两看着周德善，脸上还露出了微微笑意，缓缓道："没什么事，就想跟周总聊上两句。"

周德善笑着点点头："行，来吧。"

罗四两在周德善对面坐下，状似随口地问道："不知道周总的影视公司全名叫什么？"

周德善道："百年伟达影视有限公司，在北京注册的。"

罗四两又问："那周总的公司曾经拍摄过什么影视作品呢？"

周德善看了罗四两一眼，笑道："现在热播的《我爱我家》知道吧？"

罗四两讶异道："你们公司拍的？"

周德善道："出版和发行是我们做的。哎，你知道什么是发行吗？"

罗四两摇头："不想知道。"

周德善被噎了一下，尴尬一笑。

罗四两又问:"除此之外,还有呢?"

周德善道:"去年上映了一部纪录片,《80年代的日子》是我们公司拍的,是一部比较冷门的纪录片,你可能没看过。"

罗四两道:"是啊,我们这边都没上映。"

周德善道:"纪录片嘛,看的人不多,只在大城市里上映了。"

罗四两盯着周德善的眼睛,说道:"我二姨夫在省里的出版局工作,我回头问问他去。"

周德善眼中终于闪过一丝慌乱。

事实上,罗四两既没有什么二姨夫,也完全不认识什么在出版局工作的人。

金点行的学问都是从实践中来的,单靠口耳相传,可学不会。所以方铁口除了教他一些知识之外,另外给他出的策略就是一个字——"诈",要把这老小子的实簧给诈出来。

周德善眼中闪过一丝慌乱,立刻就被罗四两捕捉到了。他打蛇随棍上,立马道:"吃搁念的吧?"

周德善一愣。

罗四两一声冷哼:"是风?是麻?是雁?是雀?都是老合,千字行的买卖何必做到我们立子行上?是欺负我戗儿的戗年老招子不亮吗?"

周德善皱眉不言,神色有些惊疑。

罗四两看着周德善的反应,心中更是大定,冷声道:"我们都醒了攒儿了,你们也就扯了吧,不然招了老柴过来,你们就扯不了了。做人留一线,日后好相见。他日再会,找个牙淋窑儿,啃个牙淋,再碰碰盘,对对簧,可好?"

周德善皱眉想了一会儿,抿了抿嘴,不明所以道:"你说的是什么啊,我听不懂。"

罗四两怒道:"我看你是不见棺材不掉泪。"

说罢,罗四两直接去了客厅,也没管那编剧,找到爷爷直接说:"他是不是跟你说资金没到位,现在拍不了?"

罗文昌一愣："没有啊，资金已经到位了，拍摄组过两天就要来了。"

罗四两猛地转头看向周德善，只见他脸上依旧是那个温和的笑容。

上门砸窑

看着周德善那貌似温和的笑容，罗四两心中惊怒不已：怎么跟他想得不一样啊？

罗四两还算稳得住气，没有当场发作，但此时这种状况，他也无力回天了。他本来想把周德善的实话诈出来的，结果人家还没怎么样，他就先露怯了。

功亏一篑啊。

罗四两用江湖春点跟周德善说的那些话，其实就是在诈他。

罗四两问他是不是吃搁念的，搁念和老合的意思差不多，其实就是问他是不是吃江湖这碗饭的。

至于风、麻、雁、雀，则是骗子们的四大流派，也有称为蜂马燕雀的。罗四两这是在盘他的底。

千字行也就是骗家门，也叫千门。传闻千门主脉有千门八将，各司其职，做起买卖来无往不利。

他又问"是不是欺负他戗儿的戗年老招子不亮"，戗儿就是爷爷的意思，他在问是不是欺负他爷爷年老眼睛不灵光了。

最后那句话，罗四两的意思是说自己已经醒悟过来了，让周德善赶紧走，不然等警察来了，他们就走不了了。做人留一线，日后好相见。以后见到了可以到茶馆里面喝个茶水，聊点别的。

这一番话，罗四两说得足够客气了。而且对方听到罗四两的江湖春点时，脸上确实有惊疑不定的神色。

罗四两断定这人是骗子，又想起昨天对方说到资金问题时的表情，断定这人肯定是以资金短缺为由来骗爷爷的钱。

可……怎么不是啊？

罗四两也坐不住了，赶紧跑去请教高人了。

"唉……"方铁口叹了一口气，苦笑道，"你呀你呀，都把人家的实簧诈出来了，怎么就沉不住气啊？"

"啊？"罗四两有点蒙，"我……我把他实簧诈出来了？"

方铁口道："对啊，你说要查人家底的时候，人家不就惊疑不定了吗？你调侃儿的时候，人家不也有反应吗？你离成功就差一步，人家比你沉得住气啊。"

"啊？"罗四两还是没弄懂。

方铁口跟他解释："人家最后说了一句他没听懂，就是在盘你最后一道底，这时候你要是稳住了，该跑的就是他了。可惜你没稳住……"

罗四两的脸色瞬间变得难看了。

方铁口说道："你主要是吃了年纪小的亏，你要是年长一点，人家恐怕也不会最后再盘你一道了。"

"哎呀！"罗四两用力捶了自己大腿一下。

方铁口宽慰道："算了，你才第一天接触这些东西，在那些老骗子面前还能把他们的实簧诈出来，就算不错了。"

罗四两无奈道："可我还是没能阻止他们啊。方先生，接下来该怎么办？"

方铁口还没说话，一旁的卢光耀插嘴道："傻孩子，人家都把名字和单位告诉你了，你查去啊。"

罗四两问道："我……那我怎么查啊？"

卢光耀道："你小姨夫不是去市局了吗？找你小姨夫啊，找他想办法。哦，对了，你家在北京有关系吗？"

罗四两回道："有，我爷爷有俩徒弟，其中一个就在北京。"

卢光耀道："警察和北京那边都找一下，让他们查查这个电影公司和周德善这个人。"

方铁口补充了一句："要把周德善的照片弄来。"

"好，我马上去。"罗四两应了一声，拔腿就要往外跑。

"回来。"卢光耀喊住了他。

罗四两愕然转身，便听卢光耀嘱咐道："别回家打，用门口那家杂货店的电话，省得打草惊蛇。"

"知道了。"罗四两匆匆走了。

卢光耀看着罗四两的背影，皱眉道："这应该就是一伙骗子。"

方铁口微微颔首："假冒身份，如群蜂蜇人，应该是风门的。"

卢光耀皱着眉头沉思："风门一般只做当官的生意啊，怎么跑到彩门来了？"

方铁口看他一眼，笑道："你们彩门不是归国家了嘛，你忘了罗文昌那厅级干部的身份了？"

"嗬……还真是……"卢光耀无奈地笑了出来。

方铁口扭头看卢光耀，问道："你不是最恨立子行的人吗，怎么这回开始帮他们了。"

卢光耀微微摇头："我恨的只是那些道貌岸然的家伙罢了，罗文昌虽说脑子耿直了一点，但他是一个真正意义上的君子，他做的那些事情，也不由得别人不敬佩。"

方铁口微微颔首："但人善被人欺啊，他是真君子不假，是君子就会被欺之以方，罗文昌这性格容易吃亏啊。"

卢光耀笑道："所以你要多帮衬着四两。"

"呵……"方铁口摇摇头，没有多说什么。

罗四两打完电话就回来了，他小姨夫还有他爷爷的徒弟那边都答应帮忙查了。

罗四两这小子也聪明，他说是爷爷让查的，说他爷爷把不准那帮人的来路。反正也不是什么大事，那两边人都答应得很痛快，尤其是他爷爷的徒弟，说是明天就亲自去那影视公司问问。

回来之后，卢光耀让罗四两继续练功，罗四两却有些心不在焉的。

"啪！"卢光耀一棍子就打在了罗四两身上。

"哎哟。"罗四两吃痛大叫一声。

卢光耀皱眉骂道："干吗呢你？心不在焉的，你看你这弄的都是什么东西？"

罗四两挠挠头，有些烦躁："我有些担心我爷爷，万一他们……"

卢光耀道："放心吧，这伙人是骗子，不是强盗，他们还指着从你爷爷那边骗钱呢，钱到手之前，他们是不会动手的，你要沉得住气。"

罗四两皱着眉头。卢光耀看着罗四两的眼睛，认真说道："罗四两，我告诉你，你现在要面对的是一帮骗子，以后你还会面对更多事情，如果你连气都沉不住，你这辈子是不会有什么出息的。"

"我……"罗四两缓缓低下了头。

卢光耀大喝一声："沉下心来，你就是沉不住气，才没把那帮骗子诈走，你还不醒悟吗？"

罗四两重重吐了一口气，说道："我知道了，我会认真学的，我会沉住气的。"

卢光耀道："好，我现在教你点别的东西。"

"什么？"罗四两问道。

卢光耀拿出了一根绳子，说道："神仙绳术。"

"哦？"罗四两微微一讶。

卢光耀面带笑容和回忆："这神仙绳术是我师父传给我的。师父他学究天人，在霸王卸甲、张公解带、解仙索术等传统戏法的基础上总结并研究出了这套神仙绳术。神仙绳术一共五百多套变化，当年在彩门的手彩榜上排在第五名，至今无人能破。"

周德善还在罗家，正在和罗文昌聊着天。

罗文昌今天也忙一天了，白天跟编剧聊剧本，罗文昌把这些年经历的事情都回忆了一遍，现在内心也不禁有些感慨。

编剧在获知戏法罗家族的传奇经历之后，灵思泉涌，跟罗文昌打了个招呼之后，就兴冲冲跑回宾馆写剧本去了。

周德善则留了下来，说一会儿请罗文昌爷儿俩出去吃个饭，罗文昌也欣然应允了。

正在这时，却有客人来了。

"省杂技团的？"罗文昌看着门口俩人，有些讶异。

来的这俩人是一对父子。父亲名叫黄贵前，四十来岁，长相普通，身材不高；儿子叫黄建军，约莫十四五岁的样子，跟罗四两差不多大。

这俩人正是省杂技团魔术队的，团里都称他们大黄小黄。

罗家是戏法界赫赫有名的家族，平时上门来拜访的人还是有的，这两年是少一些了，来的大多是一些老朋友。今儿倒是来了俩新面孔，还是省里魔术队的。

罗文昌也没想那么多，就是觉得他们来得太不是时候了。人家上门拜访都是上午，这爷儿俩倒好，傍晚才来，准备蹭晚饭啊？他正准备等罗四两回家，一起跟周德善吃饭去呢，哪有空陪这爷儿俩闲聊啊。

于是，罗文昌推辞道："今天真是不凑巧了，我们正要出门办事，要不这样，你们改天再来？"

见人家连门都不让进，大黄同志的脸色不好看了，小黄也面带怒色。大黄道："罗老师，我们远道而来拜访您，您总归让我们进去一下，哪怕就几分钟呢。"

罗文昌眉头皱了皱。这俩人两手空空，态度也古怪，真不像上门拜访的，难道真是来蹭饭的？以罗文昌的身份，自然也不至于跟两个晚辈计较，只能就让俩人进来了。

看着坐在客厅沙发上的俩人，罗文昌心中叹息。这大黄心思狡猾，为人却有些不知进退；至于他儿子小黄，纯粹就是个眼高于顶的小屁孩，除了进门时打了个招呼之外，就没说一句话，也没露一个笑脸。

罗文昌皱着眉，扭头看了一眼周德善，周德善笑笑，示意无妨。

罗文昌长出了一口气："行吧，我们一会儿确实还有事，你们有什么事情就说吧。"

大黄呵呵笑道："也没有什么大事情，都是魔术圈的人，我也是听着罗家传奇故事长大的。罗老师您回江县也好些年了，我们一直没来拜访，倒是失礼了。"

罗文昌干笑两声，也没说什么。

"哈哈……"大黄也干笑了两声，场面顿时有些尴尬。

原本刚出发的时候，大黄心里还是底气十足的，可真正当面对这位传奇老人的时候，他竟有些发虚。

小黄却有些忍不住了，皱着眉头叫了一声："爸。"

大黄看看自己儿子，咬咬牙，下定决心道："罗老师，咱们都是同行，我虽是后生晚辈，但久闻罗家戏法的大名，一直没有机会一见。今天上门来访，也是存着学习的心思。"

闻言，罗文昌的眉头皱得更深了。

大黄接着道："这是我儿子黄建军，也是我们省魔术团的小演员，应该跟令孙的年纪差不多。不然让我儿子跟您孙子交流一下，学习一下，您看可好？"

听到这话之后，罗文昌的脸色终于彻底阴沉下来了。这哪里是上门拜访的？这是上门挑战，来砸窑了。

自古都是文无第一，武无第二，文学艺术评不出个第一第二来，可武艺却是能分出个上下高低。戏法魔术就属于武买卖，就像黄镇的彩门斗艺，已经进行上百年了。

新中国成立以后，彩门归了国家了，可是比试斗艺还是一直存在的。各个杂技团经常有交流活动，说得好听一点是交流，说得实际一点就是比试。不过这种比试都比较文明，跟江湖斗艺是两回事。

大家约好交流比试，是一回事；直接打上门来挑战，那就是另外一回事了。

罗文昌的态度瞬间就冷淡下来了："我孙子罗四两从来没有学过戏

法，也不曾入门，你还要交流吗？"

开弓没有回头箭，大黄也知道回不了头了，便道："罗老师说玩笑话了，吴州戏法罗四代单传，人丁虽然不兴旺，但个个都是传奇。罗家可是国内戏法界最赫赫有名的家族啊，在国际上都有不小的名声。罗家人不会戏法，说出去也得有人信哪！"

罗文昌脸色阴沉至极。他现在明白了，这俩人是明知罗四两不曾学艺，故意过来挑战，想踩着戏法罗的名号上位。

见罗文昌不答话，小黄嗤笑道："怎么了，是不是不敢接受我的挑战啊？"

"哎，不许胡说。"大黄连忙喝止自己儿子。小黄虽然闭了嘴，那副样子却还是趾高气扬的。

"好啊，好啊。"罗文昌怒喝道，"老虎不归山，猴子称大王，你们好大的胆子啊。"

戏法罗声名尚在，罗文昌这一发怒，大黄心中也有些忐忑。

此时，周德善说话了："罗四两不曾学艺，这是真的？你们跟一个不曾学过艺的孩子比试，不觉得过分吗？"

大黄却道："吴州戏法罗，传承百年了，作为唯一传人的罗四两，怎么可能不会戏法呢？难道戏法罗的传承要断绝了？"

听到这话，罗文昌的嘴角狠狠抽搐了几下。周德善瞧瞧罗文昌，嘴角抿出一丝笑意。

登堂入室

戏法罗的名号，已经传了三代，从罗四两的太爷爷开始，罗家血脉也单传了四代。

如今，罗家只剩罗四两这一根独苗了，可罗四两却始终不肯学习戏法，戏法罗的名号眼看就要到此为止了。

虽然罗文昌收过两个徒弟，可徒弟毕竟是徒弟，也不姓罗，怎么能传承戏法罗的名号？

家族名号的断绝一直是罗文昌的心头之痛，他不愿意逼迫罗四两，就只能自己默默承受了。

可今天省里魔术团的两个小辈居然打上门来，瞄准了罗四两不学戏法来做文章，无疑是往他的伤口上又撒了一把盐。

周德善脸上温和的笑容也保持不住了："你们想干什么？人家罗四两本就没有入门，跟一个没入门的人比，算什么本事，要脸不要了？"

大黄道："话也不能这么说，小罗爷毕竟是罗家的人，我儿子能跟小罗爷学习，那是他的荣幸。"

小黄也来劲儿了："没错，你就让他出来比一比吧，要是不敢，认输也行。"

罗文昌面色阴沉地盯着这对父子，冷声道："想比是吧，老头子陪你们玩玩。"

事情都已经到这个地步了，黄家父子也回不了头，大黄索性豁出去了："别，老罗爷，我可不敢跟您比，我甘拜下风。再说您是长辈，欺负我们晚辈，说出去也不好听。"

罗文昌喝道："那就把你师父叫来，你是哪一支哪一脉的？我定然上门拜访，好好讨教。"

大黄脸色一变，扭头看了一眼周德善，周德善微微皱眉。

"呵呵……"大黄松了松绷紧的脸庞，干笑两声，"我们学魔术的，倒没有你们戏法行的传承紧密。今天是让小辈来交流的，都是孩子，又是差不多的岁数，我们也是抱着学习的态度来的。再说我的老师都退休了，不合适不合适。"

大黄当然知道自己比不过罗文昌，所以咬死了也要让他儿子跟罗四两比试，丝毫不牵扯上一辈的恩怨。

罗文昌面色难看至极。他自己自然是没问题，可关键是戏法罗后继无人啊！

罗文昌很气愤，但更多的是心凉。

人家都打上门来了，他们罗家竟然找不出来一个出色的晚辈来应对。当初那么传奇的戏法罗家族真的后继无人了吗？真的要彻底落幕了吗？真的随便什么阿猫阿狗都能欺负上门了吗？

周德善看着罗文昌的表情，反倒是大松了一口气，又扭头看了大黄一眼。大黄会意，犹豫了一下，对罗文昌道："罗老，如果不比的话，我可带着儿子回去了。"

罗文昌面色一僵。

人家话说得是委婉，可要是真让他们这么走了，那戏法罗败在无名小卒手上的消息，可就要传遍整个戏法界了。

可……可他又能如何？都怪戏法罗后继无人啊。

"你……你……"罗文昌气得发抖。

罗文昌一生刚强，从不示弱于人，戏法罗家族更是辉煌百年，从来没有败过一次。可今天，他们这一老一少，居然被人欺到如此程度。

罗文昌顿时便感觉血压上升，眼前一阵阵发黑。

周德善眼瞧火候够了，赶紧示意了大黄一下。大黄瞧了瞧罗文昌，说道："那……老罗爷，我们就先走了。"

罗文昌没有说话。

周德善却骂道："还不快滚。"

"哎，走吧走吧。"大黄推了自己儿子两下。

小黄则是一脸不屑，看了看罗文昌，嗤笑道："什么戏法罗？还百年世家，垃圾！"

大黄推了自己儿子一把，狠狠瞪了他一眼，小黄还一脸不服。两人正准备离开，忽然，一声怒喊在门口响起——

"站住！"

众人都朝门口望去，只看见罗四两站在门口，脸色阴沉，一双眼睛充斥着怒火。

大黄下意识地回头，看向周德善："他是……"

周德善心中一惊，赶紧瞪了大黄一眼，同时招呼道："四两，回来了啊？"

大黄和小黄这才知道，他们闹了半天，正主终于回来了。

罗四两在这个时候忽然回来，罗文昌的脸色却更难看了。人家就是想踩着他的头上位，他却在这个时候赶上来，这不是自取其辱吗？

"出去！"罗文昌怒喝一声。

"等会儿！"小黄则是兴奋地跳了起来。

他从小就跟着父亲学戏法，是省杂技团新生代里最有天分的一个，所以早就对戏法罗的名号颇有不服。

他今天也是冲着罗四两来的，看罗四两不在家，原本还挺遗憾，现在好了，老天爷都在帮他。只要用戏法打败眼前这小子，从今天开始，他就是打败过戏法罗的人啊。

一想到戏法罗百年不败的传说就要终结在他的手里，小黄兴奋得都快晕过去了。

大黄反倒有些不安。他早就知道罗四两从来没有学过艺，倒不担心儿子赢不过罗四两。他是怕今天这下子把罗文昌欺负得太狠了，传出去会不好听。

"戏法罗家就剩一个老头儿和一个小毛孩，这么多年也没什么动静，应该……没事吧？"大黄心中暗自揣摩着，依旧有些惴惴不安。

小黄却叫起来了："你就是罗四两吧，哈哈，回来得好啊！自我介绍一下，我叫黄建军，今年十四岁，是省杂技团魔术队的演员。今天，我要挑战你，我要挑战你们戏法罗家族。"

这话一出，罗文昌脸色瞬间变得奇差无比。他心中怒火冲天，恨不得把眼前两父子给生吞活剥了。

大黄的呼吸都放轻了，心中虽然忐忑，但更多的是兴奋。

周德善也一直在盯着罗文昌看，神色间有丝踌躇。按他的安排，局面是不会变得这么僵的。

小黄兴冲冲地拉着罗四两比试，大黄是担心有些逼迫过甚了，周德善则是感觉有些过火了，怕弄巧成拙。

罗文昌则是又怒又悲又惊。

他怒，堂堂戏法罗居然被路边的阿猫阿狗欺到如此程度；他悲，堂堂戏法罗家族居然后继无人，没有晚辈给家族撑起门面；他惊，罗四两竟在此时回来，这下子罗家的脸面真是要丢尽了。

罗四两的心中却燃起了滔天怒火。

他曾经非常厌恶百年戏法罗的光环，甚至恨不得戏法罗的名号彻底湮灭，哪怕是现在，他依然不能理解戏法罗家族世代传承的荣耀和使命，不能理解他父亲和爷爷做出的选择。

可是今天，当他亲眼看有人欺负到罗家头上来了，他还是怒不可遏，两只眼睛都布满了血丝，胸腔也被怒火填满了。

"你们好大的胆子！"罗四两怒声吼道。

小黄满脸轻蔑："废话少说，你要是真有能耐，咱俩明刀明枪比比就是了。"他知道罗四两没有学艺，而且就算学过，他也半点不怵。

罗四两怒喝一声，两步冲向前去，一掌就拍在了小黄身上。

罗文昌面色骤变，惊呼："四两，不要打人。"

罗四两却根本没有理会爷爷的劝阻，直接一掌把小黄推了个趔趄，而后右手一晃，手上顿时多了一件白色的短袖汗衫。

"啊。"

小黄一声惊叫，仅仅一眨眼的时间，他的衣服就被扒掉了。

罗文昌一惊，眼睛都瞪大了，一旁的周德善和大黄也都傻眼了。

罗四两怒气未消，抓着小黄的汗衫，再度向前一跃，一把按在大黄胸前，掌力一吐，大喝："一转，天地而动。"

罗四两右手上顿时多了一件大黄的衣服。

罗四两毫不停歇，右掌抓着衣服立刻拍到了大黄的前胸，再喝："二转，鬼神也惊。"

罗四两瞬间收手，手上并没有多什么东西，可大黄的皮带却突兀地松了开来，西裤哗地落地。

"啊！"大黄惊呼一声，慌忙把西裤抓了起来。

罗文昌不可思议地惊呼："阴阳三转手，怎么可能？"

一旁的周德善更是震惊，嘴巴张得都能塞进去一个鸡蛋了。

罗四两气势丝毫不弱，一掌又拍在大黄腿毛浓密的大腿上，气势如虹地喝道："三转，老道谪临！"

罗四两右手一翻，手上多了一包香烟和一只打火机，这是大黄裤子口袋里面的东西。

罗四两终于收手，站到了一旁，把手上的两件衣服随手丢在一旁。

此刻，大黄小黄俩人的衣服已经没有了，身上光溜溜的，大黄还狼狈地提着自己的裤子，生怕它再掉下去。

俩人惊惧地看着罗四两，就跟见了鬼似的。

罗四两大口喘着气，死死盯着面前俩人，怒吼道："还比吗？"

俩人被罗四两的气势所震慑，都下意识往后退了一步。

罗文昌也不曾想到自己孙子有如此能力，可罗四两带给他的不是惊喜，而是惊吓。

他怎么会有这样的能力？他怎么可以有这样的能力？罗文昌感觉自己头皮都发麻了。

周德善也震惊了，气急败坏地对着罗文昌喊道："你不是说他没学过戏法吗？"

"我……"罗文昌一噎，他也不知道怎么回事啊。

另一头，罗四两吼完之后，心里的火气也消了大半。他低头看了一下手上的烟，嗤笑道："嗬，中华，好烟啊。"

罗四两把烟夹在左手间，大拇指和食指夹着烟盒，中指凑过来，在香烟打开的口子上一摸，盒子里面的香烟顿时有一个冒了头。

罗四两左手中指屈指一挑，香烟飞起，正好弹到罗四两嘴里，也正好是烟屁股中端落在唇上，再进去一分嫌多，往外一分嫌少。

在场几人皆是一惊。

大黄小黄和罗文昌都是行内人，很清楚这一手的难度，也很清楚做到这一手意味着什么。

周德善没有他们那么深切的感受，但他看得出来，这一手的难度极高，而且视觉效果极好。

罗四两叼着烟，右手的打火机点燃香烟，轻轻吸了一口，然后往外一吐。

"啵"的一声，香烟飞出，朝着他的左手落去。

罗四两伸出小指往上一弹，香烟飞起，而后掉落在无名指上，无名指再一弹，香烟又飞去了小拇指。这一根点燃的香烟就在罗四两的小指和无名指上绕着圈地飞舞。

罗四两毫不停歇，左手中指在烟盒口子上再一摸，又弹出来一根香烟，直接冲着嘴巴飞去，又是香烟屁股中端落在唇上。

再度点烟，一吸，一吐。

小拇指和无名指接住，并弹动。

中指再摸烟，弹到嘴唇，点燃，吐下。

小指和中指控制弹飞，中指再摸烟。

……

不消片刻，那大半盒中华烟全被罗四两给点了，十几根香烟都在他小指和无名指上弹动着，在空中绕成一个圆弧，每两根烟之间的距离都大致相等。

烟头猩红地亮着，足足一圈，就如同一个燃烧着的火弧。

"嘶……"在场几人都倒吸着凉气。

这么多复杂精妙的动作竟然同时出现在一只手上，而且一整套动作如行云流水，毫无停顿，让人提心吊胆，又令人惊心动魄。

这得有多么可怕的控制力啊！

大黄小黄也傻了。他们二人在团里并不算差，小黄也天分过人，可是比起罗四两露的这两手，他们俩哪儿够看啊？

他们甚至觉得，团里的那位魔术大师都比不过眼前这个孩子。

这个孩子太可怕了，不愧是罗家的人啊！

大黄的脸色很难看，此刻，他脑子里面又回荡起了戏法界那句流传已久的话——

百年戏法罗，代代是传奇。

卧单回托

中国戏法有十大基础手彩，其中一个就是用手指来控制香烟。

这几个月来，卢光耀对罗四两的训练全都集中在这些基础手法的锻炼上，直到最近才教了他两套活儿。

这香烟，罗四两可是好好练过一段时间的。卢光耀要求他是用一根手指挑烟，在脑袋不动的情况下，把烟头挑到自己嘴里，还要正好烟屁股到嘴唇。

这是种方法，是为了锻炼手指最细微的控制力。

等稍微熟练以后，卢光耀还让罗四两把香烟挑到他和方铁口嘴里，这难度无疑又大了许多倍。

尤其是方铁口，每次都张着嘴晃脑袋，害得罗四两总是挨揍。

卢光耀教起徒弟来是很严厉的，只要罗四两没有学到位，教鞭就朝他身上招呼。所以，罗四两也是从血里雨里学出来的，眼前这样场面早就见怪不怪了。

可房间内几人全都震惊了。这样精妙的手法，居然出现在一个年仅十三岁的孩子手上？

大黄和小黄这父子俩已经被罗四两剥成光皮猪了，俩人是又惊又惧，都被眼前这变化给惊住了。

罗四两用左手的两根手指弹动着十余根香烟，眼睛没有落在左手上，而是盯着眼前这两父子。

俩人都被罗四两的眼神盯得甚不自然，神色也有些畏缩。大黄两只手还提着裤子，生怕裤子再掉下去让他出大丑。

罗四两目光锐利，盯着俩人，冷声吐字："是。"

一字一出，罗四两左手无名指一弹，一根燃着的香烟直接撞在了大黄那赤裸的上身，烫得他一声惊叫。

罗四两面带寒霜，眼神不变，又是冷声吐字："谁。"

左手无名指又是一弹，一根燃着的烟冲着小黄那赤裸的上身飞去。

"嗷！"小黄惊叫一声，赶紧打掉身上的烟头，吃痛地揉了起来。

罗四两不为所动，一字一顿，左手无名指更是连连弹动，那十余根燃着的猩红的香烟头直接冲着眼前这俩人飞去。

"是谁让……你们……来我家……放肆的？"

只听得一阵噼啪乱响，伴随黄家父子的惊呼惨叫，这十余根烟头一根没浪费，全都招呼在了他们身上。

周德善在一旁都看呆了，罗文昌则是深深皱起了眉头，神色凝重。

大黄悲愤至极。他活了四十来年，第一次受到如此奇耻大辱，被人扒光了还不算，还被人用烟头来烫。

他皮带不知道怎么被罗四两解开了，一直都没工夫系上，所以刚才的烟头他愣是一个都没挡掉，都结结实实烫在身上。他到现在都还感觉自己身上那几个部位火辣辣地疼，但更多的是羞耻。

"你……"大黄怒瞪着罗四两，气得发抖。

罗四两冷笑一声："不是说找我比试吗？要不你们两个一起来？"

"我……"大黄被噎了个够呛。

还比个屁啊，他们父子加起来也比不过眼前这一个孩子。

"我跟你拼了！"小黄也悲愤欲绝，这会儿他也不想再比试什么戏法了，他只想把罗四两狠狠揍一顿。

罗四两猛地转头，怒视着小黄，吼道："你试试看啊？"

小黄被罗四两的气势震慑到了，连脚步也下意识一顿，罗四两刚才的表现太惊艳了，这会儿他竟然不敢妄动一步。

"住手。"门口快速闯进来俩人，是两个中年男人。

"陶团？李秘书？"大黄有些发傻，他也没想到他们杂技团分管魔术和戏法的副团长和团长秘书居然跑到这儿来了。

陶团长几步就跑进来了，头上还出了一层细密的汗珠，呼吸也有些不稳，他第一时间先看黄家父子，看到他们被剥成光皮猪的模样，他明显愣了一下。一旁的李秘书也愣住了。

"陶……团……"大黄脸红得跟猴子屁股似的，一脸羞臊。

陶团长吐了一口气，又看向罗文昌，脸上挤出一个难看的笑容："罗……罗老……"

"哼！"罗文昌鼻头出了一声冷哼。

陶团脸色更是尴尬，讪笑不止。

罗文昌带着怒气喊了一声："陶老师……"

陶团忙摆手："哎哟，不敢不敢，折杀我了，折杀我了！您是前辈，可千万不能喊我老师啊。"

罗文昌冷声说道："不敢不喊啊，你们团里……人才真多啊。"

这话一出，陶团长的脸色也变得极为尴尬和难看了。他今天在团里突然听说黄家父子要来找罗家的麻烦，当时就急疯了，连续打了好几次大黄的传呼机，根本没有回复。

陶团也不敢怠慢，立刻带着人从省城直接奔江县来了，可他好像还是来晚了一步。

可……可现在又是一个什么样的情况？

陶团也不敢多问，但他知道黄家父子肯定是把罗文昌给得罪狠了，不然以罗文昌的正直性格，定然不会说出这样难听的话。

陶团转身怒视着大黄，手指头都快戳他脸上去了，人也气得发抖："你……你……唉，黄贵前……我迟早被你连累死……"

大黄露出一个比哭还难看的表情，求救地看向周德善，周德善也是眉头紧皱。

大领导都来了，小黄这会儿也噤若寒蝉，不敢言语了。

陶团重重吐了几口气，稍微平复了一下心情，这才给罗文昌鞠了一躬，诚恳道："对不起，罗老，这是我工作的失误。我也没脸说了，我先把这两个家伙带回去。明日，我一定登门赔罪。"

罗文昌冷哼一声，冷淡说道："赔罪就不必了，斗艺砸窑，凭本事说话，谁折了只能说明自己能耐不济。想踩着我们罗家上位，先破了我这一手再说。"

话音刚落，罗文昌蹲下捡起先前罗四两扔在地上的衣服，这衣服是大黄的上衣。只见他伸手一抖，衣服翻起滚浪，而后一打，衣服盖向了茶几，正好盖在了三个带水的茶杯之上。

这三杯茶是罗文昌、周德善和先前那位编剧喝过的，是老式的陶瓷杯，白色的，带把带盖，里面还有茶水和茶叶，还飘着热气呢。

罗文昌稀疏的虎眉一抖，双眼迸发精光，大喝一声："走！"

他抓着衣服一拉，在双手没有接触到茶杯的情况下，几秒之间，那三个带水的茶杯竟然不见了，仿佛遁入了另外一个空间。

众人只见那件衣服上空空如也，甚至没有沾上半点茶水，一时间被震得说不出话来。

陶团眼睛瞬间一亮，失声惊叹道："罗家绝学，卧单回托。"

戏法界的艺谚：宁变十回出，不变一次回。

回托比出托要难上许多倍，但是大多数表演落活儿的艺人都会在台上表演一次回托。

他们会把一个带水带鱼的玻璃盆，再变回到身上。一般是用手拿着，然后用卧单挡着，不让人看见，一扭一掀之间，就把水盆藏好了。

戏法人人会变，看的只是水平高低罢了。

水平高的艺人，讲究见肘不见手，回托的时候动作要清爽麻利，只消眨眼时间，就能把彩物重新藏好。

罗家纵横江湖靠的就是落活儿，他们有一个绝活儿叫卧单回托，单用卧单就能实现回托。

把卧单盖在彩物之上，双手不去接触彩物，只是用手一掀卧单就把彩物给变回来了。无论是带水的，还是带火的，无论是带尖的，还是带刃的，通通一掀就没。

眨眼之间，一掀一动。动作干净利落，手法玄妙无比，而且观赏性极高。

今天罗文昌就是把大黄的上衣当作卧单，把茶几上的三个带水的茶杯当作彩物，一掀之间就把茶杯给变没了。

这一手是真见功夫啊！

变落活儿的演员，身上的衣服是特殊制作的。演员的衣服上一共有八种机关，用行内术语来说叫"粘、摆、合、过、月、别、捧、开"。

虽说有机关，但也不容易，毕竟好几十样带水带火的瓷盆卡在身上，难度能小吗？

尤其是传统落活儿会变一个三戟瓶或者大瓷瓶，那玩意儿一米多高呢，谁知道怎么藏的！而且就算人家把大褂脱下来，让你检查，你也检查不出什么机关。

戏法罗，岂是凡人哪！

罗文昌这一手，把对面几人全都震慑住了，黄家父子的脸色更是难看到了极点。

尽管不是第一次看到了，陶团长还是露出了惊奇无比的神色，这一手的观赏性和难度都太高了。

罗四两也看得心中激荡，这就是他们罗家的绝学，这就是他们罗家的传承。

周德善的脸色也无比晦暗。

"哼！"罗文昌一声冷哼，头一扬，手一抖，就把衣服直接扔还给了大黄，"滚吧。"

"快走快走。"陶团赶紧推了这对父子一下，他们这才回过神来，灰溜溜地往外走。

"站住！"罗四两的声音突然响了起来。

那边几人都面色难看地看过来，尤其是黄家父子，都快哭了。

罗四两摇了摇手上的衣服，笑道："嘿，衣服不要了？"

小黄脸色一红，就要过来拿，罗四两却直接一扔，小黄伸手抓住，脸红得快滴下血来。

陶团干笑两声，客客气气道："罗老师，那我就先把这两个不成器的家伙带回去，明日再来向您赔罪。"

罗文昌微微颔首，也不想多说话。

陶团又推了大黄一把，示意他们快走。

"站住。"罗四两又来了一句。

几人身形一僵，陶团的脸色也很尴尬，黄家父子这回是真哭了，你到底要干吗呀？

罗四两问道："打火机不要了？"

"额……"大黄一愣，也不知道是该去拿还是不该去拿。

罗四两却摇摇头，说道："放你口袋了，走吧。"

大黄闻言一摸口袋，脸色又是一变。他再也不敢待了，人家要他跟玩儿似的，他哪还有脸再待啊？四人赶紧出了罗家。

大黄连衣服都没敢穿，转过头惨兮兮叫道："陶团……"

"团什么啊团！"陶团怒声咆哮，口水都喷到大黄脸上去了。

他是真气啊，他就没见过这么蠢的人。再说你自己丢人也就罢了，干吗把他也给牵扯上？

他自己好歹也是一团之长啊，这孙子惹出来的麻烦，害得他还得给人家赔礼道歉。

陶团气得肝都疼了，扬手就想给大黄一个耳刮子。可幸好没有失去理智，这一巴掌还是没有打下去，不然影响就太恶劣了。

他抓了抓手，还是放了下来，黄家父子的脸色这才缓和下来。

李秘书在一旁打着圆场："呵呵……那个要不我们先回团里，然后再慢慢研究他们的事儿。"

陶团直接骂道："研究个屁啊，得罪了罗老，你们还想在行内混？"

大黄干笑道："不……不至于吧，这个……这个行内比试不是很常见的吗？我们团里魔术队也跟别的团里比试过啊。"

陶团气不打一处来，对着大黄狂吼道："你那是比试吗？你这是上门砸场子，你是结仇来了！而且你砸场子就砸吧，不管你水平高低，以罗老的肚量，也不至于跟你这样的小辈计较。

"可你们呢？龌龊至极啊！人家小罗是没有学过戏法的，行内不少人都知道。好家伙，你们就挑不会的人比是吗？你们这哪里是比试啊，你们是用龌龊手段踩着罗家上位。

"你们好大的胆子啊！你们这是要完成百年未曾有人完成过的壮举啊！但是你们以为罗家是路边的野草啊，随你踩啊？那是行内一等一的世家，你们……你们……蠢成这样，等死吧！"

黄家父子这会儿彻底慌了，这慌乱比之前的羞辱更甚。他们确实有踩着戏法罗上位的想法，被人一撩就直接跑来了，哪想到这事儿有可能把他们的前途给毁了啊。

大黄惊慌叫道："不是不是不是，陶团，不能这样，不是这样，他罗四两会戏法，他学过……我没有……"

陶团看着大黄，目光里充满了失望之情："你真当别人是傻子？"

第七章
巧计破骗局

罗氏传奇

黄家父子就属于典型的自作聪明，被人利用到这种程度还不自知。陶团长叹一声，他迟早会被这两个王八蛋给气死。

"陶团……"大黄小心地叫了一声，紧张不已，惊惧不已。

陶团说道："罗老是什么人，你不清楚吗？1950年中华杂技团成立，全国所有的杂技高手都在那个团里，那就是天下第一团。

"那时候的罗老年仅三十余岁，就在那么多从旧社会过来的各门各派的高手里面脱颖而出，成为中华杂技团镇场子的演员，还直接当上了副团长，这是普通人吗？

"五十年代中期，国家放开了对私人杂技团的限制，不少高手前辈纷纷组建了自己的魔术团，罗老却一直待在中华杂技团为国效力。抗美援朝，是罗老第一个报名去战场上顶着炮火慰问演出的。

"五十年代，中华人民共和国积极拓展外交，罗老跟着周总理和外交团跑遍了各国。他是对国家做出过巨大贡献的，是你这种人可以随便欺辱的吗？"

陶团一声怒喝之后，黄家父子的身子都忍不住地抖了起来。

五十年代，那是一个风云激荡的年代。

新中国刚刚成立，国内百废待兴，国际关系甚是紧张。那时候的中国亟须得到国际认可，亟须获得应有的国际地位，也亟须与各国建立外交关系。于是，周总理带着外交使团，凭借着强大的人格魅力和高超的政治手段，帮助我们国家迅速拓展了外交关系。

国与国之间建立外交关系，自然是政治做主导，但文化艺术交流也是必不可少的。国内的传统艺术很多，但最适合交流的就是戏法了。这玩意儿国内外都有，中国叫戏法，国外叫魔术。大家都有的东西，但又有些区别，这交流起来就很有话聊了。

那个年代，罗文昌跟着外交使团跑了不少国家，戏法罗的名号也是在那个时候在国外打响的。

那时国内百废待兴，但在国际上可不能让人瞧不起，所以罗文昌是背着政治任务去演出的。他也确实不负众望，每一次演出都让其他各国的杂技团大开眼界，惊叹不已。

最凶险的一次，还是1954年的日内瓦会议。那是中华人民共和国第一次以五大国之一的身份参加会议，会议上，周总理据理力争，还第一次提出了求同存异的方针，终于促成了大会的顺利开展。

会议后，英美等国提议来一场艺术交流演出，几个西方国家从国内调集了不少魔术高手和杂技高手过来，想压中国和苏联一头。

罗文昌临危受命，从国内赶赴日内瓦。当时在舞台上，各国魔术高手都在，但都是英美国家的人，只有罗文昌一人穿着中式大褂。

罗家纵横江湖，靠的是落活儿。

传统落活儿在身上卡二十样东西就已经很不错了，那天，罗文昌发了狠，足足卡了接近四十样东西，而且都是带水带火的，还有两个一米多高的大瓷瓶。

舞台前摆满了他变出来的东西，大家都惊呆了，谁也不知道他是怎么藏的，也不知道他是怎么变的。

变完之后，罗文昌又使出了罗家绝学，卧单回托，红色卧单，一盖一掀，几下就把那么多东西都给变回去了。

而罗文昌还不肯罢休，又跑到英美魔术师那边去，卧单一盖一掀，把他们落在地上的东西也变没了，一时间全场惊呼！

中国的落活儿一直被国外同行称作"永恒的秘密"，这名号就是从这儿来的。

周总理也大为赞赏，还让人做了一块红色卧单送给了罗文昌，上面绣了一个罗字，现在被罗文昌珍藏在画橱里。

这卧单是罗家百年荣耀的象征，也是罗文昌一生的军功章。

所以，知道这两个家伙干的蠢事之后，陶团赶紧跑了过来，可惜还是来晚一步。

陶团指着大黄的鼻子骂道："你以为罗家就剩一老一小，你就有胆子上门欺负了。我告诉你，你别以为罗老年纪大了，以他老人家的威望，一句话就能让你在行内没有立足之地，你真是不知死活啊。"

黄家父子终于惶恐起来，大黄颤着声道："不能吧，罗老是出了名的刚正不阿，他不可能跟我们一般见识吧？而且小罗爷会戏法啊，他还折辱了我们一顿，他、他……我们不算……"

陶团摇了摇头，看向这对父子的眼神充满了鄙夷："还打着君子可欺之以方的心思，我告诉你，就算罗老肚量大，不跟你们计较，但就你们做的这些龌龊事，有的是人帮罗家出头。"

大黄冷汗如雨，急道："不，不是啊，不是我们自己要这么干的，是有人……"

"等等……"后面有声音响起。

几人都回头，见到周德善沉着脸匆匆跑来。

虽然把黄家父子赶走了，罗文昌却没有半点兴奋之情，反而是一脸阴郁和凝重。

罗四两望着门口，一脸的愤恨、不屑，一回头看见罗文昌那张阴沉的脸庞，心中猛地一跳，终于意识到自己仿佛暴露了什么。

罗四两面色一僵，转身就要上楼："我去洗澡了。"

"站住！"罗文昌那带着怒火的声音阴沉地响了起来。

罗四两神色一滞，也不敢再往前走了，顿时有些不知所措。

"你认识卢光耀？"罗文昌面色凝重地看着罗四两。

尽管罗四两从卢光耀那儿学了一些平点儿的办法，可真对着自己爷爷的时候，他还是不知道该说什么好。

罗文昌看着自己孙子的这副样子，更是气不打一处来，冷笑道："好哇，天下第一快手，京城第三代快手卢，好大的名头啊！没想到我们罗家的孩子不肯学习家族戏法，反而偷偷跟着人家学。怎么，是看不起我们罗家吗？"

罗文昌眉头紧皱，胸腔起伏不定，看样子是真被气到了。罗四两一时无言以对，垂着头站在一旁。

过了好半晌，罗文昌才长长地叹了一口气，恨铁不成钢道："你怎么可以跟着卢光耀学艺？"

罗四两一片好心却不被理解，心中也有了点怒气，反问道："为什么我就不能跟着他学艺？"

"你……"罗文昌怒视着罗四两，"卢光耀是什么人？那是跑江湖的，是厨拱行的，是江湖骗子！你干什么不好，非要做个江湖骗子？"

罗四两也生了气，反驳道："怎么就江湖骗子了？他不是坏人。"

罗文昌更是怒火中烧："你……你真的想把我气死吗？"

罗四两眉头也皱了起来，重重地哼出一口气，偏过头说："我没这个意思。"

罗文昌看着罗四两，声音有些发颤："我都宁愿放弃戏法罗了，我都甘愿让戏法罗后继无人了，我只求你能学好。可为什么，为什么你连这么小小的要求都不能答应我，为什么？"

一听这话，罗四两心里也很不好受，怒气也消散了不少，道："我没有做过不好的事情，从来没有，他也没有让我做过任何坏事。"

罗文昌点头："爷爷相信你,但是爷爷希望你离卢光耀远一点。你年纪小不懂,他们厨拱行不是什么简单角色。"

罗四两声音提高了："为什么你对卢先生有这么大的成见?难道就因为他是跑江湖的吗?"爷儿俩交谈的气氛又紧张了起来。

罗文昌道："我对跑江湖的没有什么偏见,我和你太爷爷也曾经跑过江湖,但你以为江湖是你想的那样诗情画意吗?"

"你看,这就是跑江湖留下的。"罗文昌指着右手上一道浅浅的疤痕,看着罗四两的眼睛说道,"那年我八岁,跟着你太爷爷撂地卖艺,一帮地痞流氓忽然过来,把钱扔在地上,让我蹲下去捡,他们的脚就踩在我这只手上。地上还有一块碎瓷片,我的右手就压在那瓷片上。

"那块碎瓷片差点把我的右手给扎透了,手上的血止都止不住,我痛得大哭,而你太爷爷连一句重话都不敢说,还要向那帮流氓赔笑,最后还把这一天赚的钱都赔给人家,人家才放过我。这就是江湖,你还想钻进去吗?"

罗四两惊住了,他从来不知道爷爷竟然还经历过这些。

罗文昌看着罗四两,叹了一口气,语重心长道:"所谓的江湖就是一场噩梦,所以后来我们才会用那么大的热情去建设这个全新的国家和社会,因为它能让我们不再去经历这样的噩梦。"

罗四两一时无言。

罗文昌趁热打铁,道:"你还小,对很多事情保持着旺盛的好奇心,我能理解。但是很多事情你都不了解,爷爷真的不希望你走上一条我们曾经走过的充满噩梦的道路。"

罗四两也叹息一声,坐在了沙发上。他搓了搓脸庞,搓得脸颊都有些发红,好半晌才开口:"我不会做坏事,也不会去跑江湖,不会有人过来欺负我,我也不怕别人的欺负。但有一点,卢先生不是坏人。"

罗文昌看着孙子那张稚嫩的脸庞,皱眉思考了许久,才沉声问道:"你知道卢光耀的来历吗?"

卢家兴衰

罗四两摇头。关于卢光耀的来历，他曾经问过，可是卢光耀什么都不肯说。

罗文昌也无奈摇头，真是个小孩子啊，对人家的身份来历一点都不了解，就敢跟人家厮混那么久，还口口声声说人家是好人。

罗四两看着罗文昌，问道："那您说，卢先生是什么来历？"

罗文昌又叹了一声，目露回忆之色："京城快手卢家族，曾经也是立子行的赫赫有名的家族，他就是快手卢家的第三代传人"

罗四两点点头，关于这一点，他之前倒是听方铁口提起过。

"那是在很久之前的事了。"罗文昌叹息一声，便回忆了起来，"清末光绪年间，京城里出现了一位立子行的艺人，叫卢天保。此人活头甚好，尤其是一双快手，变起手彩戏法来总是精彩纷呈。就算是变落活儿，也是相当干净利落。所以不久之后，这人就在京津一带闯出了名声，江湖人称他为'快手卢'。这个人正是卢光耀的爷爷。"

罗四两听得入了神。

罗文昌感慨道："卢天保当时也算得上是彩门的一号人物，混得相当不错，但是他真正发迹的时候，还是清朝末年，大批外国人跑到京城来的时候。

"那些洋人对中国的文化非常好奇，而快手卢那时已经很有名气，常做堂会，所以也经常被外国人请去演出。快手卢的水平确实不错，让那些外国人惊呼不已，一来二去，他的名气也在外国人里面打响了。

"卢天保不只艺术水平高，人也很聪明，很快就学会了一口外国话。后来，卢天保也引来了皇室贵族的注意，也常常请他做堂会，卢天保也彻底成了腕儿了。当时彩门中有无数艺人对其又羡慕又妒忌，快手卢可谓是占尽了风头。

"再后来，有一个叫玛奇师的美国人跑到北京，组建了一个杂技团。他见卢天保名气甚大，艺术水平也高，还会说外国话，就跟他签订了合同，邀请他加入马戏团，要带他去做全球巡演。

"之后，卢天保跟着玛奇师到处巡演，几乎跑遍了全球，赚了大钱，也见识了不少人物。但卢天保故土难离，合同到期之后就回国了。

"那是庚子年前后，八国联军侵华，整个中国都变了，江湖行当也乱了，彩门里面的厨拱行就是这个时候起来的。那时候，很多西方魔术师也来到了中国。西方魔术比咱们中国戏法差多了，都是三面能看，后面不能看，可架不住观众喜欢啊！那年间的中国人都崇洋媚外到了极点，唉……"

说到这里，罗文昌叹了一声，还一脸愤愤不平。

从清末到民国那段时间，社会风气骤变，似乎只有崇洋媚外才是正确的，不崇洋媚外就是老封建。罗文昌是真正经历过那样的时代的，所以他才如此深切地感到心痛。

中国是有许多东西比不上国外，但这并不代表中国所有的文化都是糟粕，更不应该全面舍弃啊。

罗文昌紧锁眉头，一脸落寞地说道："那时候，老百姓也都去看洋人演出了，许多彩门艺人都没有了活计。后来实在被逼得没辙了，彩门艺人也穿上了西装洋服，扮成了外国人模样，来演中国戏法，还要告诉别人，我们这是最正宗的西洋魔术。嗬，真是脸皮都不要了……后来，是苏州莫派的莫悟奇最先提出要穿传统服饰表演中国戏法的，这一陋习才被扭转过来。

"那个年代，所有的彩门艺人都不吃香，唯一的例外就是卢天保。许多洋人都点名要找他做演出，而且卢天保还会说外国话，会用外国话跟洋人逗闷子，洋人都纷纷请他去做堂会。

"快手卢的名号再一次响彻京津一带，万国饭店、各国的领事馆、各国的洋人医院、王公贵族们的堂会，都请卢天保去演出。在别的艺人都穷得吃不上饭的时候，卢天保可谓是风光无限啊。"

闻言，罗四两心中没有欣喜，反而有些沉重。

果然，罗文昌说道："本来，就这样下去，快手卢以后的发展也定然相当不错。可惜他卢天保自己不学好啊，竟然沉迷上了赌博，还染上了毒瘾，天天酗酒，还养鸟儿斗犬，万贯家财也都被他散尽了。

"他有毒瘾，又酗酒，手上的功夫也就保持不住了，给人家做堂会的时候常常露馅抛托。只是那些人家都跟卢天保有交情，也常常原谅他。当时，外界的艺人都幸灾乐祸，骂他活该。

"没过几年，卢天保就抽大烟把自己抽死了。他儿子快少卢卢万祥接过了父亲的事业，继续给那些上流社会的人家演堂会，可惜快少卢的水平远不如他父亲，这样一来，同行们就更加不满了。

"快手卢是风光，可人家水平好啊，大家心里妒忌，但也没话说。可你快少卢这种水平，怎么有脸占着上流社会人家的堂会啊？所以快少卢当家的时候，卢家常常被同行上门砸窑，少卢爷可谓是受尽屈辱。卢光耀也就是在这样的环境下成长起来的。

"后来社会动荡不安，快少卢的堂会也做不了了，只能去街头卖艺。可他做惯了有钱人家的堂会，哪里知道街头卖艺是怎么回事啊。所以，卢家那时候穷得连饭都吃不起，卢光耀的几个哥哥也全都夭折了。

"人哪，就是见不得别人好。那些同行看到卢家彻底没落了，还把卢家的事当作反面教材来教育家里孩子，卢家在立子行彻底臭了，卢光耀也是在白眼和讥讽当中长大的。唉，他也是可怜人哪。"罗文昌叹息一声，不胜唏嘘。

罗四两听说过卢光耀父亲遭受折辱的事情，也听说过卢光耀幼年是在嘲讽和羞辱中长大的，但当时的罗四两不清楚原因。现在知道了，他心里疼得厉害。

罗文昌接着道："本以为卢家也就这么完蛋了，少卢本来就没什么本事，难不成还能把小卢调教出来？可没想到，卢光耀竟然成了京城单义堂帮主的亲传弟子。"

"京城单义堂？"罗四两悚然一惊，猛地站了起来。

京城单义堂

罗文昌诧异："怎么，你听说过？"

罗四两摇头，神色有些惊疑不定："没……没听过。"

罗文昌奇怪地看了罗四两一眼，可他不知道，这一刻罗四两的内心有多震惊。

卢光耀每次出去做生意，挂的招牌都是京城单义堂，还说他卖的是京城单义堂的戏法。罗四两曾经问过他京城单义堂是什么，卢光耀却说是瞎编的。可……爷爷说的又是怎么回事？

到底什么是真，什么是假？罗四两觉得自己头皮都发麻了，他稳了稳心神，问道："爷爷，京城单义堂到底是什么？"

罗文昌微微仰起头，沉重地说道："艺人，尤其是旧社会的艺人，社会地位很低，是被人看不起的下九流行当。就算有本事的艺人，能赚许多钱，也顶多娶个小门小户的姑娘，正经人家是看不上的。那些当红的女艺人，嫁到有钱人家做个小妾，都算是混得好的。至于那些组班子或者撂地卖艺的，日子就更惨了。

"以前艺人在明地上做买卖，都被人称作是平地抠饼、对面拿贼，那些乡绅士族、地痞流氓还经常来勒索我们，行内的许多女艺人更是承受了不少屈辱。所以传统行当很多都是传男不传女，不是瞧不起女性，而是不愿意让她们干这行啊。做艺人难，生活更难。

"北京的东安市场原本是一块空地，就是被我们这些江湖人带起来的。天津市的三不管，原本只是一块水洼地，周边只有几家野茶馆，也是因为江湖人卖艺，游人越来越多，才逐渐兴盛起来的。

"可我们这些江湖人却没有获得地方兴隆的好处，反而受到剥削、排挤和敲诈，所有的江湖艺人都过得甚是艰难。就在这时，京城出现了一个新的堂口，叫作单义堂。"

罗文昌眼中迸发出了光彩："那时候，民间也有不少黑道帮派、堂口。但是单义堂跟他们不一样，那是由跑江湖的老合组成的帮派。江湖老合有八个门派，人才并不少，只是缺少凝聚力。单义堂把老合的力量拧到一起，宗旨就是让老合们不受欺负。

"这个帮派的帮主叫何义天，江湖人称义薄云天，也是彩门中人，更是彩门的一个传奇人物。彩门的立子、签子就没有他不会的，也没有他练不好的，但谁也不知道他到底是属于哪行的。唉，但不管怎么说，他都是我们彩门中人，亦是我们彩门的骄傲。

"这人义字当先，为人行事正派至极，很快就把京津一带的江湖老合整合到了一起，单义堂迅速建立了起来。"

罗文昌的情绪隐隐有些激动，而罗四两也听得入了神。

罗文昌道："艺人们一起卖艺，一起做买卖。流氓地痞敢过来捣乱，有挂子行的人等着他们。那帮地痞流氓，哪里是这帮打把式卖艺的人的对手啊，每次过来找麻烦都被打跑。而我们的人受了伤，也有皮点行的人给他们治病，别看皮点行卖的大多都是假药，可这里面真有水平的人也有不少。

"武力上是不缺了，地痞流氓也不敢来捣乱了。而且单义堂里金点行的几位高人也担任了白纸扇一职，专职对外平衡关系。我记得单义堂里有一白纸扇名叫方成远，真是一代奇人哪，他一人远交近攻，平衡了黑白两道的各种关系，帮助单义堂迅速站稳了脚跟。

"以前大家各自为政的时候，谁也不觉得，真当有组织出现了，众人这才发现这些江湖人的力量居然如此可怕。不管你是来明的还是来暗的，来阴的还是来阳的，他们都不怕。后来，单义堂谁也不敢招惹，反而都要托着他们。

"单义堂成了江湖老合们的圣地，谁都盼望着加入单义堂，在单义堂做买卖。因为单义堂带给大家的不仅仅是金钱，更是尊严啊。就连当初你的太爷爷都要带着我去加入，可惜最后也没能成行，也幸好没有加入啊。"罗文昌感慨不已，眼神中甚至带有惊恐之色。

一席话听得罗四两心潮澎湃，满心向往。

单义堂的出现改变了江湖人的生存状况，成了江湖老合的圣地，这是一件多么让人振奋的事情啊。那单义堂的帮主又是何等人物，才能做成如此惊天伟业啊！

罗四两现在才知道，卢光耀嘴里说是编的，其实都是真的。

可是，听到罗文昌最后一句话，罗四两心中一惊，赶紧问道："怎么了？单义堂发生什么事情了吗？"

罗文昌长叹一口气，神色中是掩饰不住的凝重："单义堂的风光没有持续多少年，鬼子就侵华了，整个社会都乱了套，也没有多少人听曲儿看戏法了。你太爷爷本来都谈好了要去单义堂的，也因为战争，一直没能成行。

"在那个年代，尽管单义堂人才济济，也只落了个勉力维持罢了。后来他们就经常出入鬼子的部队，给他们变戏法、唱小曲儿。义字当先的单义堂竟然变成如此，所有人都在骂他们是汉奸走狗，可他们依旧不管不顾，就一直贪慕虚荣地活着，让人不齿。

"大家本以为单义堂傍上了鬼子的大腿，可是没想到，后来竟然会发生那么可怕的事情。"

罗文昌神色凝重无比，语气也充满了惊惧："1940年的秋天，谁也不知道单义堂怎么得罪鬼子了，鬼子的军队直接冲进单义堂总部，见人就杀。那一日，鲜血淌满了整个单义堂，当家的那几位大爷全都被抓走了，包括帮主何义天。

"风光无限的单义堂在强硬的军队手下，竟然如此不堪一击。再后来，单义堂首领和余下的成员就全被推到了菜市口，当众枪决。帮主何义天的脑袋更是被鬼子砍下来，在城楼上挂了七天七夜……"

"啊……"罗四两张大了嘴，神色惊恐，"怎么会变成这样？"

罗文昌摇头："谁也不知道，但……曾经为江湖老合撑起一片天的单义堂彻底没有了。或许是命吧，他们不该跟鬼子掺和在一起的，不该去做汉奸的。"

罗四两震惊无比，神色呆滞地坐在椅子上，好半晌才渐渐回过神来，艰难地问道："那……那卢先生呢？"

罗文昌道："那时候谁都没有见过他，大家都以为他死了，或者逃走了。他再一次露面的时候，已经是八年后，新中国成立的前一年，在黄镇彩门斗艺上。"

罗四两心中一跳。卢光耀曾经说过，他就是在这次斗艺上一人夺下了手彩榜前五，还在手法艺人榜首的位置上占据了半个世纪之久。

罗文昌叹了一声，神色有些复杂："卢光耀再出现的时候，已经不是立子行的人了，他居然去挑厨拱了。他们快手卢曾经好歹也是立子行赫赫有名的家族，他怎么可以去当一个江湖骗子？"

罗文昌摇了摇头，又叹一声："当时，不少同行向他发难，奚落他们快手卢家族，还说他是单义堂的汉奸。卢光耀的言辞却甚是激烈，甚至扬言要代表厨拱行向立子行挑战，要打败立子行所有人。

"谁都不信，谁都在笑他，结果却出乎了所有人的意料。卢光耀拿出了五套手彩，每一套都堪称传奇，一人就包揽了彩门手彩榜前五名，立子行的人被他狠狠地打了脸。

"彩门的排行榜除了节目排行榜，还有艺人排行，尤其是艺人排名，这是要面对面对决的。当时各门各派上台的一共二十余人，他们不忿卢光耀一人夺得头筹，所以全都站了出来，要和卢光耀进行抢彩对决。"罗文昌想起当年那一幕，目露惊叹，"那一日，卢光耀一人对决二十余人，丝毫不落下风。他的手彩绝妙到了极点，二十多人都抢不过他一人，反倒是被他戏耍。"

"后来……"罗文昌欲言又止，眉头也皱了起来，"后来……卢光耀还把他们的衣服裤子都扒了，对他们极尽羞辱。"

罗四两也听呆了。

"那一日，卢光耀大闹黄镇彩门斗艺，堪称立子行最黑暗的一天。但那日过后，卢光耀又消失了，生死不知。而那些遭受奇耻大辱的高手们，回家之后纷纷气到呕血，有的卧床不起，还有的因此病逝。卢光耀也彻底成了立子行的公敌。"罗文昌叹道，"就是这样，你还要跟着他学艺吗？"

罗四两没有听到罗文昌最后的那句问话，他一直在想，卢光耀这几十年到底是怎么过来的，又到底经历了什么。他知道了卢光耀的来历，对卢光耀本人却有了更多的不解和好奇。

罗文昌见罗四两不说话，又语重心长地说道："四两，我是真的不愿意你跟卢光耀扯到一起去。如果你有心学戏法，爷爷可以教你；哪怕你不愿意学家里的，爷爷也可以带你去找别的师父。

"如果你不愿意学戏法，爷爷也不强迫你，只要你过得好，爷爷就满足了。我们罗家就你一个后人了，我也就你这一个亲人了，爷爷真的怕你行差踏错啊。"

罗四两感觉胸口一阵疼痛。在他的印象里，爷爷是一个正直到近乎古板的人，一生刚强不阿，从来没说过半句软话。尤其是在罗四两面前，他从来都是不苟言笑的。可是今天，遇上了卢光耀这档子事，他却说了这样近乎哀求的话。

"唉……"罗四两无声叹息，沉着声音道，"爷爷，你知道卢先生为什么要那样做吗？"

罗文昌想也不想就道："还能是因为什么，不就是被人奚落了几句吗？他们单义堂跟鬼子纠缠不清，他自己跑去做江湖骗子，还不能让别人说了？再说了，他做的事情未免太过分了吧？"

说罢，罗文昌心中又起了狐疑："怎么？是卢光耀跟你说了什么吗？"

罗四两摇头："那倒没有。但是，立子行的人那样羞辱他的父亲，他这么做也是可以理解的。换作是我，只会做得比他更狠。"

罗文昌皱眉："但不是所有人都对他们家进行了羞辱。"

"那他也一定有自己的原因。"罗四两顿了顿，又道，"还有……单义堂不是汉奸。"

罗文昌沉声问道："不是汉奸，那是什么？"

罗四两答："污名。"

罗文昌有些不悦："四两，不要这么任性。你还小，很多事情你都不了解，人的善恶好坏不是你这样的孩子能看穿的，你就听爷爷一句好不好？"

罗四两嘴角扯出一点笑容："是啊，人的善恶好坏真不是那么容易被看穿的。卢先生在您看来是个坏人，但他是个好人，周德善在您看来是个好人，但他是个骗子。您看得透吗？"

罗文昌不满地呵斥道："四两，你怎么这么说话呢？周德善怎么又变成骗子了？"

罗四两站起来往楼上走去，头也不回道："对不起，爷爷，我会向你证明的。"

罗文昌颓然坐在沙发上，默默地看着罗四两的背影。他忽然想抽根烟，伸手摸了摸裤兜，却想起来自己已经戒烟好几年了。

当晚，罗四两在楼上打了两个电话，倒头就睡觉了。

罗文昌独自在客厅里面坐了好久，才出去买了一包烟，坐在沙发上一根接一根地抽着。不多一会儿，客厅里就已经烟雾弥漫了，他的脚边上也多了一堆烟头。

罗文昌买的一包烟终于抽完了，他看了一眼客厅里摆着的时钟，才发现已经晚上八点了。他揉了揉脸庞，苦笑一下，终于下定了决心，拿起电话拨了一个号码出去。

等接通了，罗文昌说道："周总，我考虑了一下，我们的合作提前一点。明天你再过来一趟，我们好好谈谈。"

说罢，罗文昌挂了电话。

电话那头的周德善一脸疑惑和不解，也点燃了一根烟，慢慢地抽了起来。

没错，周德善就是个骗子，是专门骗当官的风门。

他这次就骗到了罗文昌头上。他的身份是假的，编剧也是假的，所谓的摄像团队也是假的。只有黄家父子是真的，这两个傻老帽，随便忽悠忽悠就被他当枪使了。

他要从罗文昌这里骗钱，但并不是用"拍摄纪录片没钱"这种小手段，而是要跟罗文昌合作，打造戏法罗品牌，成立戏法罗培训班，把戏法罗从家族传承变成门派传承。

这才是他真正的骗术。

戏法传承

戏法一行在西汉就已经成形，足有数千年的历史，所以门派传承很多，也很杂。过去，各行各业还没有建立起完整的规矩、体系，许多家族、门派一时兴起，又一时陨落。

戏法行的传承有家族传承、门派传承和半家族半门派传承三种。

罗家就是典型的家族传承，他们也收徒，但是收得很少，戏法罗的名号注定只能传给罗家人。

北方的穆派，是典型的门派传承。他们是开科收徒的，门徒遍布天下，是戏法界最大的门派。

苏州莫派是半家族半门派性质，莫悟奇、莫非仙、莫小仙三代传承，同时门人也有许多，成就了莫派辉煌。

北方的韩家门是由戏法大师韩秉谦开创的，曾经是半家族半门派，后来传给了侄子韩敬文，再后又传给了弟子，所以转变成门派了，现在也发展得很不错。

戏法一行历史悠久，各类天骄独领风骚，开宗立派均可显赫一时。

罗家的人丁不兴旺，到现在已经四代单传了，这种典型的家族传承，四代单传了还威名不堕，也算是个奇迹了。

可是眼瞧着罗四两不肯学艺，罗文昌也快对他绝望了，不由得开始忧心戏法罗的未来。

他自己已经七十多了，如果他死了，那戏法罗这个名号就要彻底没了，这个百年世家也要没了，他怎么忍心啊。

所以他做了一个决定，就是把戏法罗由家族传承改成门派传承。他要开创罗派，把罗家戏法传下去，延续戏法罗的生命。

北方的穆派就是这样传承下来的。穆派创始人穆文庆，建立科班，广收门徒，迅速建起了穆派，到现在穆文庆的传承还活着，他自己也被人铭记着。

罗文昌打的也是这个主意，他要建立科班培训机构，因为这条路是最快的，也是最好走的。真要一个一个带回家里教学，他能教得了几个啊，只能是走科班这条路了。

而且，这件事情只能由他来做。罗四两不入门，这件事情交不到他手上。罗文昌有两个徒弟，但也不能交给徒弟，不然就不是罗派了。

周德善也正好瞄准了罗文昌的这种心理，所以他冒充影视公司的老板，借着给罗文昌拍摄纪录片的由头，来取得罗文昌的信任，并且要跟罗文昌一起合作开科班，打造戏法罗文化品牌，帮助戏法罗传承下去。

他就是靠这个来骗罗文昌钱的。

黄家父子就是他的一剂催化剂。黄家父子打上门来，扬言要跟罗四两比试，他在一旁敲边鼓，就是为了让罗文昌感受到后继无人的悲凉，催促他尽快建立科班，培养传人。

只是罗四两今天突然大发神威，一下就把周德善的计划都打乱了。

罗四两都学戏法了，还学得那么厉害，那他还搞个屁啊？周德善也放弃了，准备明天走人。黄家父子被团长带走之后，他怕暴露了，还去稳了他们一下。

可是现在又是怎么回事？是峰回路转吗？周德善陷入了沉思。

作为一个职业的老骗子，他最怕的就是被人骗，他害怕这是个局，不敢贸贸然跳进去。可是想了半天，他也想不出个所以然来。

其实他哪里知道，罗四两的戏法根本就不是跟着爷爷学的，而是跟着厨拱行的卢光耀学的。而且罗四两还死活非要跟着卢光耀去做江湖骗子，罗文昌都快气晕了。

罗文昌实在管不了罗四两了，也对罗四两不抱希望了，所以现在只能寄希望于罗家科班了。

他要趁着身体还行，尽快把罗派建立起来。湮灭在戏法行几千年历史中的家族和门派太多了，罗文昌不希望罗家也是其中之一。

戏法罗，是三代人用了百年时间、无尽心血才打造出来的辉煌，他怎么忍心让罗家就这样淹没在历史的洪流中呢？

只是其中的变故，周德善就不知道了，所以这会儿正纠结呢。

次日，周德善还是来了。

他想了一晚上也没想出个所以然来，跟他们那一窝骗子商量了之后，大家一致决定今天过来看看。毕竟他们都准备这么久了，花费也这么多了，要真是一无所获，空手而归，那真是太惨了。

现在行骗的招数还没真正亮出来，哪怕是他们报警了，警察也不能奈何他们，还不如先去探探口风。

所以他来了。

仅仅一晚上没见，周德善就发现罗文昌憔悴了不少，面容上没了多少光泽，神情也有些颓然和萧瑟。

周德善赶紧问道："罗叔，您这是怎么了？"

罗文昌强笑着摇了摇头，叹了一声："来，坐吧，喝茶吗？"

周德善忙客气道："罗叔，您别忙了。您早饭吃了吗？我看您挺疲累的，是昨晚没睡好吗？"

罗文昌也被周德善暖心的话语说得心中一暖。自己孙子如此气自己，还不如一个外人来得暖心啊。

"唉……"罗文昌又叹了一声，脸上的皱纹都深深浮现了出来，"没事，我也不饿，先把事情定下来再说吧。"

周德善当即问道："说到这事，我还有点觉得奇怪呢，罗叔您怎么突然就要提前了？"

"呵呵……"罗文昌苦笑,神色中也带上了悲凉之意,他把这件事情的前因后果都跟周德善说了一下。

周德善这才明白原来罗四两的本事是跟着一个挑厨拱的人学的,罗文昌让他别跟着挑厨拱的混,他还不肯,罗文昌这才彻底心灰意冷了。

原本他见着罗四两学了戏法,还挺开心的,至少戏法罗后继有人了。可……他千不该万不该,不该去挑厨拱啊。这还怎么继承罗家戏法啊?

难不成日后这孩子站在大街上,跟人家说"罗家戏法,五块钱一套,包教包会"?罗家的百年荣耀还要不要了?而且罗四两要是真做了江湖骗子,被警察抓去坐牢怎么办?难道他还要顶着一头白发去牢里看孙子啊?

罗四两不肯听他的话,罗文昌也真的没办法,所以他下定了决心,要把开科班的事情尽快敲定,趁着自己现在还能动弹几下,把罗派以最快的速度建立起来。

周德善的心脏都在扑通扑通地跳动,按理说他这样的老骗子不至于有这样剧烈的心理波动,可没办法,这场买卖实在是太波澜起伏了。

他刚搭上罗文昌的线没多久,罗四两就用江湖春点来诈他,逼得他不得不赶紧把黄家父子搬过来,来一个快刀斩乱麻,可黄家父子却又被罗四两虐了一场。

原本他以为这场买卖要黄了,都准备走人了,结果这会儿又来了一个峰回路转。

饶是周德善心理素质极好,这会儿也有些情绪激动。他赶紧平了平心绪,当下也不敢再拖了。

迟则生变,他也不啰嗦了,直接跟罗文昌说道:"那行,罗叔我们这就去转账吧,我们先把合同签了吧。"

"行,"罗文昌点了点头,"我去拿存折。"

"爷爷。"罗文昌刚站起身,就听得楼梯上的罗四两喊了一声。

罗文昌皱眉看去。

罗四两的脸也沉着，他看着笑容满面的周德善说道："行了，别装了，我已经让人去调查过你了。"

"什么？"罗文昌一惊。

周德善也是一惊，而后盘算一下时间，又想了想自己的布置，心中便安定了不少。他微微笑着："调查我？行，你调查到了什么？"

"你说呢？"罗四两板着脸。他这回学聪明了，尽量少说话，不再贸然露底了。

周德善呵呵笑着："既然是你调查我，那自然应该是你把调查结果告诉我了。"

罗四两冷哼一声，没理会周德善，就对罗文昌道："爷爷，这个人是个骗子，他就是来骗你钱的。"

罗文昌看了看自己孙子一眼，又看了一眼坐在一旁的周德善，脸色也慢慢沉了下来："四两，你不要闹了。"

罗四两见爷爷不肯相信自己，心中也是郁闷："我找苗叔和小姨夫查过他的底了，他就是个骗子。"

罗文昌闻言一愣，他没想到自己孙子竟然背着他做了这么多事情。

周德善听了这话，心中反倒安定不少。他笑着问罗四两："那你都查到我什么了？说来听听啊。"

"你……"罗四两顿时语塞。

周德善见状更是大笑："哈哈，我给你个思路吧。我这个骗子叫什么呀，有没有前科呀，我是打算怎么骗你爷爷，有没有同伙呀，要顺着这个角度去分析。"

罗四两面如寒霜。

罗文昌更是气不打一处来，他仍旧以为罗四两是在无理取闹。他还在暗自责怪卢光耀，真是这个老家伙把自己孙子给带坏了，孩子以前不是这样的。

罗文昌喝道："好了，四两，不许胡闹了，赶紧给你周叔叔道歉。"

罗四两脾气也上来了："还让我道歉？你宁愿相信一个外人都不肯相信我吗？"

罗文昌怒道："你不要胡闹。"

罗四两不甘道："你就宁愿被一个外人骗着去开什么狗屁科班，也不愿意放弃戏法罗的名号吗？我真的不能理解，到底这三个字有什么魔力，值得你们几代人都拼了命去维护？"

罗文昌看着罗四两，眼睛也红了，神色有些狰狞。过了很久，他才慢慢恢复平静，只是他那有些发颤的声音说明了他的内心并不平静："因为这是我们罗家存在的证明，是罗家几代人的荣耀，亦是我们存在的最大价值。我们三代人用百年时间，付出无数艰辛，才换来的三个字，你说重要吗？这是比我们命更重要的东西。你却把比我们生命更重要的东西，弃若敝屣……"

罗文昌渐渐激动起来："好，戏法罗我不要了，我只想开一个罗家科班，不让罗家彻底被人忘记，不让罗家彻底消失，我不想让罗家所有的荣耀到最后连成为别人茶余饭后的谈资的资格都没有，这样也不行吗？我可以不要戏法罗，我可以不让你学戏法，我什么都可以不要了，我只想你好好的，不让你行差踏错，这样也不行吗？"

罗四两第一次瞧见自己爷爷如此模样，他呆立当场，一时无言。

"真的值得吗？"罗四两问自己。

罗文昌闭上了眼睛，落寞极了。

罗四两沉默了许久，最后颤着嘴唇，用力平复了一下自己的心情，才转身出门。

"站住，你干什么去？是去找卢光耀吗？"罗文昌大喝一声。

罗四两闭上眼睛，然后慢慢睁开："不管如何，我不想你被人骗。"

罗文昌怒喝："不许去！"

罗四两却坚定道："我一定要去。"

罗文昌气得身子都在抖："你敢去，我打断你的腿。"

罗四两倔强地摇头。

"你……你真是要把我气死啊。"罗文昌火冒三丈，直接抓着罗四两的身子就往房间里面拖，罗四两还拼命挣扎。

既然说不听，罗文昌就只能动粗了。

"我告诉你，只要我还活着一天，我就绝不允许你学坏。从今天开始，你就给我老老实实待在家里。你只要还想着去找卢光耀一天，我就绑你一天。"

说着，罗文昌拿起绳子就往罗四两身上捆。

神仙绳术

罗文昌有些心寒。别看他平时总是板着个脸，可罗四两长这么大，他还真没有打过他一次。

倒不是顾及罗家的面子，他是太怕自己孙子去挑厨拱了。他毕竟也曾经在江湖混过，知道厨拱行有前棚和后棚的买卖，那后棚翻纲叠杵的大买卖用现在的话说叫诈骗。

他宁愿自己孙子老老实实读书，做一个拿着工资度日的普通人，也不要让他变成一个罪犯。所以，他今天对罗四两动粗了。

看见罗四两那悲愤的样子，他心里也很疼，可是他也没办法。

"唉……"罗文昌站在门口叹息，两眼通红。

"罗叔，您没事吧？"周德善关切地问道。

罗文昌擦了擦眼睛，压了压内心的情绪，说道："不好意思，让你看笑话了，孩子不懂事，你别往心里去。"

周德善大方道："没事，我没那么小气。再说，我觉得四两说得也有道理，不然您再调查调查，打个电话去我们公司询问询问，或者我带您亲自去趟北京？"

这就是周德善的高明之处了，他这招叫以退为进。

他太清楚罗文昌的性格了，这就是一个正直到近乎迂腐的人，他这么一说，罗文昌铁定上钩。

果然，罗文昌一本正经道："唉，孩子的话，你别当真。对你，我肯定是信得过的。你有单位开的介绍信，又有工作证，还有别的证件，编剧也有，我怎么可能不信你。再说了，你对我们戏法行这么了解，我相信你是真心喜欢和想振兴戏法的。我始终相信一点，只要我以诚对人，别人必然真心对我。"

周德善顿时被感动得热泪盈眶，两只眼睛都红了，眼泪在眼睛里面打转。他抓着罗文昌的手，感动道："罗叔……我……我真的不知道该说什么好了，我……您放心，我一定把戏法罗品牌做起来。"

罗文昌道："品牌不品牌的，我也不懂，我就是想把罗家的戏法传承下去，这也是对得起我们罗家世代的努力了。"

周德善诚恳道："您放心，这件事情就交给我了，我都已经联系好了，等您把钱给我，我立刻去跑审批，然后马上注册，建场地，做推广，我一定尽快把罗家科班弄好。"

"对了，咱们合同签一下吧。"周德善赶紧在皮包里面找合同。

罗文昌却摆摆手："不必了，小周，我相信你。"

周德善却道："话不能这么说！合同还是要签的，万一合作出了问题，这对您来说也是个保障啊，我可不能辜负您的信任。"

"好。"罗文昌感动地笑了。

周德善把合同拿了出来，罗文昌在上面签上了自己的大名。合同规定罗文昌出资三十万并以技术入股，占百分之八十的股权，他们公司出资七十万，占百分之二十的股份，负责戏法罗文化品牌的打造，共同建立戏法罗科班。

见罗文昌把合同签了，周德善嘴角这才露出笑意："那事不宜迟，我们尽早去把这件事情弄好吧。"

罗文昌站起了身，道："那我去拿存折。"

周德善笑道："好，那四两呢？就让他在家吗？"

罗文昌苦笑一声："唉……让他在家吧，这孩子太不让人省心了。"说完，罗文昌转身要上楼，还没走两步，他脸色陡然一变。

"不好，神仙绳术！"

周德善一愣："什么术？"

罗文昌却没理他，赶紧冲到旁边房间，扛开房门，里面已经没有人了，只剩地面上一堆绳子，窗户也开着。

罗四两已经跳窗户跑了。

罗文昌的脸黑了下来，不怒反笑道："好啊！无物不可绑，万绳不可缚。好哇，好哇，好一个神仙绳术，学得真是漂亮！"

周德善脸色也微微一变。对付这样一个毛头小子，他觉得难度不大，但是这毛头小子之前说要去搬救兵啊，这就让他有些忐忑了。干他们这行的，既要胆大也要谨慎，尤其他们风门是做当官的买卖，更得讲究这个。

周德善眉头一皱，说道："四两怎么走了，这孩子！罗叔要不咱去找找？额……我还去不了，我看您昨晚挺着急的，我就跟那边负责人打招呼了。要不……要不这样，你先找四两，我去给公司打个电话，让公司那边先把钱给您垫上，等您回来了再把钱打到我们公司好了。"

罗文昌眉头大皱，吐了一口气："算了算了，先把事情办妥了再说吧。孩子大了，管不了了，我也不管了。"

眼看罗文昌上楼去拿存折了，周德善这才松了一口气，擦了擦头上的汗水。真费劲儿啊！

罗文昌拿了存折下来，这三十万是他全部的家当了。

眼看钱马上要到手，周德善脸上也浮现出了笑容，赶紧陪着罗文昌出门。俩人刚刚出门，就见罗四两气喘吁吁地跑来，跟他一起的还有两个老头儿，和三个戴着大盖帽的警察。

周德善顿时心中警兆大升。

罗文昌也眉头大皱，那警察他认识，之前是县里的刑警副队长，赵队。现在包国柱上调了，赵副队长也变成正队长了。

至于那两个老头儿，其中一个容光焕发、一脸高深莫测的高人做派的，他不认识。而那个尖嘴猴腮的黝黑干瘦老头儿，他可太认识了！他到现在都还记得，当年这人在黄镇彩门斗艺上猖狂的模样。

"卢光耀？"罗文昌面色沉沉。

曾经那个傲视群雄的张狂青年和眼前这个略显猥琐的老头儿，两张相似却又截然不同的脸庞跨越时空融合到了一起，带给罗文昌一种虚幻的感觉。

卢光耀也在看罗文昌，目光萧瑟。

罗四两偷溜出去找来了帮手，他不仅把卢光耀和方铁口都搬来了，还把警察给找来了。

周德善心中不禁有些紧张。

罗文昌心里则是相当不痛快，因为他见到卢光耀了。

他对卢光耀倒没有什么意见，对快手卢家族也没有不好的想法。快手卢家族在戏法界都已经变成反面教材了，家家户户教育孩子的时候都会拿快手卢家族说事，但是他们罗家从来没有。

罗文昌是个正直的人，从来不会在背后议人是非。哪怕当初卢光耀闹出那么大动静，罗文昌尽管肚子里有点意见，嘴巴却什么都没说。

可是现在不一样了。本来大家井水不犯河水，现在你居然要来带坏我孙子，那还得了？还有警察。四两这孩子真不懂事啊，还把警察给招过来了，这让客人怎么想啊？

罗文昌现在看卢光耀也鼻子不是鼻子，眼睛不是眼睛的。

卢光耀摸摸鼻子，神情有些尴尬。他知道立子行视他为公敌，可是听罗四两说罗家从来没有说起过快手卢的事，所以他对罗文昌印象还挺好的。这会儿见面了，怎么还甩脸色了？

卢光耀有些尴尬地拱了拱手，道："罗爷。"

罗文昌脸色一板："爷什么爷，一股子臭江湖做派！"

得，一句话把卢光耀给气个够呛。

周德善看看几人，脚步不自觉地往罗文昌身边靠了一下。

罗四两眉毛一竖，指着周德善骂道："死骗子，我看你这回往哪儿跑！"周德善冷笑一声，并未说话，但心中已是惴惴不安。

方铁口看了看现场，问卢光耀："老卢，这回是你来还是我来？"

卢光耀看了看罗文昌，皱眉想了想，说道："老方，还是你来吧。"

方铁口点了点头，从兜里面拿出了一个信封，对周德善说道："行了吧，束手就擒吧。"

周德善看了一眼信封，又看了一眼老神在在的方铁口，心中就开始打起鼓了。

金点行的看相先生收徒看的第一点就是相貌。看相先生的相貌一定要能压得住点儿，要让点儿一看到你，就产生信服的心理冲动。

方铁口是金点行当代门主，他是把高人风范装到骨子里面去了，举手投足间都散发着高深莫测的魅力，一个露面就把周德善给镇住了。

罗四两在一旁看得目露异彩，这才是教科书般的诈术啊。

周德善勉强稳了稳心神："我不知道你在说什么。"

"你真是不到黄河心不死啊！"方铁口摇摇头，淡淡地说道，"你要说影视公司开在某个犄角旮旯儿，我们一时半会儿还真没法去查证。可你偏偏说是在北京，你不知道罗家在北京生活了几十年吗？

"不过你也的确够聪明，九真玩一假。公司是真的，周德善的名字是真的，人家打算拍摄戏法的纪录片也是真的，可你这个人却是假的，你不是周德善！而且你给罗老的公司电话也是假的吧？呵呵，一般人就算去调查了，也查不出真相来，你这招算是可以的。"

周德善终于变了脸色。

方铁口摇了摇手上的信封，微微笑道："这里面就是周德善本人的照片，我们专门找人去公司里拿的，你要不要过过目？"

周德善的气势完全被压住了，顿时有些气急败坏，可做了多年千字行的他，这点阵脚还是稳得住的。他死死盯着方铁口，道："好啊，那我就过目过目。"

罗文昌也被这变故惊住了,看着两边的人,脑子有些反应不过来。

方铁口笑了笑,一边拆信封一边说道:"你是不是以为照片没那么快从北京寄过来?呵呵,昨天中午四两才跟你套了话,今天上午就能拿到照片和证据,你是不是觉得不可能这么快?

"呵呵,昨天四两离开后,就立刻拜托罗老的徒弟去查你说的那家影视公司了。罗老有个好徒弟,就怕误了事啊,拿到照片之后,当天傍晚就派人坐了飞机到省城,连夜跑来,这才把东西交了过来。"说着,方铁口把信封口子一撕,拿出一张照片来。

居然真有照片!周德善顿时脸色大变。

这时,赵队长突然大喝一声:"周德善,你还不快束手就擒。"

"你,你你你……"罗文昌震惊地看着周德善,气得连话都说不利索了。

周德善面色阴沉,没好气地对着罗文昌吼道:"你什么你,老家伙!"

"我……"罗文昌目眦欲裂,气得要吐血。

赵队长拿出手铐,往前两步就要抓周德善。谁知周德善顺势往罗文昌那边一跨,一把把罗文昌扯过来,一手按在罗文昌胸前,另一只手从钥匙里分出一把小刀,顶在了罗文昌的喉咙上。

转眼间,他就挟持了罗文昌!

"放开我爷爷。"罗四两急得大叫。

赵队长也脸色大变,喝道:"放开人质。"

周德善面露凶色:"当我傻啊,还放人质?"

方铁口皱着眉看他,把手上的照片一扔,说道:"现在的老千真是越来越不讲规矩了,还动武力了。"

"你……"怎么把证据给扔了?周德善看得目光一滞。

方铁口顺着他的目光看去,又把照片捡了起来,翻给他看:"这个啊?这周润发,大明星呢!调查是调查了,照片也拿到了,但是人家这会儿才上火车,估计明后天才能到江县呢,所以只能临时借用一下大明星的照片，算是便宜你了！"

闻言，周德善的脸黑得跟锅底似的。终日打雁，竟然被雁啄瞎了眼，作为老骗子的他，竟然被别人给骗了。

缩骨神功

场面顿时很尴尬。除了站在罗家门口的这一群人，周润发同志想必也很尴尬。

周德善的脸都气成酱紫色了，气急败坏地吼道："你耍我？"

方铁口摆摆手，一本正经道："哎，不要说这种伤感情的话。"

周德善气得脖子上的青筋都起来了，喝骂道："都是吃搁念的，我做翅子的买卖，你们为何牵扯老柴进来？"

闻言，方铁口和卢光耀都乐了。卢光耀打趣道："哟，终于肯调侃儿了啊，不是装不会吗？"

周德善脸更黑了。他刚刚说的正是江湖春点，意思是：大家都是江湖人，我去骗当官的，你们干吗把警察牵扯进来坏我的事。

罗文昌面色更加阴沉了。虽说他没跑过几年江湖，但是对江湖春点还是知道一些的，现在听周德善嘴里冒出来的江湖春点，他都要气晕过去了。枉他之前还被周德善感动得眼泪汪汪，这个死骗子！

卢光耀冷声道："你若是把活儿做在那些嘁翅子头上，我们也就不管了。你偏偏找个尖翅子，还动到彩门头上，现在还用上了青子，太不讲究了吧？"

翅子是官，青子是刀；嘁翅子是坏官，尖翅子是好官。

以前骗家门做买卖，被抓住了是不能用刀的，毕竟他们是骗子，用刀性质就变了。

看到周德善这副凶狠的模样，一旁的刑警也急得满头大汗。之前罗四两打电话让他们抓骗子，他们也没多想，枪都没带，带着两个人就来了。谁能想到现在居然发生这样的变故啊？

罗老可不是普通人啊，人家是厅级干部，从行政级别上来说，比县长还高呢！这下子头疼了。

赵队长示意了身边的刑警一下，立刻有人去叫支援了。估摸着这种对峙的场面还得要一会儿，赵队长开始劝道："周德善，你千万不要冲动，你是不是涉嫌诈骗，目前还没有一个定论。现在证据不充分，钱也没有转走，谁也不能说你是骗子。你先把罗老放了，不然你这是更严重的罪行。"

周德善当即喷道："闭嘴吧，当老子新跳上板的啊？坦白从宽，牢底坐穿，抗拒从严，回家过年。"

赵队长脸一黑。

周德善喝道："废话少说，给我准备一辆车，我要走！"

"骗子！"罗文昌咬牙切齿地说道。

"闭嘴吧你，老不死的！"周德善扣住罗文昌的手又紧了几分。

罗文昌更是悲愤不已。他跟卢光耀这种混了大半辈子江湖的人真不一样，他没跑过几年江湖，对江湖门道没有那么了解，也不想去了解。他从来都不是一个老江湖，而是一个很纯粹的艺人，一个醉心于戏法艺术的老艺人。况且罗文昌这个人看谁都像好人，一直都相信自己以诚待人，人家必然真心以待。

而卢光耀在江湖上摸爬滚打这么多年，吃亏跟吃饭似的，讲究的是"见人只说三分话，不可全抛一片心"。这是二者的区别，这也是江湖和庙堂的区别。

周德善的骗术也算是高明了，至少在这个信息沟通极不顺畅的年代，是不容易被看穿的。而且他因人制宜，这骗术就是针对罗文昌正直的性格下手的，他把罗文昌的性格琢磨透了，下起手来自然就简单。

若不是先前碰上人贩子，罗四两在方铁口那里记了一招，看出了周德善的一个表情破绽，他的骗术照样不会被人识破。

人算不如天算哪！

周德善的功力跟方铁口比起来还是差太远了，只是他现在劫持了罗文昌，让事情变得难办起来了。

罗四两更是着急不已，他抓着卢光耀的衣服，恳求道："卢先生，你救救我爷爷吧。"卢光耀拍拍罗四两的手，亦是神色凝重。

罗文昌还是紧咬牙关，一脸悲愤的样子。他本将心照明月，奈何明月照沟渠啊。

"骗子！"罗文昌又怒吼一声。

"闭嘴！"周德善大喝一声。

罗文昌气得发抖，张嘴骂道："闭个屁，你居然骗我，你竟然骗我，你……畜生，警察，愣着干吗？开枪啊！"

"什么？"周德善一惊：警察带枪了？

罗文昌的脾气很硬，胆子也很大。趁周德善走神的这一瞬间，他两只手猛地往上一伸，嗖地抓住了周德善的双手，拼命往外掰。

周德善一惊，赶紧往回按。他拿刀的手堪堪被罗文昌拽了出来，按在罗文昌胸前的那只手却没动多少。俩人力道一上来，瞬间僵持住了。

周德善心中大惊，他要尽快控制局面，不然就危险了。他还不到四十岁，体力正在巅峰，他可不信他的力气还比不过一个老头儿。可还不等他发力，他就感觉罗文昌的胸腔像是陷进去了一般，原本紧紧压着罗文昌胸口的手肘，竟然空出了一段距离。

更令人震惊的是，罗文昌的两肩也缩了进去，整个人顿时小了一圈，一眨眼的工夫，他的身形就如蛇一般从周德善手环内滑了下去。

罗文昌身形一变，手的姿势也变了，两只手虽然还控制着周德善的双手，却已经扭曲成了一个常人难以想象的惊人角度！而后，他松开手顺势往前一滚，彻底逃脱了周德善的控制。

卢光耀眼睛一亮，叫道："罗家缩骨功！"

赵队长也不敢怠慢，直接冲了过去，一个空手入白刃把周德善的刀甩飞，然后又一个擒拿把周德善按在了地上。

坦诚相待

罗文昌气骗子，更气被欺骗了感情，但他最气的是自己都一大把年纪了，居然还没有自己孙子看得透彻。好面子的罗文昌羞愤欲绝，恨不得直接冲上去踹那骗子几脚。

"爷爷，你没事吧？"罗四两关切道。

罗文昌老脸一红，想起之前孙子拼命劝自己，自己不仅不听还把人给绑起来的事情，更是尴尬不已。

罗四两一瞧他神色，便知道他心中所想，终于放下心来："行，没事就好。"

"死骗子，还敢劫持我爷爷！"看到周德善，罗四两又怒气上涌，冲上去就是一顿踢，连警察都拦不住，被踢的周德善一时间惨叫连连。

罗文昌却不是很领情。看着罗四两痛揍周德善的样子，他心里痛快之余也不免有些担忧："这孩子是不是变得有些暴力了？之前好像不这样吧？"他暗自琢磨着，还瞥了瞥一旁的卢光耀，很怀疑是卢光耀把孩子给带坏了。

罗家爷孙俩平时也没话聊，罗文昌对自己孙子还真不太了解。罗四两都背着他干了多少事情了？尤其是抓人贩子，多惊险哪！罗文昌到现在都不知道自己孙子竟然也参与进去了。

眼看罗文昌已经逃出来，周德善也翻不了天了，警察立刻就把他按在地上，跟按个小鸡崽子似的。赵队长也擦了擦头上的冷汗，幸好罗老没事，不然他可完蛋了。

不过这事儿也幸好是发生在罗文昌身上，换了旁人可就没那么容易脱身了。罗文昌脑子是耿直了一点，但功夫没的说，那一身缩骨功是练到家了。

缩骨功这玩意儿，练起来苦，又伤身体，所以年轻人练得比较少。

这套武林功夫取材于彩门的缩骨术，骨头是没有办法变大或者缩小的，能变化的只有关节。缩骨功就是把关节卸下来，相互错开，这样身体就变小了。门子说起来很简单，练起来可就太难了。

吴桥鬼手王有两大绝技，其中一个就是缩骨功。他能穿上一件三岁小孩子的衬衣，把衬衣扣子一颗颗扣上，最后还能往里面塞三个啤酒瓶子。只不过因为缩骨功练得太狠了，鬼手王的骨骼关节出了很大问题，现在每到阴雨天，他的关节都疼得死去活来的。

艺人不易啊！罗文昌刚刚这一下没有热身就动猛了，这会儿他的关节也在隐隐作痛。

赵队长那边睁一只眼闭一只眼，等罗四两终于揍舒服了，他才给周德善铐上手铐，带到了众人面前，问罗文昌："罗老，您没事吧？"

罗文昌摇摇头，神情有些难堪："没事。"

赵队长点了点头，又对方铁口和卢光耀笑着道："谢谢啦！上次帮忙抓了人贩子，今天二位又立一功，真是活雷锋啊。这回还是做好事不留名，用王荣耀的名字吗？"

一听这话，罗文昌愣住了，脑子轰的一声，嗡嗡地响。

卢光耀瞧了瞧罗文昌，嘴角露出笑容，对赵队长道："行，我们习惯了做好事不留名，王荣耀就是我们共同的荣耀，有人问起来，你们往王荣耀头上推就好了。"

"行！"赵队长答应得很痛快，爽朗地笑道，"那我就把这骗子带走了，先把他的同伙审出来再说。你们先歇着，罗老，我一会儿再带人来给您录份口供啊。"

罗文昌木然地点了点头。

警察带着假的周德善走了，现场四人留在了罗家门口。

夏日里充斥着炎热因子的热风吹在几人身上，把人心底的燥热都吹动起来了。

罗文昌的脸通红，不禁又想起孙子之前跟他说的那几句话："你以为的坏人其实是好人，你以为的好人却是个骗子。"现在看来，一把年纪的自己还没有孙子看得清楚啊。

"唉。"罗文昌脸上又多了几分愁苦。

罗四两看了看几人，说道："天气这么热，站门口干吗呀？要不进去吧。"

方铁口和卢光耀没理罗四两，都在看罗文昌。罗文昌抬眼瞧了瞧，又摸了摸自己的老脸，强笑着说道："都请进来坐吧。"

卢光耀拱了拱手："那行，叨扰了。"

几人进来坐好了，场面依旧有些尴尬。

罗文昌原本还责怪卢光耀把孙子带坏了，可人家转眼间就帮他抓了个骗子。今天要不是他们过来，自己的棺材本都要被人骗光了，自己这老脸也要丢到姥姥家去了。

而且听赵队长的意思，上次帮警察破了人贩子案的，也是这俩人。可他们不是江湖骗子吗，怎么骗子也变得这么积极向上了？

在罗文昌耿直的脑子里面，人就分两种，要么好人要么坏人，怎么还有又好又坏的？经历了刚刚那一幕，他第一次对自己惯有的想法和信念产生了怀疑。

卢光耀抿了口茶，安慰罗文昌道："罗……罗老师，人有失手马有失蹄，别往心里去了。现在的骗子太狡诈了，一不小心就会上当，我也没看出来，幸好老方聪明，才没让他得逞。"

罗文昌摆了摆手，脸上有羞愧之意。

方铁口看了卢光耀一眼，他还纳闷卢光耀怎么让他去揭露骗子，原来是在给罗文昌留面子啊。

罗四两道："爷爷，卢先生真不是坏人。上次抓人贩子、解救孩子，就是卢先生和方先生做的。这件事情本来跟他们没关系，可他们为了救人还是主动扑了进去，拼了命才把孩子救出来。有几个人能做到这一点？"这话说得卢光耀都不好意思了。

罗文昌有些尴尬无言，对卢光耀的观感也有所改变，他问："你为什么要教四两戏法？"

卢光耀有些讶异，敢情这爷爷还不知道自己孙子得了超忆症？

他想了想，含含糊糊说："就随便教教。"

倒也不是卢光耀藏着掖着，个中缘由还真不好说出口。说罗四两有超忆症，还是说罗四两想了解他父亲的心路历程，所以宁愿跟着外人学戏法，也不跟着自己爷爷学？

罗文昌闻言，脸色就沉下来了，喝道："什么叫随便教教，你到底想干什么？"

卢光耀顿了一顿："我……只是想让他帮我修复一套戏法，其他的我……我不会干涉他。"

罗文昌问道："就这样吗？我孙子是不可能，也绝对不会跟着你去挑厨拱的。"

卢光耀点了点头。

罗文昌皱眉道："而且我不希望他再跟着你学。"

这次就连罗四两也诧异了："卢先生不是坏人啊。"

"住嘴！"罗文昌呵斥一声。自己孙子宁愿跟着一个江湖骗子学戏法，也不愿跟着家里学，这让他很心寒。

罗四两抿着嘴巴不说话，卢光耀也有些不悦。他还要罗四两帮他修复那套戏法呢，怎么可能不让罗四两跟他学艺啊？

"喏，我给你面子叫你一声罗爷，但我辈分可不比你低，四两愿意跟着谁学就跟着谁学。你真的了解自己孙子吗？他为什么会变成这样，你心里一点数都没有吗？还说我？"

"你！"罗文昌怒极了。

卢光耀流氓劲儿也上来了："咋的，还想打我啊？你敢碰我一下，我就躺地上，县里警察我可都认识啊。"

罗文昌怒了："久闻快手卢大名，未尝一见，今日我倒想好好讨教一下。想教我孙子，我看你有没有这个本事。"说罢，他右手一抖，手上顿时出现了一块卧单。这卧单是黑布镶红边的，并不是周总理赠给罗家的那块。

罗文昌卧单在手，整个人的气势就变了。年过古稀的他竟如一把出鞘的利剑一般，静静立在那儿，像一座不可撼动的擎天巨峰。

罗四两和方铁口都看呆了，卢光耀也神色凝重。

罗文昌一抖卧单，布浪翻滚，如浪滔滔。卧单盖在了茶几之上，他一声大喝，卧单一掀，茶几上的茶杯和茶壶顿时不见，茶几全空。

罗四两惊道："卧单回托，一席全飞。"

一席全飞属于罩子活儿，是罗圈献彩里面的节目，就是用两个罩子相互套弄，一件一件地变出东西来，铺满桌子，再一件一件地变走。

罗文昌是用卧单回托来变一席全飞，只在一盖一掀之间就把茶几上的东西清空了，这份功力真是了得。

罗文昌抖了抖空空的卧单，然后一个转身，卧单一甩，那两只杯子和一个茶壶凌空飞出，直接朝着卢光耀砸去。

对面几人同时一惊，谁也没看出罗文昌是怎么回托和出托的，就连罗四两和卢光耀都毫无头绪。

眼见茶杯和茶壶凌空飞来，卢光耀神色一凝，双手齐出，使了个柔劲儿接住了杯子。

这是他的接招儿，他要是接不住或者让杯中茶水溢出来了，那他就输了。

卢光耀接住茶杯，一个转身卸去冲劲，还不等他站稳脚跟，那个茶壶已经飞上前来，就要砸到他脸上了。

罗四两惊呼一声，卢光耀却是半点不慌。他将两手的茶杯相向一砸，预想中的杯碎之声并未到来，而那两个茶杯竟然不见了。

罗文昌虎眉一抖，冷哼道："手彩榜第四，小遁术。"

茶壶已经及脸，卢光耀一个后仰躲过了茶壶，整个人倒弯成铁板桥，他右手往上一探，轻松接住茶壶，壶中茶水亦不曾溢出半分。

罗文昌喝道："好，好一个小遁术，果然名不虚传。"

卢光耀执壶在手，道："罗爷谬赞了！罗爷，也接我一招。"说罢，卢光耀用茶壶口对着罗文昌，然后顺势一砸，茶壶飞去。

这可是侧着飞的，用茶壶口对着人啊！只要接住，稍微一用力，茶水立马就会在惯性的作用下飞出来了。

罗文昌讥笑道："你难道不知道落活儿艺人可变水火吗？"话音刚落，他卧单一扔，须臾间就裹带住了茶壶；而后他卧单一转，仅仅一个转身便把茶壶变没了，茶水也没有溢出半点。

"好！"卢光耀也赞一声。

罗文昌大喝道："今日让你见识一下，我罗家的卧单水火双龙。"

卢光耀豪气干云道："好，正要见识见识。"

罗文昌一抖卧单，又是一甩，一道水线从卧单之中射出，如同狰狞的水龙一般，冲着卢光耀而去。

罗四两看得真切，这水龙还冒着热气。他是怎么变出来的？罗四两大惑不解。

卢光耀一摸身子，手上顿时多了一把折扇和一块薄刀片。他扇子一扇，薄刀片凌空飞起："看我御剑破你水龙。"

罗文昌惊道："失传的扇戏？"

这是罗四两第二次见扇戏，但他仍然惊到了。

卢光耀扇子频摇，刀片飞遁，只冲水龙而去。刀片威力很弱，水龙也一样，毕竟他们也不是神仙，只是两个戏法艺人罢了，较量的是艺术技巧。

飞刀对水龙，惨烈之极。飞刀被撞飞，水龙亦被破散。

"哼！"罗文昌冷哼一声，还要出手。他卧单一抖，又是一道带着热气的水线冲向了卢光耀。

卢光耀左手一抖，手上顿时出现了一个茶杯，顺势朝着罗文昌砸去，正是之前他变没的那两个茶杯中的一个。

"好了，不要再打了。"

罗四两冲到中间，右手一伸就抓住了那只飞来的茶杯，而后他身形一转，带着茶杯去接那道飞射而来的水线。

水入茶杯，罗四两身体旋转着，手上亦是动作连连，不断用柔劲化解水的冲劲。几个轮回过后，杯中茶水旋转，却未溢出半点，可见功夫精深。

罗文昌看呆了。

罗四两却未停手，他扯下桌布盖在掌中的杯子上，眸子微微一凝，桌布一扯，露出空空如也的手掌。再看桌布，亦是垂垂挂下，无品无物，不润不湿。

罗文昌惊愕地张着嘴，身体都在颤抖。

外人恐怕很难想象他因戏法罗的传承即将断绝而承受了多么大的痛苦，他几乎是日日自责，夜夜神伤。可今日，他竟然看见自己孙子用罗家的落活儿把茶杯变没了。

这一刻，罗文昌的眼角都被激动的泪花润湿了。这一幕他盼望了多久，渴望了多久，又遗憾了多久啊？原本以为终生无望，可他竟然真的看见了。

房间重归平静。方铁口瞧了罗文昌一眼，眉头一挑，目光有些意味深长。

罗四两吐了一口气，看向罗文昌，看见自己爷爷的反应，他也是微微一滞。卢光耀也看向罗文昌，轻轻一叹。

罗文昌却仰起了头，不让人看清他的表情。

看到罗文昌的模样，罗四两心里也很不好受。他顿了顿，说："爷爷，卢先生不会教我做坏事，我也不会做坏事。我之所以要跟着他学艺，只是想……想看一看你们所坚持的、热爱的、视作比生命更重要的东西到底是什么，到底是怎么样的。

"卢先生说得对，我从来不曾真正了解我父亲，但是现在我想去了解。您曾经逼过我学戏法，我虽然一直不肯，但其实我自己已经学会了。虽然我很厌恶，却主动去学了。我不知道自己是怎么想的，可我想知道。"

罗文昌仰着的头慢慢放下，神色已经恢复如常了。他问："那你为什么不跟着我学？"

罗四两道："卢先生曾说过，当我有一天明白什么是责任和使命的时候，我就会接过家里那块卧单，成为第四代戏法罗。可我不了解你们，也不了解我自己。"

闻言，罗文昌有些惊讶地看了卢光耀一眼。

罗四两道："我没有做好当戏法罗的准备，不跟着您学是怕给了您希望又让您失望。我还没有放下心里的负担，尽管我学了戏法，可我现在还是无法面对戏法罗。"

罗文昌心中一颤，鼻头也一阵阵发酸。

"卢先生救过我的命，他想让我懂得什么是责任和使命。我相信单义堂不是汉奸，正如我相信你们一定有你们坚持的道理。如果有一天我能读懂，也许我就会变成戏法罗。"罗四两抬起头，"爷爷，他对我真的没有歹意，他只想让我帮他修复一套戏法，这就是他唯一的目的。您让我自己选吧，好吗？"

罗文昌怔怔地看着那块落在地上的桌布。他看了半晌，房间内也安静了半晌。

终于，罗文昌又仰起了头，身子也微微颤动着。

许久之后，他慢慢地收拾好了卧单，迈着沉重的脚步离开了。

第八章

火车斗老荣

艺人不易

经过罗文昌的同意，罗四两正式跟着卢光耀学艺了。

俩人虽有师徒之实，但一直没有师徒名分。罗四两偶尔也会提起，卢光耀却只是说算了，罗四两也只能作罢。

转眼一年过去，罗四两的天资加上超忆症的辅助，让他的手法在这一年中精进不少。

卢光耀这一脉的手法分成四个部分，手指、手掌、手背、手腕。手指的功法，罗四两先前就练到登堂入室了，现在也还在这个阶段，只不过已经是这个阶段的佼佼者了。手心也达到登堂入室了，最难练的手背和手腕也堪堪超越上台这个境界，要不了多久也可以达到登堂入室。

由登堂入室突破大成境界，不是一件简单的事。登堂入室就可以坐镇杂技团，大成境界都可以开宗立派，所以哪怕罗四两天资无双，也没这么快到达这个高度，还是需要时间来磨炼。

罗文昌有时候也会去看卢光耀的教学。他看到卢光耀要罗四两练刀片、缝衣针，漫天的缝衣针落下来，罗四两要伸手夹其中那五根染红的针，稍稍不慎，手就会被扎破流血。

谁家练功是这么练的？罗文昌心疼死了，连连叫停。可卢光耀却美其名曰是让罗四两练胆，练功不练胆，终究一场空。

两个老头儿为这事儿没少吵架，互相都看不顺眼，这也让卢光耀产生了拐走罗四两的想法。

今天练功，罗文昌又来了。

"难道这就是单义堂的传承？"罗文昌目光深沉。

当年他父亲没能正式加入单义堂，还一直引以为憾，那时候罗文昌还有些不以为然，可是现在一看，真是让人心惊啊。

罗文昌不禁又回想起了当初。那时候的单义堂真可谓是人才济济啊，全天下最好的艺人都聚集在了单义堂，单义堂就是江湖人的圣地。

可是，单义堂又是怎么覆灭的呢？他们又为什么非要去做汉奸呢？罗文昌往卢光耀身上瞥了几眼，他问过卢光耀这个问题，卢光耀却一直不肯回答，这也让罗文昌更加好奇了。

卢光耀看看罗文昌，则是越看越不顺眼。

中考结束，中考榜单也出来了，每个中学大门前都贴着大大的榜单。罗四两夺得全县状元，大胖也超常发挥，夺得全县第七十名。

榜单成绩出来之后，大胖在吴州市里打工的父亲不相信，立刻请假赶回来了。在城关中学的榜单上看到儿子名字的时候，这个粗壮黝黑的、没有多少文化的中年男子竟蹲在地上，像个孩子般哭了起来，眼泪怎么都止不住，大胖也在一旁放声大哭。

旁人很难理解这对父子的心情，没有他们这样家庭境遇的，不会理解他们对未来那一丝曙光的期许。大胖幸运地抓住了这一丝曙光。

大胖的父亲领着大胖回家，他粗糙的大手一直抚摸着大胖的脑袋，久久不愿松开。他还拿出了身上仅有的一百块钱，买了好多酒菜回去，请家里亲戚朋友好好吃了一顿饭，逢人就说："这是我儿子，对，我儿子！"

暑假期间，大家都在玩，唯独罗四两在卢家院子里拼命地练戏法。这会儿不是什么惊险的手彩，而是在用一根长长的鹅毛探喉咙。

罗四两这是在练立子行四大基本功剑丹豆环中的剑，口吞宝剑，也叫抿青子。这不是戏法，而是硬功夫。

练这套功夫，最先要用鹅毛从嘴里伸进去扫喉咙眼。

正常人的口腔内部是很敏感的，手指稍微伸进去一点就会恶心干呕，用鹅毛是为了降低喉咙的敏感度。等干呕到不能再呕的时候，口腔和喉咙也就习惯了，不那么敏感了。

这个过程当然是很痛苦的，等这一关熬过去之后，就要用到大葱了。拿炒菜的大葱从嘴里伸进去，通过喉咙一直插到胃里。大葱练熟了之后，才可以试着练口吞宝剑。

口吞宝剑的危险性极高，对艺人的身体伤害也很大，所以新中国成立之后就不让演了。

艺人不易啊！罗四两才被鹅毛探了一会儿，已经干呕得不行，整张脸都变青了。这种身体反应，他的超忆症可发挥不了什么作用。

罗四两摆着手，身子都要虚脱了："不行了不行了！吃不消了，吃不消了！"

卢光耀脸上露笑："呵呵，这就不行了？"

罗四两脸上泛着青色："不行了不行了，再吐下去我可能会死。你就算让我去抓绣花针，我也不练这个，受不了！"

卢光耀冷哼一声，皮笑肉不笑道："我可不敢让你再练绣花针，再让你练下去，你爷爷非跟我拼命不可。"

罗四两缓了两口气，想喝口水，可是又恶心得太厉害了，什么东西也不敢往嘴里灌。

罗四两不解地问道："干吗让我练接针啊，还让我练刀片功？我怎么看着像是老荣行的手段？"

"去！"卢光耀没好气地骂道，"什么老荣不老荣的，你要是拿我教你的本事去偷东西，我非抽死你不可。"

罗四两缩了缩肩膀："我怎么可能去做坏事。"

卢光耀没好气道："还没做坏事，你看看你的中考志愿报的。"

罗四两面色一僵。罗四两的外公是吴州市一中的老校长，他要求罗四两考到全县第一，只要考到了，他就找关系把罗四两弄到市一中去。罗四两在卢光耀的怂恿下，没跟罗文昌说，就偷偷摸摸申请了市一中，这会儿正胆战心惊着呢！

罗四两干笑道："这可是你让我干的，你不会不认账吧？"

卢光耀笑了："嘿，臭小子，真聪明啊。"

罗四两脸都绿了，刚想说话，门就被推开了。罗文昌一脸怒气地闯了进来，眉毛都快倒立起来了。罗四两和卢光耀俩人顿时就有点心虚，扭头就想跑。

"卢老鬼，你给我站住！"罗文昌吼道。

卢光耀肩膀微微一缩，然后立刻装作气定神闲地道："干吗？"

"你说干什么？"罗文昌冲到卢光耀面前，两只眼睛露出欲择人而噬的目光，恶狠狠道，"你让我孙子考到吴州市里去，你想干什么？"

卢光耀露出吃惊的神情，惊讶道："什么，吴州市？不是县一中吗，怎么会有这种事情？"

看到卢光耀错愕的神情，罗文昌反倒愣住了。

罗四两心里都想骂人了。这老货装得也太像了吧！有这演技，干吗不演电影去？

罗文昌疑惑地扭过头，盯上了罗四两。罗四两也慌了，妈呀，这次要完蛋。

"罗！四！两！"罗文昌是从牙齿缝里面蹦出来的这几个字。

曾经有位哲人说过，当你的爷爷爹妈叫你全名的时候，那估计就是你要挨收拾的时候了。

罗四两当时脸就绿了，刚想说出真相来，就瞧见了卢光耀那张似笑非笑的脸庞，心中顿时一紧。

卢光耀跟他爷爷可不一样。他爷爷是出了名的正直，一事归一事，一人归一人，不会把这件事牵扯到别的上面去。而卢光耀不一样啊，这就是个老流氓，如果今天把他出卖了，以后他不定要怎么收拾自己呢。

罗四两话都到嘴边了，愣是收了回来。他硬着头皮，迅速思索了一下，也做出了一副诧异的神情："您不知道吗？"

卢光耀一见罗四两的神情，也是哭笑不得。得，论到装死的功夫，罗四两是真得到他的真传了，卢光耀顿觉头疼。

见到自己孙子如此神情，罗文昌心中也不禁犯了嘀咕，难道这里面还有什么内情？

"你说说，怎么回事？"罗文昌皱着眉头，紧紧盯着罗四两的眼睛，他可不信自己孙子能骗得了自己。

罗四两脸上保持着错愕的神情，脑子却在急速转动着。

"说啊。"罗文昌又是一声大喝。

卢光耀很担心罗四两扛不住，可罗四两显然比他想象得要优秀。

只见罗四两茫然地转了两下头，做出一副疑惑的神情，对罗文昌道："您不知道吗？我外公说只要我考到全县第一，就把我弄到市一中去读书，他说您知道的，您也同意了，难道您不知道？"

罗文昌愣住了。

罗四两又道："外公怎么这样啊，也不跟您说，要不您打电话去跟他说说？"

卢光耀猛地扭头看向罗四两，神色愕然。这小子怎么出昏招，这不是往枪口上撞吗？

谁知罗文昌听了这话之后，脸上闪过一阵晦暗之色，最后竟摆了摆手，一脸铁青地走了。

罗四两的外公和罗文昌，一个是市一中的老校长，是教育界的；一个是原中华杂技团的团长，是文艺界的。都是体面人家，也算是门当户对，两家孩子的结合，大家也都挺满意的。

只是可惜，后来罗四两的父亲意外去世，罗四两的母亲也因为过度忧思而发生了意外。虽说这事怪不了罗家吧，可对罗四两的外公来说，心里始终有个坎。好好的姑娘嫁到你们家，结果让他白发人送黑发人，这叫什么事啊？

所以这么多年过去了，罗四两的外公再也没有登过罗家一次门，就连逢年过节也不来，平时也就是罗四两的小姨会过来看看。

罗文昌心里也挺不是滋味的，也觉得很对不起他们家。现在出了这档子事情，罗文昌也不敢去质问自己亲家。孩子外公给孩子安排了更好的学校，他还能说什么？外公管外孙不是天经地义的嘛！

罗文昌也只当是罗四两的外公不想跟他多来往，就自己帮罗四两找了更好的学校，可关键是罗四两的外公也不知道现在的情况啊。

罗文昌对卢光耀不放心，怕卢光耀把罗四两给带坏了，为此，特地把罗家科班开到了江县里面，就是为了盯着卢光耀和罗四两。可是等他科班都弄得差不多了，罗四两居然要去市里读书了，这一记回马枪都把他给打蒙了。

没错，罗家科班还是开起来了，他还是想传承罗家戏法，另外也是给罗四两的未来添上几分助力。

罗文昌是不折不扣的君子，卢光耀则是真小人，罗四两在卢光耀的影响下也变成小人了，骗起他爷爷是越来越拿手了。

录取通知书寄到了，学校也都确定了，就连学生档案也都移过去了，罗文昌算是认命了。罢了罢了，只能让罗四两去市里读书了，希望他外公能多看着他一点吧。

送罗四两去市里上学的时候，罗文昌有些怅然。罗四两从小到大都在他身边长大，现在突然就这么离开了，他心中很不是滋味。但他也没说什么，只是冲着罗四两挥了挥手，随意喊了一句："走吧，走了。"

他便走了。

开往市里的车也走了。

罗四两心中也有些失落，看着爷爷那花白的头发，心中有种说不出的滋味。

前方那佝偻的背影渐行渐远，罗四两心中泛起了苦涩。

卢光耀看着罗四两那张稚嫩的脸庞，也露出了感慨之意。

车走了，人走了。

带着一路山水，半点眷念，还有道不完的牵挂走了。

走了，都走了。

那便都走吧。

远赴湘西

时间仍在流逝。

城关中学的高慧娟还在继续着她的教师生涯，将一届届的学生引进初中生活，又送进高中校园。高慧娟的情绪也由最初的伤感不舍慢慢变成怅然若失。

城南的刀疤还是蹲在街头设赌局，后来渐渐弄大了，虽然没有罗四两这样的妖孽来砸场子，却被警察给端了，刀疤也因为赌博罪坐了牢。

张司机还在跑长途。他又找了一个老婆，是纺织厂的下岗女工，跟他差不多年纪，也是二婚，但是没孩子，俩人结合在一起了。张司机的老婆勤劳能干，不仅把家里操持得很好，还经常和张司机一起跑长途。

不过没跑多久她就怀孕了，后来给张司机生了一个儿子，安心待在家里相夫教子，张司机在外面打拼赚钱。俩人都是懂得惜福的人，日子过得也挺好。就像当初方铁口给张司机的箴言说的那样：只待前行路，莫求无良缘。

罗文昌的罗家科班也正式开班教学了，以罗文昌的号召力，立子行的学员们可谓是一呼百应，甚至一些成了名的演员都想过来进修。罗文昌选了一些好苗子，也开始忙碌起来了。

大胖去了中专，虽然他的成绩可以上重点高中，但是他家里太穷了，考了高中还要考大学，家里负担不起。中专三年毕业出来就可以分配工作，这对他来说是最好的选择了。

开学那天，是大胖父亲送他去的。大胖的父亲是个老实巴交的农民工，到了中专，这儿不敢碰，那儿不敢摸，跟到圣地似的，最后也只是留下一句"好好学习"，就红着脸走了。大胖的命运终究跟他不一样了，这也是他作为父亲最开心和欣慰的地方。

大胖也确实很争气，在中专里面学习很努力，毕业了之后分配到了江县县城里的小学当了一名体育老师。大胖当老师很认真负责，虽然只是小学体育老师，可每年都有好多毕业的学生特意去看他，大胖也经常被评为最受学生喜爱的老师和十佳教师。后来，大胖娶了同校的一位女老师为妻，过上了平凡而和谐的日子。

而罗四两也终于到了市里，揭开了他不平凡的一生的序幕。

"什么？你要在外公家里待一个月？学校复习高三的功课？那好吧，你在外公家里要听话，好好学习，明年就要高考了，要收收心，要考个好学校。"罗文昌不厌其烦地叮嘱道。

罗四两在电话那头也满口答应："您放心，我一定好好学习，我的成绩您还不知道吗，考个清华北大肯定是没问题的。"

罗文昌听得笑出声来："行了，别瞎吹了，学习要稳扎稳打，可不能浮躁，等你把基础打好了，考试才能有把握。别老好高骛远的，你能考个重点大学就可以了，还清华北大。"

罗四两大大咧咧道："没事，您就瞧好吧。行了，不说了，外公叫我呢，我挂电话了啊，爷爷再见。"罗四两放下电话，擦了擦头上的汗水，一脸悻悻然。

骗人的工作是真不好干哪，尤其是骗自己最亲近的人。这刚骗一个，还得再来一个。罗四两摇摇头，又拿起了电话，拨了一串号码出去："喂，外公啊，对对，我爷爷让我回家去，我知道，但你也知道我爷爷那个人，他就那么固执啊。

"您放心，不耽误学习！我的成绩您还不知道吗，哪次考试掉出前十了？这次全市统考，我还拿第一呢！没事，我准能上北大，不吹牛。踏实踏实，踏实着呢，我会好好学的，不贪玩，您放心。好好，再见啊。"罗四两把电话摆下，搓了搓脸庞，苦笑了两声。

现在的罗四两正处在发育期，嘴巴上也冒出了短短的黑色绒毛，身子也蹿高了不少，都快有一米八了，整个人洋溢着青春的气息。

暑假了，罗四两稍微收拾了一下东西就出了校门。

他下半年就高三，明年就高考了，学校里面组织了高考复习，也有学生在课外找辅导老师。所有人都很忙，都在为高考努力着，像罗四两这么玩的还真没有。

罗四两出了校门，就去市里南边的老居民区找卢光耀了。

自从罗四两来市里上高中，卢光耀也就跟着过来了。这两年罗四两的手彩功夫可半点没放下，而且还精进不少，他现在的手彩已经进入大成的境界了，跟那些大门大派的当家人相比也丝毫不落下风。

经过卢光耀的调教，罗四两也越来越鬼了，不仅把自己外公和爷爷骗得团团转，还把学校里面的老师领导都骗蒙了。不过他的成绩也确实足够好，不然两边的老人、学校的老师肯定是不会放松的。

而且他脑袋后边那长命辫到现在也没剪掉，学校里面的老师竟然也没有一个难为他，更没像初中那样刀枪棍棒齐上马。

罗四两上了两年高中，待在校园里的时间连一半都不到，每天都跟着卢光耀在外面乱跑。他外公和他爷爷一点都不知道，学校里面的老师还尽力维护他，期末了还给他评了个市里的三好学生。对此，卢光耀感到非常骄傲。

"卢先生。"罗四两推开门，一边张望一边喊着，"人呢？"

"这儿……"虚弱的声音响起。

罗四两大吃一惊，过去一看，卢光耀竟然倒在床上，脸色蜡黄，额头烫得厉害。罗四两赶紧找药给卢光耀吃了，又找了个湿毛巾给他盖到额头上。怕卢光耀醒了肚子饿，他又去煤饼炉上炖了一点粥，还每隔一段时间就给卢光耀换一块湿毛巾，累了就趴在床边休息一下。

也不知道过了多久，卢光耀渐渐醒过来，虚晃的眼神渐渐聚焦，很快就看到了趴在床边的罗四两，和炉子上保着温的白粥。

"唉……"卢光耀轻轻一叹。他这两年老得很快，脸上多了许多皱纹，身体大不如前，手法也达不到之前那般神鬼莫测的水准了。

这一叹却把罗四两惊醒了。他抬起头，迷迷糊糊地擦了擦眼睛，见着卢光耀醒了，惊喜道："卢先生，您醒了啊？"

"嗯。"卢光耀轻轻应了一声。

"你饿不饿啊，我给你拿碗粥过来？"

"好。"卢光耀答应一声。

罗四两赶紧小跑过去，盛了一碗粥过来，把卢光耀扶起来，然后把粥碗给他。卢光耀慢慢喝着热粥，身体也舒服了不少。

罗四两笑道："卢先生，现在年纪大了，身体是不行了。"

卢光耀却道："呵呵，我这是故意病的，不然你怎么会照顾我？"

罗四两撇了撇嘴："说得好像我不管你似的。"

卢光耀喝着粥，笑呵呵道："这种亲爹般的待遇可是难得一见啊。"

罗四两不满道："你又不肯收我为徒，不然不就师徒如父子了？话说你干吗不肯啊？看不上我啊？"

卢光耀手上的勺子顿了顿，笑道："那倒不是，我不是怕矮了你爷爷一辈嘛，怕在你爷爷面前抬不起头啊。"

"切。"罗四两翻个白眼。

卢光耀道："暑假我们去湘西找鬼马张，学他们的彩法门。"

"什么时候去啊？"

"就这一两天吧。"

罗四两点了点头。

卢光耀低头看着手上的热粥，心中微叹。他当初跟方铁口说，不择手段也要让罗四两学习戏法，可他终究还是狠不下这个心啊。

四两啊四两，不是我不愿意收你为徒，而是以我的身份，你拜我为师会有无穷麻烦的。我宁愿快手卢后继无人，宁愿单义堂没有传承，也不想让你承受半点压力啊。

上火车，去湖南。

这年头的火车大都是绿皮火车，哐哧哐哧，开得很慢，估摸着要小两天才能到长沙。

卢光耀和罗四两两个人都要了硬座。这种老式火车，硬座车厢里的人是最多的，因为除了坐票之外还有站票。

舒服肯定是不舒服的，连脚都伸不直，怎么会舒服？

但是这里有一点好——硬座车厢聚集了天南海北的人，世间百味都能在这里找到。

罗四两这两年也没怎么在学校待着，都是跟着卢光耀天南海北地跑，确实增长了许多见识和阅历。跟那些整日待在教室读书的学生比起来，罗四两虽说年纪不大，但已经成长为老油条了。

现在这趟列车就很热闹。

列车坐得很满，罗四两他们所在的这节车厢已经没有空座了，不仅如此，座位旁边还站满了人，再加上大包小包的东西，可谓是拥挤异常。就是这样，也不改乘务员赚钱的热情。乘务员拿着各种物品在车厢里面推销，尽显其能，异常热闹。

卢光耀曾经说过，这种绿皮车的硬座车厢其实就是一个小江湖。

就他们这节车厢，前排就有几个人在打牌。罗四两看得真切，那其实就是老月设的赌局，四个人一场牌局，两个人是老月，旁边还有几个围观的，其中也有老月的敲托。

十赌九骗，在外面赌钱就别想着能赢了。赌博是卢光耀严禁罗四两干的事情之一，没有任何商量的余地。

但说来好笑，厨拱行的后棚买卖其实靠的就是设局当老月骗钱。厨拱行是卖戏法的，他们最赚钱的就是卖符法门的戏法，而符法门都是骗人的。

他们会做一张符箓，然后往窑里垮点儿，施展后棚买卖的手段，告诉你这符箓是经过高人开光的，逢赌必赢，几天就能把本捞回来，而且以后吃喝不愁。你要是不信，他现在就能带你去赌钱。但其实那赌局就是他们设置的，等把你糊弄够了，这符箓也就高价卖出去了。

符箓卖出去之后，人家发现没用，醒了攒儿了，过来找麻烦怎么办？厨拱行人还有招儿。

他们会告诉点儿，将符箓放在家中叩拜七日之后，靠近烛火观看。若是上天准予你财运，上面会显示一个准字；若是不准，符箓就会自动烧毁。而那张符箓是他们加了磷的，温度稍微一高就能自燃。

你玩得过这帮骗子？

所以说江湖事千千万，不想吃亏上当，就要谨记一点：别贪小便宜，凡事走正轨。记住这一点了，那就没什么事了。

罗四两只是稍微瞥了瞥那伙老月，就把目光收了回来。

卢光耀见到罗四两如此表现，心中也是微微欣喜。他确实很怕罗四两去赌博，赌博是一条不归路。别看罗四两的手法已经到大成境界了，但是就连当年处在巅峰的卢光耀都不敢涉入其中，就更不要说别的了。

赌就是无形毒药，沉迷其中，怎么死的都不知道。

这种事卢光耀见得太多了，不说别人，就说他爷爷老快手卢，当年也是立子行的一号人物，后来就是因为抽大烟、酗酒、嗜赌才毁了快手卢家族，让快手卢成了整个立子行的笑柄。

所以卢光耀虽然在江湖闯荡，但从来不做出格的事情，而且对自己要求很严。同样，他也不希望罗四两行差踏错。

罗四两看完了那帮老月，又把目光投到车厢的其他地方，在两个手提粗布口袋的中年人身上停留了下来，眉头微微一皱。卢光耀瞧他一眼，也顺着他的目光看去。

罗四两只看出这俩人行为有点怪异，卢光耀却在第一时间就发现了，这俩人是老荣。他闯荡江湖数十年，对江湖上这些行当太了解了。

罗四两很快也看出端倪来了。他没有卢光耀那么老辣的目光，但是他有一眼记事的能力，看得出来这俩人手指里面夹着东西。

是刀片，飞鹰刀片。

飞鹰刀片是放在老式刮胡刀里面刮胡子用的，但这玩意儿也是老荣的常用之物。

老荣们通常会把刀片一分为二，把棱角磨好，藏在袖子或者口袋里，等要做活儿了，才把刀片夹在手指缝中。确定好点儿之后，一个人引开点儿的注意，另一个人就开始割包或者割口袋，把人家东西偷走。

罗四两还发现，其中一人的食指和中指指尖有过损伤。

老荣偷东西用得最多的就是这两根手指，但食指和中指是不一样长的，所以以前的老贼会把两指并拢在桌子上不断戳，把两根手指戳成等长的，方便夹东西。

罗四两看着卢光耀，嘴上比出一个形状："荣？"

卢光耀微微颔首，低声道："吃飞轮的。"

遇见老荣

老荣行也叫小绺门，是五花八门的江湖行当中的五花之一，指的是小偷这一行，也有人把他们称为镊子把。

老荣行分五个买卖：轮子钱、朋友钱、黑钱、白钱和高买。

轮子钱是指在交通工具上行窃。罗四两遇见的这伙人老荣就是在火车上行窃，是吃飞轮的。此外，还有在轮船上、汽车上行窃的。

朋友钱是指偷半熟脸的朋友，这里指的不是真的朋友，而是曾经见过的、聊过的，甚至是根本没见过的。这种小偷都是厚脸皮、自来熟，你目光在人家脸上稍微多停留一会儿，人家就满脸堆笑过来攀关系了，说在哪儿跟你见过、聊过，一步步打消你的戒心，然后下手偷东西。

黑钱是指晚上出活儿偷东西，白天不做活儿；白钱指的是白天出活儿，晚上不做活儿。

高买指的是专门去偷银行、珠宝店、金铺、绸缎行等商家的小偷，这属于高级小偷，赚的都是大钱，技术一般也是比较过硬的。

在旧社会时期，老荣这行从不散兵作战，而是有组织的。每个码头或者区域都有瓢把子，每省每市都还有总瓢把子，也就是所谓的贼王。

那时候的老荣把东西偷来，不能立马就卖了换钱，要先把东西交给瓢把子保管三天。三天里，如果有人托关系找上门来了，说明偷到了有钱有势的人家头上，得赶紧把东西还回去，省得惹麻烦。若是三天都没消息，就说明被偷的人没什么背景和势力，或者人家对被偷的东西根本不上心。这时候就可以把东西卖了，大家按照比例分钱，用行话说这叫"挑了唒杆（卖了换钱），均杆头儿（按人头比例分钱）"。

旧社会时期，各行各业都有规矩，每个地方都有当地的江湖人在做买卖，一般是不允许外人随便进入的。外地的老荣想过来做活儿，得先跟当地同行打招呼，这叫作拜相。在沿海或者河边地域，他们把这种形式叫作拜码头。

其他传统行当也一样，包括彩门的立子行。

外地同行过来，送上拜帖、拜金或者摆桌吃饭，这叫行客拜坐客。你若是同意人家在此做买卖，就收下拜金或者去吃人家的饭，等人家过来做买卖了，你还得给人家提供必要的帮助。你若是不同意人家在这里做买卖，那送来的东西你就不能要了，不仅如此，你还得给人家盘缠，把人家送走。

当然，如果有那种不守规矩的，偷偷摸摸过来做活儿的，像彩门、相声门等比较文明的行当，会把他当天赚的钱和吃饭的家伙拿走，再把人赶走。碰上老荣行这种比较暴力的行当，那恐怕是要动武了。

有些瓢把子怕把人打坏了自己惹上官司，就会请老柴出马，把这些外地来的老荣抓走。按照老规矩，江湖争斗是不能把官府的人牵扯进来的，但是庚子年以后，江湖乱道，各种规矩都守不住，也就乱起来了。

旧社会时期的警察之所以能成为江湖五花之一的老柴，一是因为他们懂江湖事和江湖手段，这样才能办案；二则是因为他们跟江湖牵扯很深，也算是江湖中人。那个时候，各省的贼王跟老柴牵扯很深，老荣也有偷偷去当警察、当大头兵的。穿着制服出来，旁人就不会对他们有太多警惕，而且就算是被抓了现行，别人也奈何不了他们。

老荣这行是条不归路，上了贼船就下不来。很多小偷一生都处在偷了、花了、被抓了、释放了、再去偷、再去花、再被抓的恶性循环当中，基本就别指望他们能改邪归正了。

火车上，两个老荣在把点儿，浑然不觉自己已经被人盯上了。

罗四两剥着香蕉吃，眼睛时不时看向俩人。老荣靠的是手上功夫，他靠的也是手上功夫，他倒想见识见识这两个老荣的手活儿怎么样。

等罗四两一根香蕉吃完了，那两个老荣终于确定点儿了。他们的点儿是一个中年妇女，那妇女怀中抱着一个书包，紧紧抱着不肯松开，一瞧就知道里面有贵重物品。

"哎，大姐，你要不要坐会儿啊，我看你挺累的。"一个老荣说话了，想让那妇女坐下来休息一下。

那妇女明显有很强的警备心理，连忙推辞道："不了，你坐吧，我站着就行了。"

那老荣还在劝："没事，还远着呢，您坐吧，我站一会儿松快松快筋骨，大家出门在外都不容易。"那妇女依然婉拒。

此时，另外一名小偷挪到了妇女身边。他是背对着妇女的，背后的麻布背包刚好可以挡住他的右臂，他右手悄悄从麻布背包底下钻过去，从身后伸向妇女。

罗四两看得眼睛一亮："苏秦背剑，高手啊。"

老荣做活儿也是分季节的。夏天，老荣是最少的，因为夏天大家穿得少，老荣做活儿之后不好藏东西，容易让人瞧出来。

但这一条对那些技术很高的老荣来说，显然不成立。现在火车上的这两位就是水平很高的老荣，苏秦背剑可不是一般人能使出来的。

一听到苏秦背剑四个字，卢光耀眉头一挑，朝那俩人看去，疑惑道："苏秦背剑，莫非是于黑的传人？"

罗四两一愣："津门于黑？"卢光耀微微颔首。

于黑在老荣行也算得上是一位人物，他是旧社会时期一位相当出名的贼王，江湖人称津门于黑。

于黑是专吃飞轮的，长年在火车上行窃，但他只偷大户，从来不偷贫困之人。而且他技术出众，每次出手都能偷个成百上千，在旧社会时期，那可是一笔巨款啊。于黑最擅长的手法就是苏秦背剑。人家老荣做活儿都是靠近点儿身边才偷偷动手，而于黑背对着点儿就能把活儿给做了，这水平可不简单哪。

关于于黑还有一个小故事。

有一次于黑坐火车去上海，途中有个老荣不认识他，就准备偷他的东西。于黑一眼就瞧出来了，但是什么都没说，还是两手摊开报纸，认真地读着。那老荣甚是欣喜，靠近于黑大偷特偷。可是等到站下车之后，他才发现，不仅从于黑那里偷的东西不见了，自己之前偷到的东西也没了。

那老荣这才脸色大变，意识到自己遇上高人了，回去一打听才知道遇上的是津门于黑。他以为自己神不知鬼不觉地偷了人家东西，哪里知道人家用苏秦背剑早把他给扒干净了。都怪自己打眼，惹到了这种人头上，他赶紧备了厚礼，立马跑到上海向于黑赔礼道歉了。

于黑此人重义轻财，他偷来的钱大多都散出去了，自己花得不多。同行遇着难了、没钱了，他也会接济人家，所以名声一直很好。

罗四两和卢光耀也不曾想到，他们会在火车见到苏秦背剑。

于黑当年重义轻财，在江湖上广交好友，就连单义堂跟他的关系都很不错。于黑跟卢光耀的师父何义天也有不错的交情，卢光耀本人也跟于家有很深的渊源。莫非真是津门于黑的传人？

罗四两转头看向卢光耀，卢光耀则微微摇头。罗四两耸了耸肩膀，也不看那边了，自己把香蕉皮收拾好之后，又掏出一把瓜子嗑了起来。

再看那边两个老荣。

施展苏秦背剑的那位已经偷到了钱财，他把钱财往麻布包里面一放，转身离开了。另一个老荣还在跟那妇女闲聊，后来见那妇女实在不肯坐下，他也就放弃了，就顾着自己吃东西了。

约莫过了十来分钟，前方站点都快到站了。

"啊——"

这时候，只听得一声尖叫，全车厢的人都惊住了，就连那边设赌局的老月也赶紧看过来。只见那妇女脸色惨白，抱着自己书包，身子微微发抖，书包底下赫然被割出了一个大洞。

众人一看就明白了，这是遭贼了啊。

"我钱呢，我钱呢。"妇女慌乱极了，声音都在发抖。

罗四两看了卢光耀一眼，脸上闪过不忍之色，卢光耀的眉头也皱了起来。

"赶紧找乘警，你在这儿干着急也没用啊。"有人给她出主意了。

罗四两一看，出主意的正是坐在妇女旁边的那个老荣。这人真是够了，得了便宜还卖乖。

那妇女整个人都慌了，眼泪扑簌簌往下掉，带着哭腔道："警察呢？警察，我钱呢？我没有……我就没让包离开过我，钱怎么没了？我男人还在医院里躺着呢，这是他救命的钱啊……这是我的命啊……"

这话一出，车厢里面的人都惊住了，顿时就义愤填膺起来。就连罗四两和卢光耀都是心中一惊，竟然是救命的钱被偷了。

"这该死的小偷，抓到非打死他不可。"

"太过分了，这小偷是个畜生啊，连人家的救命钱都偷。"

……

"哎，这是人家救命的钱，你要是不小心偷了，就赶紧给人家还回去，偷偷扔到乘务室里也行，托人交给乘警也行。你要真昧着良心收了这钱，晚上可别怕睡不着觉啊。"也有人给小偷提醒。

火车上好人还是挺多的。卢光耀和罗四两都看向了坐着的那位老荣，可那人神色依旧不变。见状，卢光耀和罗四两皆是心中一沉。

乘警也很快就来了，那妇女像是见到救星似的，立马抓住了乘警的衣服，哭着喊着求他帮忙把钱找回来。乘警一听救命钱被偷了，也急了，立马联系了火车上的乘务人员和其他乘警展开调查。

但一般火车上的东西被偷了，是很难找回来的。捉贼要拿赃，没在第一时间抓住对方，怎么找？总不可能把所有乘客的包裹都翻一遍吧？

乘警留了两个在这里询问车厢里的人，其他乘警则去找熟脸去了。

小偷只要被抓过，被乘警认识，再上火车之后，一旦出事情，第一个被怀疑的就是他们。这种用行话说叫作脏了盘了，一旦脏了盘了，小偷就不能在这里待，要换地方作案了。

可小偷也不傻，在乘警那边脏了盘，以后就不可能再吃飞轮钱了，这些乘警想找熟脸，恐怕是难了。

那妇女已经瘫倒在地上，神情恍惚，一直喃喃自语。谁都不知道她在说什么，但谁都看见了她那流个不停的眼泪。真是让人于心不忍啊！

"卢先生。"罗四两皱眉唤了卢光耀一声。

卢光耀紧皱眉头，神色凝重，轻声道："再等一下。"

仗义援手

卢光耀在等，等这两个老荣把救命钱还给人家。如果他们真是于黑的传人，是定然不会拿别人救命钱的。

老荣这行都是小偷，偷窃自然也是违法犯罪的行为，这个没什么好争论的。但是小偷里面，也有一些相对来说比较有操守的，有自己的行事准则。

老荣行有三不偷：老弱妇孺不偷；急用救命不偷；一人不偷二回。

像这种救命钱，稍微有点良知的小偷都是不会偷的，哪怕是不小心拿了也会给人家还回去。拿这种钱是会损阴德的，老派江湖人最忌讳的就是伤了攒子，损了阴德。

江湖越老，胆子越小。老派江湖人经常说：赚钱越多，造孽越深。所以他们都会给自己留点余地，毕竟他们见得太多了。

时间一分一秒过去，乘警那边依然没有半点消息。那位妇女依旧瘫坐在地上，面如死灰，整个人像是丧失了神志，都快痴傻了。

广播里面在播报站点，前方就要到站了。那个坐着的老荣还是没有丝毫动静，甚至把头扭向窗外，去欣赏窗外风景了。

罗四两顿时眉头大皱，略略提高声音道："卢先生……"

卢光耀看着罗四两问："这不关你的事，也不是你的责任，你为什么要牵扯进去？"

罗四两却认真道："不是责任，是我要做。"卢光耀看着罗四两的眼睛，罗四两亦坦然对视。

"好，去吧。"卢光耀答应了。

罗四两点了点头，起身出去。他垂着脑袋看路，慢慢悠悠地往前走，他还看戏似的看了一眼那妇女的凄惨模样，又看了看装作若无其事的老荣。

卢光耀不动声色地看着罗四两的背影，脸上露出欣慰的笑意："他终于开始懂了……"

车厢虽然比较拥堵，但是这妇女周围很明显出现了一个真空区域，她就一个人孤零零地瘫坐在那里。

罗四两绕过妇女，继续往前，经过那个坐着的老荣时也没有多做停留，就那样径直走了过去。

他连续走了两节车厢，还在途中摸了一个灰色的脏帽子戴在脑袋上，把脑后的辫子藏了起来。终于，他在第三节车厢找到了先前那位使苏秦背剑的老荣。那人是站票，他只是简单站着，麻布背包放在前面，眼睛看向窗外。

罗四两没有立刻向前，而是站在原地多待了一会儿，仔细观察了一下才迈步向前，这时候他才真正看清楚这位老荣的面貌。

这人身材矮小，脸色粗黄，面容普通，属于扔在人群里面就会立即被淹没的那种，只是一双眼睛生得很大。

这趟列车很挤，地上摆着的东西很多，罗四两走得也甚是艰难，还常常碰到绊到。他磕磕绊绊地走到那个老荣身边，左脚却不小心绊倒了别人放在地上的蛇皮口袋。

"哎哟。"罗四两惊呼一声，身体已经失去了重心，直接撞到了那老荣身上。

那老荣顿时警兆大升。干他们这行的，别看站着坐着松松垮垮的，其实心里都绷了一根弦，稍微有点动静就能引起他们的注意，更别说这样直接往身上撞的了。

老荣第一时间反应了过来，一手搂着包，一手拦住撞过来的罗四两。待看清楚罗四两的样貌，这老荣才心头一松，原来是个半大小子。

罗四两一不小心撞到人，不由得脸色发红，忙点头哈腰，讪笑道："对不起对不起，没站稳。"

那老荣只是微微笑笑，然后摇了摇头。罗四两颇不好意思地再度鞠躬，这才转身离开。

那老荣看着罗四两的背影，依旧警惕，一直盯着罗四两走出这节车厢，才微微松了口气。

这口气一松，他的脸色竟瞬间大变！

任何一个经年老贼对重量都是十分敏感的。以前，有经验的老贼只需要看几眼，就能大体推测出对方身上带了多少银两。

现在大家都用纸币，所以也不太容易看出来了。但是抱在怀中的包里有一沓钱没了，那老荣若是还不能察觉，也就不是个合格的老荣了。

心弦一松，那老荣立刻就发现不对劲，他忙打开包裹，掀开底层褡裢，一看才发现包裹底下破了一个洞，钱没了。

别看他的包裹很旧，其实是很有讲究的。包底下有个暗包，他会把偷来的钱或者首饰藏在这暗包里面，这样就算别人过来翻他的包，一时半会儿也找不到。可是今天他的包却被别人从下面割开了。

终日做贼，居然被贼给偷了。

那老荣眸子顿时就红了，他断定是刚才那半大小子偷了他的东西，立马追着罗四两跑去。

除了这小子，没别人了！

罗四两走得很快，那老荣竟一时追不上。等他好不容易追到了罗四两，定睛一瞧，却愣在了当场。罗四两正在跟乘警走在一起，还有说有笑的，看见那老荣过来了，还冲着那老荣咧嘴一笑。

老荣气得眼前一黑，差点没站稳。他把手伸进口袋，一摸才发现他的刀片少了一枚。

他今日出门带了两枚，现在就剩一个了。

那老荣脸色微微一变，狐疑地看了一眼罗四两：不会是眼前这小子把他兜里的刀片拿走了吧？然后用他的刀片去割开他的背包？不可能吧？他才撞过来那一下而已，连自己的身子都没挨上，就能一瞬间做这么多事情？那老荣顿时便惊疑起来了。

"对，就前面那节车厢有人说看见小偷了。"罗四两一边说，一边引着乘警过去。

那老荣本来想截住罗四两，一听罗四两这话，他脚步一顿，就不敢再向前了，心中也不由得暗骂罗四两不讲规矩。

罗四两和乘警一起经过老荣身边的时候，还冲他露出诚恳的笑容，把那老荣气得牙痒痒。

看到罗四两领着乘警往原先那节车厢走去，那位老荣咬了咬牙之后，也跟了上去。

罗四两还在跟乘警描述当时的场景，听得后面那老荣心惊肉跳的。

"对，就前面有人说看见小偷偷东西了，说小偷是两个人，一个人吸引那大姐的注意，另一个人出手。他还说看见小偷用刀片了呢。"

乘警有些讶异："连刀片都看见了？"

罗四两微微一怔："额……对，反正他是这么说的。"

乘警点了点头，说道："那他还看得真仔细，这是个目击证人啊，快走，去找到他，我今天非得把这两个小偷给逮出来不可。"

罗四两带着警察赶紧往前走。身后那个老荣幽怨地看着罗四两，他是真不看透这小子要干吗。

如果要揭露他们，直接跟乘警说就好了；如果不打算揭露他们，说这套话干吗？纯粹恶心人啊？

其实他还真没想错，罗四两就是恶心他来的。

罗四两带着乘警来到原先那个车厢，那老荣居然也没跑，还一路跟着他。

乘警一来到这节车厢，坐在座位上的那个老荣就提高了警惕。别看他的眼睛是望向窗外的，其实他在利用玻璃的反光观察罗四两和乘警呢，千万别小看这种经年老贼的警惕心。

俩人来到车厢，乘警问道："你说的那个人呢？"

罗四两环视一圈，纳闷道："哎，刚才还在这里的，他说他看见了，我听了就去找您了，人呢？就在这儿啊，怎么不见了？"罗四两一指边角，乘警也看了过来，那两个老荣脸色立马就变了。

"没有啊。"乘警皱起了眉头。

这边的动静也惹来车厢其他人的注意，就连那瘫在地上的中年妇女都抬起了头。

罗四两皱眉往前走："哎，真是奇怪啊，他外套还扔这儿呢。"他一边说着一边蹲下去捡外套，刚拎起外套，只听啪嗒一声，一沓百元大钞掉在了地上，粗略一看有好几千块。

"我的天！"罗四两惊讶地捂住了嘴。

跟着罗四两后面的那个黄脸大眼老荣忍不住嘴角抽搐，这孙子装得还真像啊。乘警也看呆了，车厢里的乘客们也纷纷发出惊呼声。

那坐着的老荣悄然转头，望向那位黄脸老荣。看到对方微微摇头，他的脸色也变得不好看了。

"钱……"瘫坐着的妇女身子微微发抖。

"哎呀，肯定是小偷把钱给你还回来了。"

"这小偷还真行啊，没有昧着良心拿人家救命钱。"

"是啊，这才是盗亦有道呢。"

听着乘客们议论纷纷，两个老荣脸都黑了。虽说大家都在夸他们，可他们怎么都开心不起来。

脸色同样难看的还有乘警。乘客们居然还开始表扬小偷了，还有没有正确的价值观了，还讲理不讲了？

"大姐，你快看看钱有没有少。"罗四两提醒那位妇女。

乘警吐了一口气，缓了缓心情，才把钱拿过来交到那妇女手里："大姐，你看看这是不是你丢的钱？"

那妇女眼泪都下来了，抱着钱哭道："是我的……是我的……绑钱的纸条我写名字了……是我的……谢谢谢谢。"说着，妇女就要给乘警和罗四两磕头，乘警赶紧去扶她。

罗四两挠挠头，如释重负地吐了一口气，余光却瞥到了那两个老荣难看的脸色。在乘警的要求下，罗四两跟着妇女去做笔录了，好一会儿才回到座位上。

卢光耀皱眉问他："怎么弄出这么大动静？"

罗四两道："点儿扎手，没法不惊动他们，当卖他们人情吧。"

其实罗四两无意与他们结仇。他们会用苏秦背剑，八成跟于黑有脱不开的关系，既然如此，罗四两就不能不顾及这层关系。

把救命钱还给失主，这是做人的良心；不去揭发他们，还把还钱的功劳算在他们头上，这就是顾全于黑留下来的旧交情了。所以别看罗四两年纪不大，做事还是妥当的，透出来一股子大气。

卢光耀听了之后，微微颔首，没有多说什么。

那两个老荣技不如人，被罗四两给偷了，还能说什么？再说罗四两还替他们把善事做了，这是给他们积阴德呢，还有什么不满足的？

这师徒俩是这么想的，可那两个老荣却不这么想。

车厢的厕所里，两个老荣都挤在里面，正在低声说话。

那个黄脸大眼睛的老荣压低了声音，尽管压低了声音，他的声音还是挺尖细的。

"师哥，我忍不下这口气。"

黑脸老荣苦笑道："算了，我们这次是遇上高人了，认栽吧。"

黄脸老荣皱起了眉头："不行，我只是一时不慎，我可不信我会输给他。他居然偷到我们头上来了，这是挑衅我们津门于家，我不能不应战。"

黑脸老荣无奈道："你想多了，人家只是想把钱还给失主罢了，最后不还是把功劳都送给我们了吗，人家没有恶意。"

黄脸老荣却道："一声不吭就动手，这是守规矩吗？还钱？我还需要他来动手？仗着自己有点能耐就这么不讲规矩，他当他是谁啊，哪位隐居的老前辈啊？"

黄脸老荣一想起罗四两那张欠揍的笑脸，就气得牙根痒痒，他出道至今还没吃过这么大的亏呢！

老荣这行当，如果有一些老前辈看不惯年轻人肆意妄为，是会出手教训的。像今天这样的情况，如果出手的是一个老前辈，他们俩还得上门感谢人家。但坏就坏在罗四两是个半大小子，这黄脸老荣也是个心高气傲的主儿，哪里能咽得下这口气啊？

说完，这黄脸老荣就出去了，黑脸老荣抓了抓生疼的脑袋，也只能跟着一起出去了。俩人走到了罗四两那节车厢，走到了罗四两旁边。

黄脸老荣瞪着眼睛看向罗四两，罗四两和卢光耀也抬头看向他们，眉头微皱。

黄脸老荣看着罗四两，挑了挑眉毛，双手搭在了一起，放在小腹前面，右手食指从左手的小拇指划到大拇指。

这是一套暗语。

江湖春点是江湖上各个行当通用的暗语，就好比现在的普通话；但是各个行当还有属于自己行当的暗语，就好比现在的地方方言。

老荣这行比较特殊，其他行当的暗语张嘴就说了，旁人听不懂也不会多上心。像那说相声变戏法的，在台上说两句暗语，提醒徒弟赶紧向观众要钱，观众听不懂也就听不懂了，没人会管。

但是老荣这行不一样。老荣去赶集，跟在某个大财主后面，用江湖春点调侃儿，说他怎么怎么有钱，他们一会儿要怎么怎么偷。身边突然冒出来两个说黑话的家伙；正常人就算听不懂，也会起戒心，那还怎么偷？所以老荣这行的暗语就渐渐演化成了肢体动作。

刚刚黄脸老荣那套动作，意思是"过来"。人的小拇指是朝外的，大拇指是朝着自己的，从外到内这么一摸，就是让你跟他过来。

这两个老荣以为罗四两是同行，所以一来就用上了老荣行的暗语。罗四两虽不是老荣行的人，但也看得懂他们的暗语，毕竟卢光耀跟老荣行有着很深的渊源。

罗四两看了看他们，又扭头看向卢光耀。

两个老荣也看向卢光耀，眉头皆是一皱。难不成是这个老前辈看不惯他们，所以让这小子出手了？

卢光耀也叹了一口气，麻烦找上门来，也是没办法避免的。他对罗四两微微点头："去吧，小心一点。"

罗四两也慎重地点头，然后起身。

那两个老荣看着卢光耀，用右手小指敲了敲左手大拇指。古人以左为尊，左手大拇指更是贵中之贵。这套动作的意思是小辈拜见前辈。

见到这幕，卢光耀也放心了不少，至少对方还是个懂规矩的人。而且这套暗语也不是一般的老荣能学来的，他们必然是有传承的，叫罗四两出去估计也只是为了盘盘道吧。

卢光耀十指交叉一握，拱手见礼。两个老荣互视一眼，神情微凝，但也没多说什么。

打完招呼，两个老荣就和罗四两一起往外走，一直走到了前面的厕所，黄脸老荣才冲罗四两努了努嘴，示意他走进去。

罗四两微笑摇头。开玩笑，他怎么可能进去？万一人家真有歹意，那他不完蛋了啊？

俩人见罗四两不肯进去，也没有多说什么。那黑脸老荣微微一叹，他本不想搞这么多花头，也不想跟眼前这小子有什么交集，可惜这事儿由不得他，他边上还有位不依不饶的呢。

那黄脸老荣凑近罗四两，压低声音道："津门于家做活儿，敢问阁下是哪支的？"

这一瞬间，罗四两竟在他身上闻到了一股子很清新的味道。

罗四两瞧他一眼，也贴近了回道："沧州八极门。"

手法对决

此话一出，黄脸老荣顿时一愣。

黑脸老荣看到错愕的黄脸老荣，也微微一怔。刚才二人说话离得太近且声音太轻，他没听见。

黄脸老荣怪异地看了罗四两一眼。这半大小子原来不是同行，可八极门是拳术门派，怎么懂他们老荣行的暗语，而且手艺还这么好？

黄脸老荣满心疑惑，倒没怀疑罗四两在骗他。老派江湖人把传承和门户看得很重，一般是没人会乱说的，不然没法向家里长辈交代。

黄脸老荣哪里知道罗四两这一脉的奇葩作风啊，强忍着别扭，再一次贴近罗四两，低声说道："既非老荣，为何坏我们生意，老合，捞过界了吧？"

罗四两皱眉看他，轻轻一哼："既是于黑后人，又岂能不守三不偷之理。于黑是当年鼎鼎有名的侠盗，你们也不怕辱没先人？"

黄脸老荣大怒，死死瞪着罗四两："我们本就打算上站到达之时，趁人头涌动去还杵的，哪里需要你来帮我们做好人？"

罗四两看他一眼，却是半点不信："你现在说什么都可以了。"前面那个黑脸老荣不还是无动于衷地看风景嘛，这会儿开始装好人了。

"你……"黄脸老荣大怒。

罗四两龇牙，又露出了欠揍的笑容。

这叫什么事儿嘛！黑脸老荣一脸无奈。虽然没有听见二人在谈什么，但看这样子也知道没谈好。

人家老荣做活儿，不管成与不成皆是扭头就走，有什么计较事后再说。他身边这位可好，居然当场找梁子。

黄脸老荣怒声道："你信与不信，全都随你，但好叫你知道，我津门于家并非技不如人。"说罢，他身形微微一晃。

也不见有什么动作，那黑脸老荣却面色大变：这是动手了啊！还不等他惊完，黄脸老荣身形晃动更大了一点。

俩人已然交锋！

"好快的手。"两个老荣同时冒出这个念头。

黑脸老荣看得真切，黄脸老荣背在身后的右手竟在吃痛发抖。他吃惊地看着罗四两，黄脸老荣的手法他是知道的，那是真正得到于家真传的人，也是年青一辈唯一学会苏秦背剑的人。

水平这么高的黄脸老荣竟然在这小子面前讨不了半点好，对方连动都没动，就把他的攻势给打断了，这得多厉害啊？

黑脸老荣心中也很疑惑：八极拳向来以大开大合、凶猛无敌著称，什么时候也会这么小巧的手活儿了？这种老拳术门派果然底蕴深厚啊！王荣耀……定然不是凡人。

黄脸老荣脸上泛起羞恼之色，却依旧不依不饶，再度欺身向前。罗四两丝毫不退，两只眼睛紧盯对方，洞若观火。他的手法已经大成了，这就是当今戏法界顶尖的手彩水准。

江湖上手法最好的有三种人：一种是变戏法的，一种是老荣，最后一种是嗜赌的老千。

罗四两跟黄脸老荣的对决，其实就是戏法行和老荣行的手法对决，也是阴阳三转手与苏秦背剑的对决。

黄脸老荣再度攻来。他倒没有伤害罗四两的意思，就是想从罗四两身上窃得一物，好证明他并非技不如人。

罗四两自然不能让他得逞，俩人一来一回，须臾之间，已经数度交手了。

这种争夺形式很像彩门江湖斗艺的抢彩，俩人你来我回，在方寸之间展开激烈交锋。

老荣行的功夫走的是小巧路线，以短、小、快见长。但罗四两的超忆症也不是吃素的，仅仅几次眨眼的时间，他就已经摸透了黄脸老荣的出招规律了。黄脸老荣出手之前，他就能判断他接下来的动作了，哪怕手法不如对方，只要能料敌先机，他照样不会输。

黄脸老荣是第一个吃到罗四两超忆症苦头的人。不管他出的是正手还是反手，挑手还是勾手，对方就像是算准了一样，狠狠地拦住了他的攻势。

黄脸老荣把双手背到身后，这才几秒钟，他双手都已经被敲得疼死了。看着罗四两似笑非笑故作高人的模样，他就气得牙根痒痒。一个乳臭未干的小屁孩也敢这么张狂？

"哈！"黄脸老荣再度出招。

罗四两目光一凝，只见对方右腮动，左肩晃，嘴合而抿，左手正出右手反攻。果不其然，黄脸老荣双手一正一反打了出来。

罗四两微微一笑，双手同样一正一反，在对方必经之路上使了巧劲将其格挡出去。

这时黄脸老荣已经中门大开，罗四两趁机直捣对方胸口，双手按住对方胸口，将其抵在了车厢墙壁之上。

说起来动作很多，其实他们移动范围很小，连边上的乘客都没有发现他们的争斗。

罗四两把黄脸老荣按在了墙上，双手紧紧按着他的胸部。他抓着对方胸口，用力按了两下，不由得轻笑："你们这行还真有意思，胸口也塞东西，不会也是偷来的吧？"

黑脸老荣见状，吃惊地张大了嘴。而黄脸老荣一张脸由黄转红，再由红转黑，最后竟成了青紫之色。

"啊……"黄脸老荣喉头发出低沉的怒吼声，两只漂亮的大眼睛瞬间通红，死死盯着罗四两。

黄脸老荣两手回打。原先他想着从罗四两身上偷东西，用的都是巧劲儿，并无伤人之意。可他这回却是用上死力气了，一下子就想把罗四两的双手打断。

罗四两吓了一跳，赶紧撤回双手。那黄脸老荣却不依不饶，又是一拳朝着罗四两打去。罗四两侧身躲过一拳，趁机一步向前，用身子靠近黄脸老荣。

黑脸老荣面色一变，失声惊呼道："小心，贴身靠。"

黄脸老荣也大惊失色。贴身靠可是八极拳的招牌杀招啊，传闻八极拳的老拳师一靠就能把碗口大小的小树给撞断，这要是撞在人身上，那还得了？

黄脸老荣心中惊慌，却已经来不及躲了。罗四两陡然发力，黄脸老荣直接被撞飞了出去，撞在了墙上。

"婷婷！"黑脸老荣惊呼。

黄脸老荣顿住身子，想象中的剧痛并未到来，他摸摸自己的身子骨，竟然毫发无伤，不由得错愕地看着罗四两。

罗四两面不改色道："切磋不伤人，这是我们八极王家的门规。"黑脸老荣这才松了一口气。

黄脸老荣面色还是不好看，胸前一阵隐隐作痛，刚才罗四两可一点都不温柔啊。

他活这么大还是第一次遭遇如此羞辱，尽管罗四两刚刚放了他一马，可他还是不肯罢休，右手在口袋处一摸，再度欺上前去。

黑脸老荣忙喝止道："不可用刀。"

黄脸老荣手指缝中已然夹了刀片，直接朝罗四两杀去。

老荣擅长的本来就是手上功夫，刀片是他们必修的功课，不仅能用于偷盗，还能防身，苏秦背剑就有这两种功能。

现在黄脸老荣招招凶险，藏在指间的小小刀片竟然被他使出了寒光凛凛的凶险之感。

罗四两的脸色第一次凝重了起来，耳听为虚眼见为实，他这回算是体会了什么叫苏秦背剑。此刻，他感觉自己四周全是冷冽的寒光，只要稍稍不慎，便会被其所伤。

刀片在手，黄脸老荣的真正实力才完全发挥出来，苏秦背剑化作刀片功，正劈、反拉、侧挑、斜钻……在这方寸之间，他竟将小小的半枚刀片玩出了花。

罗四两顿时感到险象环生。幸亏他也是练过的，再加上他的手足够快，还能勉力阻拦一下，没有被伤到，但他心中也暗暗叫起了苦。

俩人你来我回，身形躲闪避让，看起来倒不像是攻与防，而像是携手在这方寸之地跳一曲优美的双人舞。俩人配合相当默契，看起来还很赏心悦目，一旁的黑脸老荣都看呆了。

少顷，罗四两摸透了对方的所有套路，再一次料敌先机，凭借自己超强的手法拦了对方所有攻击。

黄脸老荣一口老血都要喷出来了，今天是见鬼了吗？黑脸老荣也吃惊不已，刚刚这小子不还是全面落入下风吗，怎么这会儿突然翻盘了？

眼见对方不依不饶，而且连下狠手，罗四两心中也来了火气。他一个侧身躲开了黄脸老荣的一击，闪到了黑脸老荣身边，用手一推。

黑脸老荣顿时失去重心，打了个趔趄，等他稳住身形的时候，却愕然发现自己身上的衣服不见了。

罗四两拿着黑脸老荣的衣服朝着黄脸老荣脸上一打，对方一闪，他趁机将衣服盖在了对方拿刀的右手之上，屈指在衣服上猛地一弹，低喝："刀来。"两指一翻，手上赫然多了半枚刀片。

黄脸老荣大惊失色，罗四两手指缝夹着刀片顺势一送，直接逼在了他的脖子上。

"手下留情。"黑脸老荣顾不上被扒光的自己，急忙出言劝阻。

黄脸老荣脖子上泛起一层细密的鸡皮疙瘩。他现在算是明白过来了，眼前这个半大小子根本不是他能比的，哪怕他和他师兄一起上，也不是人家的对手。

罗四两冷眼看他，凑近了厉声说道："本是切磋较量，我处处手下留情，你非要不依不饶，当我八极一脉无人吗？"

黄脸老荣感受到罗四两指尖的锋锐，一动都不敢动。此时听到罗四两质问，差点没气晕过去，一双漂亮的大眼睛瞬间染上了雾气，看样子委屈极了。

他长这么大还是第一次这么委屈，黑脸老荣也是一声叹息。

罗四两看他，不屑道："技不如人就哭鼻子，跟个娘儿们一样，男子汉大丈夫，难道不知道流血不流泪吗？"

这话一出，两个老荣同时愣住了，皆错愕地看着罗四两，那黄脸老荣眼中的雾气竟然收了回去。

罗四两这才松开了对方的脖子，冷哼一声，警告道："今日且饶你一回，再敢胡来，我定让你知道我八极拳的厉害。你们走吧，这枚刀片我就收下了，当作小惩。"

两个老荣面色难看极了。可打又打不过，比又比不过，他们还能怎么样？

黄脸老荣面色稍霁，神色复杂地看着罗四两："今日是我栽了，阁下可敢留下喝号来，我津门于家他日定然上门讨教。"

罗四两轻蔑一笑，道："有何不敢？大丈夫行不更名坐不改姓，沧州八极门王荣耀座下大弟子王刚是也。"

"好，我记下了。"

黄脸老荣愤愤丢下这么一句，转头就走了。黑脸老荣无奈摇头，也跟了上去。

此刻，正好到了站点，两个老荣随着人群往外走，罗四两在窗户边目送二人离去。

那黄脸老荣还在人群中回头，神色复杂地看着罗四两。见着罗四两那乳臭未干的模样，他心中不免也有些庆幸，幸好这人还小，什么都不懂……

罗四两见对方在看自己，又看俩人隔得那么远，脸上猥琐的笑容顿时就憋不住了。

他朝着黄脸老荣伸出双手，张开十指，而后放荡地虚抓了几下。

黄脸老荣的身形顿时定格了——

"我要杀了他，我要杀了他，师哥，你别拦我，我要杀了这个浑蛋，啊啊啊啊啊……"

津门于黑

火车上的事情就这么结束了，那妇女丢失的钱也找回来了，吃一堑长一智，现在人家就待在警务室不出来了。

罗四两没有向警察举报那两个小偷，他不知道那俩人是不是真的会主动还钱，也不想知道。

反正接下来跟他们也没有什么交集了，不举报他们，纯粹是看在于黑的情面上罢了。

此事已了，罗四两回到了座位上。

卢光耀看着他，问道："都处理好了？"

这两年罗四两也跟着他跑过不少地方，处理过不少事情，所以卢光耀也挺相信罗四两的能力。

罗四两握了握自己的双手，把玩着那枚刀片，抬头看着自己师父道："都已经处理好了，您别担心。"

卢光耀额首，又看了看罗四两的双手："怎么，刚刚上手了？"

罗四两微微一僵，脸上罕见地浮现出一抹红色："额……动了吧。"

卢光耀眉头一皱："什么叫动了吧？"

罗四两解释道："就是稍微较量了一下，也没打出真火来，现在他们也走了。"

卢光耀叹息一声："现在的人真是越来越不成器了，连救命钱都偷，你都给足他们面子了，他们还这么不依不饶，世风日下啊。"

眼看罗四两一脸悻悻然，卢光耀说道："动了手就去洗洗吧，去去晦气。"

罗四两下意识地握了握双手，讪笑道："那什么……下礼拜再洗吧。"

天津，于家。

于宅坐落在城里一块很普通的居民区，于家对外的身份是做生意的老板。

黑脸老荣看着怒气未消的黄脸老荣，嗫嚅一声："师弟。"

黄脸老荣骤然发火，他也不再压制自己的声音了，这一听才发现，竟然是个女声："徐小刀，你闭嘴，今天要不是你拦着我，我非宰了那个王八蛋不可。"

这黑脸老荣叫徐小刀，是津门于家当代家主于保国的亲传弟子，今年二十八岁。他是化了装出门的，刻意把自己化成了中年男人的模样。

黄脸老荣叫于小婷，是于保国的亲生女儿，今年十九岁。当然，她脸上的妆也是自己化上去的。

"师妹……"徐小刀有些尴尬地笑了笑，还想杀了人家呢，你也得打得过人家才行啊！

"闭嘴，看到你就烦。"于小婷愤怒地吼道，咬牙切齿地疯狂跺脚，"啊啊啊啊，呃呃呃……"如果罗四两站在她面前，她一定会毫不犹豫地把这个王八蛋撕成碎片。这个浑蛋，王八蛋，畜生……

"王刚，我一定要你生不如死。"于小婷气得身子都在发抖。

徐小刀在一旁弱弱道："我觉得这不一定是他的真名。"

于小婷猛地转头，两只眼睛都快喷出火来了，把徐小刀吓了一跳。她厉声道："那我就杀到沧州去，不就是沧州八极王家吗？我现在就联系各省贼王，我非偷得他们裤子都找不到！"

徐小刀张嘴欲言，可是看到于小婷这副失去理智的样子，他又怎么都张不开嘴了。

各省贼王，是你想叫就能叫的吗？除非你父亲出马，可是在这种节骨眼上，你父亲怎么可能会节外生枝啊。

"而且……那人的手法很像传说中的那种……"徐小刀心中沉思。

于小婷好一会儿才平静下来，叮嘱徐小刀道："等会儿见了我爸，什么该说什么不该说，我希望你心里清楚，不然的话，我跟你没完。"

徐小刀慌忙点头，他可不敢惹这个女魔头。

于小婷说完就直接去洗澡了，徐小刀则先去拜见师父。

"师父，我回来了。"

于保国不到五十，长得慈眉善目，笑起来跟一尊弥勒佛似的，所以老荣行的人都叫他笑佛爷。

此时的于保国手上揉着两个古玩核桃，身着白色褂子，手腕处戴着一串檀木珠子，完全是一副生意人的打扮。看见徐小刀，他笑眯眯地问道："回来了啊，婷婷呢？"

徐小刀答道："师妹上楼洗澡了。"

别看于家住的是普通居民区，他们的房子可是独门独户的一栋，而且安排了各种门道，可以随时撤离。

于保国微微摇头："这丫头……算了，你们这趟出活儿顺利吗？"

徐小刀苦笑道："今天算是栽了。"

"怎么回事？"于保国依旧是笑眯眯的，眼中却透露出丝丝寒芒。

徐小刀隐去了于小婷被占便宜的那一段，一五一十地把今天的事情都说了一遍。

闻言，于保国皱起了眉头，琢磨道："沧州八极王家，王荣耀的大名我也有所耳闻。这人行事亦正亦邪，江湖上有不少他的传说。几年前，吴州那边的特大人贩子案，毒蛇标那伙老渣也是栽在他手上的。"

徐小刀讶异道："师父，您认识王荣耀？"

于保国摇摇头："只听过名字，这人不简单哪！毒蛇标那伙人落网之后，全国都开始严打老渣了，老渣们死走逃亡伤，还有不少人放话说要收王荣耀的人头，可几年过去了，此人还是活得好好的。行侠仗义，不是一般人能做的，这人能安然无恙这么多年，定然不是凡人。"

徐小刀微微颔首，有些迟疑道："但是我觉得好像有点不对劲。"

于保国问他："哪里不对？"

徐小刀目露沉思："那年轻人跟师妹较量的时候，手法像极了您曾经跟我说过的那种。"

"哪种？"

徐小刀顿了一顿，皱眉答道："阴阳三转手。"

"什么？"于保国悚然一惊。

此刻，楼上。

于小婷眼眶泛泪，拿起了电话："哥，我被人欺负了。就是沧州八极王荣耀和他的大徒弟王刚，你要帮我报仇。"

于保国背着手在客厅里走了起来，眉头皱得很紧，嘴里还一直在喃喃自语："阴阳三转手，阴阳三转手，怎么可能，难道他还活着？"

"师父……"见于保国如此表现，徐小刀也大吃一惊。他还是头一次看见他师父如此失态。

于保国忽然转头盯着徐小刀，严肃道："把他们交手的情况跟我仔细说说。"

徐小刀心中一凛，连忙把俩人较量的场景仔细说了一遍，尤其是最后那小子用神奇手法夺得师妹刀片的那一幕。

听罢，于保国眉头深深皱起，右手下意识摩挲着珠串。徐小刀见状，也不敢出声打扰。

好半晌，于保国才缓缓松开眉头："如果单单听你描述，应该就是那套手法了。小刀，你在车上除了那半大小子，有没有见到别人？"

徐小刀点头："有。"

"谁？"于保国忙问。

徐小刀道："一个老者。"

"什么样的老者？"

徐小刀又把那老者的面貌跟于保国形容了一下。于保国陷入回忆，目露思索。

当年他也只是见过卢光耀一面而已，几十年过去了，卢光耀的相貌在他的脑海里面早已淡化了。但是现在听徒弟描述，他脑海中又勾勒出一个干瘦清癯的老者模样，他几乎已经肯定这位老者就是当年那人。

于保国苦笑一声，又长叹一声："应该就是那人没错了，真没想到他居然还活着，这几十年他竟是一点音信都没有啊。"

"师父，这人是谁啊？"徐小刀好奇问道。

于保国目光微凝，沉声道："在彩门，大家都叫他天下第一快手，而在我们老荣行，他则被称为圣手。他就是半个世纪前一手压下天下贼王，被公推为天下第一贼王的无双圣手卢光耀。"

徐小刀吃惊地张大了嘴："师父，我怎么从来没有听过此人？这是真的吗？"

于保国叹了一声，微微摇头："你不知道这些事也是正常的，因为我都没有真正领略过他的绝世风采。他叱咤江湖的时候，我还没出生呢。真正跟他有交集的，是我父亲还有我爷爷那一辈人。

"你没有听过他的名字也是正常的，老荣行没人愿意提起这段耻辱的往事。因为卢光耀并不是我们老荣行之人，他是彩门中人，一个彩门中人压下天下贼王，夺得圣手之名，却不入我们行内，还扬长而去，这让人怎能不气啊？

"当年所有前辈都感觉到了羞辱。若是他卢光耀肯入行，这就是我们老荣行内部的比试。内部出了一个惊才绝艳的晚辈，绝对是一件值得庆贺的事情。可他偏偏却是彩门中人，他是代表彩门来压我们老荣行一头的，谁愿意去提这事啊。"

徐小刀都听呆了。他还是难以置信，愕然道："可……可他们报的名号是沧州八极门啊。"

于保国苦笑起来，坐在沙发上一声长叹，脸上也是哭笑不得："你这么说，我就更加肯定这人就是无双圣手卢光耀了，因为他一直都是一个卑鄙无耻的人。"

徐小刀愕然。

于保国看着自己徒弟，说道："当初那么多前辈憎恨卢光耀，还有一个更大的原因——他的本事有一半是在我们老荣行学的。"

"什么？"徐小刀又是一惊。

于保国回忆道："那是很久很久以前了，事情发生在解放前，我都还没出生，我爷爷于黑渐渐退下来了，我父亲扛起了于家大旗。1940年冬天，年仅十来岁的卢光耀来到了我们家，要学我们家的手艺。

"可他是单义堂何义天的关门弟子啊，何义天非常看重这个徒弟，这是他的衣钵传人啊。那一年，单义堂满门被鬼子屠杀，卢光耀侥幸逃了出来，我爷爷就做主收留了他，毕竟我爷爷跟何义天还是有交情的。

"因为门户关系，他没有拜入我们门下，但看在以往的交情上，我爷爷也把家里的手艺都教给了他，好让他以后有碗饭吃。当时时局混乱，单义堂满门被灭，我爷爷让他隐姓埋名，省得惹来麻烦。

"就这样，他在我们家待了下来，我爷爷和我父亲才震惊地发现他的天赋好到了令人惊讶的程度。仅仅两年之后，他手上的功夫就已经超越我们家所有人，要知道我们于家可是道上赫赫有名的贼王啊。要不是碍于何义天的情面，我爷爷是真想收他入门。

"不过，也幸好没有……没多久，卢光耀就不辞而别了，谁也不知道他去了哪里，我们还以为他出事了。

"后来才知道，他竟然去找各省贼王求艺，能学就好好学；不能学，就想法子去偷；再不行就赌斗，输者献上手艺；实在不行，就交换手艺。他总是拿东家的手艺换西家，自己反正一点也不亏。就这样，卢光耀施展了各种坑蒙拐骗的手段，把老荣行的手艺都学到手了。

"据我爷爷他们分析，一个十来岁的半大孩子是不可能有这样的心机的，他身后必然有高人指点。但那个人是谁，谁也不知道。

"再后来，就是1947年的贼王大会了，各省各道的贼王纷纷聚集津门参加比试，各家都派出了顶梁柱，所有人都以为他们这一门能夺下魁首之位，因为他们都有一个杰出的传人卢光耀，可谁能想到他们传人竟然全是卢光耀。"

"呵……"于保国苦笑起来，他虽然没有亲眼见到那样的场面，但是现在想想也是觉得不可思议了。

徐小刀的表情也甚是诧异。

于保国接着道："我爷爷他们也是这时候才又见到了卢光耀。当时所有人都在声讨卢光耀，而卢光耀却向各门提起了最难的车轮战。贼王大会有贼王大会的规矩，谁都不能坏了规矩，只能先同他比试。卢光耀也是在这次一力压下了老荣行所有人，被公推为无双圣手。

"唉……可他始终不肯入行，惹恼了老荣行所有人，甚至有不少前辈放话说要弄死他，可这个人却像失踪了一般。第二年，他又去了黄镇，在彩门斗艺场上威压整个立子行。那两年他就跟疯了一样，到处结仇，再后来，就没有听过他的消息了。

"直到我爷爷于黑去世，他才露了一面，我也是那时候才见到他的真正面目，端的是风采无双啊。阴阳三转手，可窃两尺以内任何一物。窃自己之物，这是戏法；窃别人之物，便是我们老荣行的手段了。"

徐小刀惊呆了，喃声问道："拼尽一切学各种手艺，可学会了之后却又隐姓埋名，他这是为什么呀？"

于保国摇头："老荣行几代人都想知道为什么，可……鬼才知道。"徐小刀陷入震撼之中，过了好久，才渐渐缓过来，有些不是滋味地说道："如果有卢前辈帮忙，我们这次的困境应该就能过去了。"

于保国扭头看向他。

徐小刀无奈地叹道："老荣行最难的九龙堂会，我们怕是很难完成，尤其是湘西谷家，他们跟咱们的旧怨可是深得很啊，这次肯定会为难我们。"

于保国眉头皱得更深了，呼吸也变得稍稍沉重。

……

此时，刚下火车的罗四两和卢光耀，则踏上了他们湘西求艺之路。

（第一部 完）

《魔术江湖2》即将出版，精彩预告：

谁也没有想到，罗四两的求艺之路，竟然是一场魔术混战的开始——

阴阳三转手大战沧州八极拳，罗家缩骨功对阵谷家捆神锁，单义堂师徒擂台决生死，戏法罗传人一人战一行……从湘西到吴州，这场战斗点燃了整个江湖。京城快手卢、吴州戏法罗、沧州八极门、津门于黑、湘西贼王等传奇家族纷纷卷入其中，中国魔术界一时风云迭起。

与此同时，令单义堂蒙冤数十年的真相也逐渐揭开，将罗四两师徒二人的命运引向截然不同的结局。

魔术江湖，谁生谁死？敬请期待《魔术江湖2》！

激发个人成长

多年以来，千千万万有经验的读者，都会定期查看熊猫君家的最新书目，挑选满足自己成长需求的新书。

读客图书以"激发个人成长"为使命，在以下三个方面为您精选优质图书：

1. 精神成长

熊猫君家精彩绝伦的小说文库和人文类图书，帮助你成为永远充满梦想、勇气和爱的人！

2. 知识结构成长

熊猫君家的历史类、社科类图书，帮助你了解从宇宙诞生、文明演变直至今日世界之形成的方方面面。

3. 工作技能成长

熊猫君家的经管类、家教类图书，指引你更好地工作、更有效率地生活，减少人生中的烦恼。

每一本读客图书都轻松好读，精彩绝伦，充满无穷阅读乐趣！

认准读客熊猫

读客所有图书，在书脊、腰封、封底和前后勒口都有"读客熊猫"标志。

两步帮你快速找到读客图书

1. 找读客熊猫

2. 找黑白格子

马上扫二维码，关注"**熊猫君**"

和千万读者一起成长吧！

畅销巨著《藏地密码》系列全套

一部关于西藏的百科全书式小说
了解西藏，就读《藏地密码》

从来没有一本小说，能像《藏地密码》这样，奇迹般地赢得专家、学者、名人、书店、媒体、世界知名的出版机构以及成千上万普通读者的狂热追捧，《藏地密码》是当下中国数千万"西藏迷"了解西藏的入门读本，也是当下畅销的华语小说。

《藏地密码》被广大读者誉为"一部关于西藏的百科全书式小说"。

翻开《藏地密码》，犹如进入一幅从未展开过的西藏千年隐秘历史画卷……从横穿可可西里到深入喜马拉雅雪山深处，从藏獒"紫麒麟传说"到灵獒"海蓝兽传奇"，从宁玛古经秘闻到格萨尔王史诗，从公元838年西藏黑暗时期的"朗达玛禁佛"到1938年和1943年希特勒两次派人进藏之谜……跟随《藏地密码》的脚步，您将穿越西藏深不可测的千年历史迷雾，看尽西藏绵延万里的雪域高原风光，走遍西藏每一个传说中永不可抵达的神奇秘境。

从《藏地密码》中，您还可以了解到不可思议的古格地下倒悬空寺、西藏极乐之地香格里拉，以及西藏历史上突然消失的无尽佛教珍宝去向之谜……雪山、圣湖、墨脱、象雄、布达拉宫、密修苦僧、传唱艺人、帕巴拉神庙、古藏仪式、千年兽战、神秘戈巴族、死亡西风带……一切都如此神秘、神奇、神圣。通过《藏地密码》，您将与西藏这一千年来所有隐秘的故事和传说逐一相遇。

《清明上河图密码》全国热卖中！

全图824个人物逐一复活
揭开隐藏在千古名画中的阴谋与杀局

《清明上河图》描绘人物824位，牲畜60多匹，木船20多只……5米多长的画卷，画尽了汴河上下十里繁华，乃至整个北宋近两百年的文明与富饶。

然而，这幅歌颂太平盛世的传世名画，画完不久金兵就大举入侵，杀人焚城，汴京城内大火三日不熄，北宋繁华一夕扫尽。

这是北宋帝国的盛世绝影，在小贩的叫卖声中，金、辽、西夏、高丽等国的间谍和刺客已经潜伏入画，死亡的气息弥漫在汴河的波光云影中：

画面正中央，舟楫相连的汴河上，一艘看似普通的客船正要穿过虹桥，而由于来不及降下桅杆，船似乎就要撞上虹桥，船上手忙脚乱，岸边大呼小叫，一片混乱之中，贼影闪过，一阵烟雾袭来，待到烟雾散去，客船上竟出现了二十四具尸体，所有人都目瞪口呆……

翻开本书，一幅旷世奇局徐徐展开，错综复杂，丝丝入扣，824个人物逐一复活，为你讲述《清明上河图》中埋藏的帝国秘密。

《大江大河四部曲》全国热卖中！

全景展现改革开放以来中国经济、社会、生活变迁
深度揭示历史转型新时期平凡人物命运

《大江大河》以罕见的恢弘格局，全面、细致、深入地展现了中国改革开放以来经济领域的改革、社会生活的变化以及人们精神面貌的改变等方方面面，被誉为"描写中国改革开放的奇书"。

从1977年恢复高考到1992年南方谈话，从乡镇企业萌芽到中国制造崛起，从房地产改革到2008年金融危机……小说通过讲述国企领导宋运辉、乡镇企业家雷东宝、个体户杨巡、海归知识分子柳钧等典型代表人物的不同经历，生动地刻画了改革开放时期的前沿代表人物，真实还原了一代人的创业生活、奋斗历程和命运沉浮。

本次再版完整收录了《大江东去》套装（1978–1998）和续作《艰难的制造》（1998–2008）全部内容，原貌呈现大江东去天翻地覆的变化，阅读收藏必备。

《暗黑者四部曲》全国热卖中!

中国高智商犯罪小说扛鼎之作
让所有自认为高智商的读者拍案叫绝

要战胜毫无破绽的高智商杀手,你只有比他更疯狂!

凡收到"死亡通知单"的人,都将按预告日期,被神秘杀手残忍杀害。即使受害人报警,警方以最大警力布下天罗地网,并对受害人进行贴身保护,神秘杀手照样能在重重埋伏之下,不费吹灰之力将对方手刃。

所有的杀戮都在警方的眼皮底下发生,警方的每一次抓捕行动都以失败告终。而神秘杀手的真实身份却无人知晓,警方的每一次布局都在他的算计之内,这是一场智商的终极较量。看似完美无缺的作案手法,是否存在破解的蛛丝马迹?

所有逃脱法律制裁的罪人,都将接受神秘杀手Eumenides的惩罚。
而这个背弃了法律的男人,他绝不会让自己再接受法律的审判……

《山海经密码大全集》全国热卖中！

一部带您重返中国一切神话、传说与文明源头的奇妙小说

　　这是一个历史记载的真实故事：4000年前，一个叫有莘不破的少年，独自游荡在如今已是繁华都市的大荒原上，他本是商王朝的王孙，王位的继承人，此时却是一个逃出王宫的叛逆少年。在他的身后，中国古老的两个王朝正在交替，夏王朝和商王朝之间，爆发了一场有史以来规模宏大的战争。

　　本书将带您重返那个远古战场，和那些古老的英雄（他们如今已是神话人物）一起，游历《山海经》中的蛮荒世界，您将遇到后羿的子孙、祝融的后代，看到女娲补天缺掉的那块巨石，您将经过怪兽横行的雷泽（今天的江苏太湖）、战火纷飞的巴国（今天的重庆），直至遭遇中华文明蒙昧时代原始、神秘的信仰。

　　本书依据中国古老的经典《山海经》写成，再现了上古时代的地理及人文风俗。我们今天能看到这些，全拜秦始皇所赐：《山海经》——秦始皇焚书时，看了唯独舍不得烧的书。

《鲁班的诅咒：珍藏版大全集》全国热卖中！

历史上真实的鲁班，不仅是木匠祖师，也是暗器与杀戮机关的祖师爷。

鲁班的传世奇书《鲁班书》，并不是讲解木工的，而是描述他那些构思巧妙、制作精湛的暗器和杀戮机关。鲁班曾立下诅咒：凡是读懂此书的人，要么丧妻守寡，要么孤老残疾！所以，该书又叫《缺一门》。

公元前448年，楚王准备攻打宋国，鲁班奉楚王之命设计了九种杀伤力强大的攻城器具（史称：九攻）；崇尚和平的墨家掌门墨子闻讯前来劝和，当场指出九攻的破绽，令鲁班无言以对，最终化解了这场无谓的战争，这就是著名的九攻九拒。

而墨子临走时，鲁班把他拉到僻静处，又摆出九攻的九种变化，墨子则无一能解。鲁班说：点拨我这九种变化的，另有其人，你随我来。

那天下午，在楚水河边，一块黝黑巨石之上，鲁墨二人拜见了一位隐者，并从隐者那里共同领受了一项神圣而又神秘的任务。

此后数十年，鲁墨二人使出各自的奇工异术，耗尽毕生精力，并代代相传地执行着隐者托付的任务……

翻开本书，了解鲁班留下的鬼斧神工的杀戮机关、疯狂的想象力和不灭的诅咒。

《邪恶催眠师三部曲》全国热卖中！

带您见识催眠师之间正与邪的斗法
了解这个隐秘而又无处不在的神秘世界

事实上，催眠术早被用于各行各业。心理医生用来治病救人，广告商用来贩卖商品，江湖术士用来坑蒙拐骗……意志薄弱的人、欲望强烈的人、过度防范的人，都极易被催眠术操控。

在街头实施的"瞬间催眠术"，可以让路人迷迷糊糊地把身上的钱悉数奉上；稍微深一些的催眠，更可以让人乖乖地去银行取出自己的全部存款；而如果碰到一个邪恶催眠师，被催眠者不仅任其驱使，就算搭上性命也浑然不觉。

催眠师找准了催眠对象的心理弱点，利用人的恐惧、贪念、防备，潜入对方的精神世界，进而操控他们。瞬间催眠、集体催眠、认知错乱、删除记忆……

一群平日深藏不露的催眠师，突然出现在街上、写字楼、医院、广场……在他们眼里，世人都是梦游者任其驱使，而他们之间的斗争，却将所有普通人的命运卷入其中。

《天涯双探》全国热卖中！

带您破解大宋300年悬案史上从未公开的民间奇案
万里追凶，23次反转、64起悬案、78种诡计……

宋朝是一个疑案多发的朝代，"狸猫换太子""斧声烛影""德昭自刎"等历史悬案，千年未解。本书所述，则是大宋300年悬案史上从未公开的民间奇案……

北宋末年，吏治腐败、狱讼多发、奇案频现。一起无人能解的盗窃案，让两个性格迥异的少年相识相遇。一个背负家仇，一个渴望自由，他们怀揣各自的理想和秘密，走上了携手破案的追凶之路。

从京城到西域，108万公里：帝、官、将、相、商、农、兵、侠、盗、妓、僧11种身份；沉湖女尸、荒村童谣、墓室迷踪、鱼尸人骨等64起大小悬案；童谣杀人、不可能犯罪、叙述性诡计、暴风雪山庄等超过78种推理诡计。

翻开本书，让两个热血少年带您见识民间奇案背后的智斗谋略和生死友谊！